PATRICK HENDERICKX

Né en 1960 à Bruxelles, Patrick Henderickx est victime de mauvais traitements dans le foyer où il est placé dès l'âge de 6 ans. Après une arrestation injustifiée et des brutalités policières, il entre dans la "Famille" et gravit tous les échelons du grand banditisme, se spécialisant dans les braquages. Il est arrêté et condamné 3 fois. Après de longues années d'emprisonnement, un policier lui fait confiance pour retrouver des enfants disparus. Puis, Patrick Henderickx passe du statut de détenu à celui de SDF. Quelques années plus tard, il devient le patron respecté d'une florissante entreprise. Aujourd'hui, il emploie 700 personnes à travers le monde et dirige plusieurs sociétés ainsi que diverses associations pour jeunes en difficulté.
Dans son livre, *Les 3 marches*, il raconte son incroyable parcours.

LES 3 MARCHES
Une belle revanche sur la vie

PATRICK HENDERICKX

LES 3 MARCHES

Une belle revanche sur la vie

Histoire vécue

PRESSES
DE LA
RENAISSANCE

ISBN 2-266-13363-2

Je dédie ce livre
à tous les enfants battus,
maltraités, violés
et morts dans l'indifférence.

À ceux qui, je l'espère,
relèveront la tête et
comprendront qu'il n'y a
pas d'âge pour commencer à vivre.

À ceux qui croient que le passé
est un boulet à leurs chevilles.

À toi, Max.

Et à Georges.
Je sais que la maladie t'emportera
avant que je te l'offre.
Je l'ai écrit pour te remercier
et te dire à quel point tu vas me manquer.

AVANT-PROPOS

La définition d'un voyou : « un fainéant qui a des goûts de luxe » ?

« La méchanceté des gens n'a d'égale que leur nombre. » Voilà une manière d'annoncer la couleur sur un état d'esprit qui reflète une réalité bien crue. Ce livre n'est pas le classique message d'un être suprême qui aurait le savoir absolu... Je ne suis ni dieu, ni prophète, ni gourou d'une secte ; je suis ce que l'on appelle communément un homme, avec ses qualités et surtout ses défauts.

Les événements décrits ont la crédibilité que vous voudrez bien leur donner car, de toute façon, j'ai constaté à mes dépens que, quoi qu'on fasse, il existe toujours des gens pour émettre des réserves ou pour vous discréditer !

Certains faits contés dans cette histoire sont parfois comparés à de la science-fiction, de l'horreur, du polar ou du roman, mais quand une vie bien remplie associe toutes ces définitions, dans quelle catégorie la situer ? La réponse paraît évidente : « À vous de juger. »

De toutes les choses que la vie m'a demandé de faire, ce livre est sans doute la plus difficile, et c'est pourtant la plus simple. Autre paradoxe que personne d'autre que soi-même ne peut comprendre ou expliquer : peut-on concevoir que la sagesse résulte des remords ou des regrets ?

Pourquoi des moments de tristesse ou de haine sont-ils nécessaires pour tirer des conclusions positives ? Pourquoi se trouve-t-il toujours des gens qui se sentent obligés de vous dire : « Tu n'as pas voulu m'écouter » ou encore : « Je t'avais prévenu » ? À croire que le nombre de prophètes sur Terre est majoritaire !

À la lecture de ce livre, vous vous poserez peut-être la question de savoir si j'ai des remords et/ou des regrets. La réponse est d'une simplicité académique : je le crois. On peut pourtant se demander si cela a une réelle importance à la lumière de ma vie actuelle où je suis redevenu ce que je suis vraiment. Le souvenir de mes amis abattus ou estropiés et mes années de prison ne m'ont appris qu'une seule chose : on ne naît pas voyou, on le devient.

Patrick H.

INTRODUCTION

À la fin du mois de novembre 1991, le ciel est gris et joyeux comme une pierre tombale. Il accompagne mes quelques pas vers la liberté. Un bruit sourd vient de résonner derrière moi, semblable à celui d'une porte de château.

Pour la première fois depuis des années, je n'appréhende pas ce qui est derrière moi mais plutôt ce que je vois devant moi. Il est seize heures trente et, je ne sais pour quelle raison, je m'assois sur les quelques marches qui séparent la prison de ma liberté.

Pour la troisième fois, je quitte l'école du crime, de l'isolement et surtout de la haine. Seul héritage, seule certitude aussi, un petit carnet qui m'indique le nombre de jours que je viens de gaspiller dans cet endroit.

Mille cent quatre-vingt-neuf jours à ne rien faire sauf rester en vie.

Pourquoi ne puis-je penser à rien ? Pourquoi suis-je comme un bloc de pierre, imperturbable, froid et tellement fort ? Je voudrais pleurer de joie ou hurler à la victoire, mais rien ne vient. Je me retrouve à la case départ.

Que faire ? Dans moins d'un quart d'heure, le

soleil se couchera, tel un livre qui se referme sur une vie bien remplie et pourtant gâchée. Trente et un ans auront été nécessaires pour que je puisse m'asseoir sur ces trois marches de pierre bleue, aussi froides que l'est mon âme.

Comment pourrais-je avoir des sentiments puisque là d'où je viens, la première chose à apprendre est de ne pas en avoir ? La vie m'a peut-être oublié le jour de la distribution des sentiments.

Avant ma huitième année, j'avais déjà clairement compris que le soleil n'allait pas briller pour moi chaque jour. Pour des raisons que j'ignore et que je ne désire pas comprendre, j'ai été placé dans des endroits aussi chaleureux et accueillants qu'une morgue. Comment peut-on seulement imaginer que des inconnus puissent remplacer de vrais parents ? Chance ou malchance, il ne m'a fallu que peu de temps pour comprendre que le silence m'éviterait les coups, que plus je me montrerais insensible et froid, plus on me laisserait tranquille. À l'âge où les autres enfants colorient des livres avec les couleurs du bonheur et du soleil ou courent se blottir au creux des bras de leur maman pour se faire consoler, je découvrais la vie du plus sombre côté.

PREMIÈRE MARCHE

JE VEUX DEVENIR CE QUE JE SUIS

1

Je ne dormais pas avec un nounours, mais avec la vengeance dans le cœur

Placé à quatre ans dans une maison où l'on ne venait me chercher que le week-end, je faisais partie de ces enfants devenus encombrants à cause du besoin d'une très jeune mère de gagner sa vie, mon père s'étant tiré.

À six ans et pour mon entrée en primaire, on me plaça dans un domaine magnifique où, une fois de plus, je n'aurais de maman que le week-end... Seulement voilà : aussi soudainement que peut frapper la foudre, je compris que les beaux sourires d'arrivée seraient remplacés par la haine sitôt les parents partis et la grille fermée.

Le premier soir, dans le réfectoire, je me demandais pourquoi tout le monde mangeait le nez dans son assiette, quand soudain, à la table en face de moi, un gamin de onze ans a renversé son verre d'eau. Le surveillant s'est levé et s'est dirigé vers le malheureux qui avait *osé* le déranger.

Pas un mot ne planait dans le réfectoire. Le nez enfoncé dans mon plat, je regardais la scène... Arrivé à la table, le surveillant a fait signe du regard au gamin qu'il devait se lever. Je n'ai pas compris tout de suite pourquoi son pantalon était trempé car le peu d'eau du verre renversé se trouvait sur la table. LA PEUR. Voilà ce qui avait provoqué chez l'enfant le moment de relâchement où l'on se pisse dessus.

À l'heure où le tiers de la planète était ébahi de voir marcher des hommes sur la Lune, mes potes et moi subissions un calvaire que certains adultes ne voudront même pas imaginer.

En effet, comment excuser un surveillant qui n'a d'autre jeu que d'obliger un gosse de onze ans à manger son vomi car cela fait rire ses collègues ? Comment admettre que l'on oblige un enfant de sept ans à rester à genoux pendant de longues heures sur une règle en bois, avec deux annuaires téléphoniques sur la tête, parce que le surveillant l'a surpris en train de chuchoter quelques mots à son voisin de dortoir ? Comment concevoir que l'on oblige un gamin de onze ans à marcher dans la cour, un drap de lit sur la tête, sous le regard d'une centaine de garçons et de filles ? Un drap de lit souillé de son urine de la nuit, manifestation physique de sa peur intense chaque fois que s'ouvre la porte du dortoir ? Comment un enfant peut-il trouver le sommeil s'il tremble à chaque seconde à l'idée qu'il sera peut-être le prochain jouet du surveillant ? Jouet ou poupée gonflable, à sept ans, impossible de faire la différence ! On subit, c'est tout ! Je ne vous parlerai pas de ce qui pouvait se passer ces nuits-là dans la chambre du surveillant, car qui voudrait le croire ? Pendant trois ans, trente-six mois, j'ai subi sans rien dire, mille cent quatre-vingt-quinze jours sans que personne ne se doute de rien.

Pendant trois ans, j'ai dormi à côté d'un compagnon de calvaire sans connaître son nom... Il avait douze ans et moi huit, souvent on s'endormait en se regardant. Ses yeux exprimaient la haine et pourtant son sourire restait le rideau de son âme.

Une nuit, j'ai ouvert les yeux et mon voisin n'était pas dans son lit... Comme il était interdit de se lever pour aller aux toilettes, je compris très vite qu'il était la poupée gonflable de service. Égoïstement, j'étais content d'avoir passé mon tour. Enfoui sous mes draps, j'attendais le retour de mon voisin anonyme, quand la porte du dortoir s'ouvrit... Je n'osais pas regarder, mais j'entendais des pas qui se traînaient, il ne savait plus marcher. Impossible de s'asseoir sur son lit... Je compris ce qu'il venait de subir.

Il ne pleurait pas et me dit une phrase très grave de sens : « Tu verras, un jour, je les crèverai tous... un par un. » J'avais peur de ce qu'il venait de dire car il ne fallait surtout jamais parler de tout ça à qui que ce soit. Mais je lui tendis la main, et en serrant la sienne je lui souris. Je n'avais pas dit un seul mot et pourtant je venais de donner mon accord pour tous les tuer.

À huit ans, je ne dormais pas avec un nounours mais avec la vengeance dans le cœur. Comment croire que tout cela se passait derrière les murs d'un domaine de bonne réputation ?

Comment croire aussi qu'un gosse tombé sur la glace dans la cour, avec au menton une plaie ouverte sur plusieurs centimètres, ne trouve comme seuls soins et réconfort qu'une paire de claques et un banal morceau de sparadrap ? Et puis enfin, parce que le sang de l'enfant coule sur son cahier, on appelle un homme, ayant soi-disant un brevet de secouriste, qui recoud sommairement la plaie sans la moindre anesthésie, juste un peu d'éther. Ce jour-là, j'ai découvert comment dépasser la douleur et ne jamais baisser les yeux devant quiconque.

Où ai-je puisé la force de résister à cette douleur atroce, pendant cinq jours, avec une fièvre à tuer un cheval, les yeux fermés par l'infection ? Voilà ce que Maman découvrit en venant me chercher ce samedi matin-là. Comment peut-on laisser un enfant de neuf ans une semaine à l'agonie en l'obligeant à faire comme si rien ne s'était produit ? J'aurais tellement voulu que ma maman soit là ! Je supposais que ses priorités étaient ailleurs. En fait, elle n'était pas au courant ! Je me souviens de sa colère lorsqu'elle est venue me chercher et que j'ai dû lui expliquer moi-même ce qui se passait. J'aurais donné tout au monde pour qu'elle ne dise rien, qu'elle me prenne dans ses bras et qu'elle m'emmène aussi loin que possible de cet endroit.

À quelques heures près je serais mort, et un enfant plus faible le serait déjà, voilà ce que dit le médecin de garde à Maman ce soir-là. Deux piqûres pour m'endormir n'ont servi à rien, et c'est à vif que le docteur a essayé de réparer les dégâts. L'infection était telle qu'il a dû d'abord gratter la chair et puis recoudre, la peau était tellement abîmée qu'il a recommencé deux fois. Mes cris étaient déjà ceux de la haine envers la vie, et je construisais les fondations de mon caractère. Bien qu'elle me tienne la main, Maman n'a pas compris ce qui se passait en moi ni ce que je subissais là-bas, et je préfère croire qu'elle ne se doutait de rien. J'étais cassé à l'intérieur et à l'extérieur, mais je venais de gagner le droit de vivre avec elle, car plus jamais je n'y retournerais.

Souvent, il m'arrive de songer à cette grande allée bordée d'arbres qui débouchait sur un domaine pourtant superbe, et je me demande combien d'innocences y ont été brisées et combien resteront là-bas.

Merci, la vie, de m'avoir mené tout droit dans les mâchoires de la haine !

J'avais neuf ans. Mon silence dissimulait les traces des sévices que j'avais endurés et j'avais peur d'en parler.

Je m'adresse à vous, parents et futurs parents : surtout n'allez jamais croire que si un enfant se tait, c'est parce qu'il n'a rien à dire. Bien au contraire, il a souvent des choses à exprimer, mais il ne sait pas comment les formuler. Et, paradoxe surprenant, un simple geste de votre part peut changer le cours de sa vie et lui donner le courage de ne pas se replier sur lui-même. Ne vous privez jamais de simplement le prendre dans vos bras, même en silence, car il est des instants où la tendresse est plus puissante que les mots.

Vivre à la maison malgré les obligations professionnelles de Maman me donnait une chance de vivre comme tout le monde. Seulement voilà, j'ai quitté un lieu de souffrances pour entrer dans un appartement de solitude, le genre d'appartement à chambre unique. La solitude a effacé en moi toute trace de cette période. Je n'avais de copains de jeu ni à la maison, ni à l'école. Cela aurait pourtant été si gai !

Difficile d'imaginer à quel point la solitude décuple les dimensions d'un petit appartement.

La plupart du temps, je dormais quand Maman rentrait et j'étais donc en quelque sorte seul responsable de mon éducation. J'ai vite compris l'importance qu'il y a à retenir le nom des capitales de pays que l'on ne connaîtra de toute manière jamais. Le mercredi après-midi était le moment le plus pénible car je restais des heures debout à regarder les autres vivre et grandir, derrière la fenêtre de notre quatrième étage. Pour briser ma solitude, je dessinais. Je me souviens d'un voilier que j'avais couché au dos d'un morceau de papier peint non utilisé. À force de le fixer, je le voyais bouger au gré du vent. Je m'imaginais capitaine de ce fier navire et réinventais des conquêtes dignes d'un Christophe Colomb.

Autour de moi, seulement des adultes, leurs sombres conversations, leurs plaintes incessantes sur la vie. J'avais environ onze ans et tant de choses à leur dire. Mais un enfant n'a pas le droit de se mêler de la conversation des grands. Là aussi, les gifles se multipliaient. Je provoquais la colère à force de ne jamais baisser les yeux. Je payais la méchanceté de la vie que Maman subissait. Mère à seize ans, femme battue, elle avait connu beaucoup d'autres déceptions que j'ai traversées avec elle sans même les soupçonner. La vie ne lui faisait pas de cadeaux et j'en payais le prix fort.

À chaque occasion importante cependant, je recevais les plus beaux cadeaux dont un enfant puisse rêver, mais cela était dérisoire puisque les choses essentielles — une famille, des amis — me faisaient défaut.

Aujourd'hui, je me souviens d'un soir d'hiver où j'étais parti, seul, à pied, chercher un sac de dix kilos de charbon. Je suis parvenu à le porter sur mon épaule sur une distance de deux cents mètres, jusqu'à l'appartement. Là, j'ai monté les quatre étages d'une traite avec mon fardeau et je me suis promis que, la fois suivante, je doublerais le poids de la charge à transporter. Un mois plus tard, c'était chose faite... Fier et motivé à l'idée de pouvoir accomplir quelque chose de grand dans ma vie, j'ai pu cette fois-là porter trente kilos. S'il est vrai que les dernières marches qui devaient me conduire à l'appartement furent un réel calvaire, j'étais envahi par un sentiment d'euphorie et d'immense satisfaction à l'idée de finalement ouvrir la porte et de montrer à tous ce que, à douze ans, j'avais pu réaliser. Encore aurait-il fallu que quelqu'un se trouve derrière la porte que je m'apprêtais à ouvrir, quelqu'un qui puisse savoir ce que, ce jour-là, j'avais réussi. Mais la porte s'ouvrit sur une pièce vide. Ainsi, personne ne saurait jamais ! Où étais-tu donc, Maman ?

Je ne sais dire aujourd'hui si mon père m'a manqué puisque je ne l'ai pas connu. Je ne sais pas non plus ce qu'il m'aurait apporté mais, adolescent, j'avais la certitude que si j'étais père un jour, je veillerais sur tous les gestes de mon enfant, sans pour autant l'étouffer, simplement pour être là et construire avec lui chaque moment qui ferait sa vie.

Un événement se produisit qui devait lui aussi déterminer à jamais mon caractère futur. C'était un jour où j'étais puni pour je ne sais trop quelle raison. Le nombre de marches pour descendre les quatre étages jusqu'à la porte des caves n'était rien, mais la peur des douze dernières marches qui s'enfonçaient dans le noir était indéfinissable. Surtout, ne pas montrer sa peur et rester droit et fier. Quelle victoire sur les grands que leur prouver que l'on est plus fort qu'eux, mais, au fond des yeux, quelle panique !

Avec beaucoup d'assurance, j'ai donc descendu les douze marches qui devaient me conduire au plus profond de moi. J'aurais tout donné pour retrouver mes potes et les règles en bois sous les genoux, pour me sentir plus fort parce que pas tout seul. Je me tenais au bas des escaliers, face à cet inconnu qu'est le noir le plus dense... Toutes ces portes derrière lesquelles se cachaient les monstres de la nuit... Et cette phrase qui ne cessait de résonner en moi : « Tu resteras là le temps que tu comprennes », et puis le violent claquement de la porte qui s'était refermée sur moi et mes peurs.

Je n'ai pas réalisé l'importance de ce bruit dans ma vie... La lumière a fini par s'éteindre ; l'ampoule, seul élément qui me raccrochait à la vie et au monde des vivants, a disparu... Surtout ne pas avoir peur, se contrôler pour leur montrer à eux, là-haut, qui je suis et ce que je peux endurer sans broncher. J'ai fermé les yeux, j'ai songé à tout ce que j'avais déjà traversé et je me suis surpris à sourire... J'avais douze ans et rien ne pourrait me briser, j'étais incassable. Tout ce que j'avais entendu des grands n'était donc que mensonge. Il n'y avait dans cette cave ni monstres, ni rats, ni araignées. Une fois de plus, j'avais vaincu mes peurs. Oui, j'avais douze ans et j'assumais comme un roc.

Soudain, un bruit a surgi de nulle part... « Non, j'ai dû rêver », me suis-je dit, mais le même bruit a recommencé. Je restais cloué sur place, tétanisé. Je n'avais rien pour me défendre, seulement mes poings et mes pieds. Dans le noir le plus profond, je pouvais sentir, juste derrière moi, une respiration. Ce souffle s'éteignait pour reprendre ensuite. Ma peur a atteint son paroxysme. Ma gorge s'est nouée, j'étais incapable d'émettre le moindre son. Soudain, une main s'est posée sur mon épaule et l'instinct de survie a décuplé mes forces. J'ai poussé un cri, un cri peu ordinaire, un cri qui annonce la fin de quelque chose. La faible lueur subsistant au fond de mes yeux s'est évanouie elle aussi.

J'avais douze ans et déjà subi tant de choses que d'autres ne connaîtraient heureusement jamais. Qui peut concevoir ou comprendre que lorsque je suis sorti de la cave, seule la haine habitait mon cœur ?

La main posée sur mon épaule n'était autre que celle d'un locataire du premier étage de l'immeuble. Il était tellement ivre qu'il avait préféré passer la nuit à la cave plutôt que de subir les foudres de sa compagne. Il ne saura jamais ce que sa beuverie a cassé en moi. Les mois qui ont suivi, je suis resté plongé dans un trou noir. Je marchais, bougeais, allais à l'école, mais mon esprit était ailleurs.

À l'aube de mes treize ans, un homme, Tony V., entra dans notre vie. C'était un dur au cœur tendre, doté d'une classe qui inspirait le respect. Grâce à lui, je sortis peu à peu de mon isolement. Il me faisait revivre et je m'accrochais à lui aussi fort que s'il était mon père. Nous tâchions de passer ensemble le plus de temps possible. Souvent, même, il m'emmenait à son boulot. J'étais devenu un enfant comme les autres. Les choses prenaient soudain une autre dimension. Quel bonheur de faire ses devoirs, d'aller à l'école, de se faire cajoler et même de se faire gronder. Un après-midi d'été, Tony me demanda de faire une course au magasin du coin et, comme la plupart des gosses à cet âge-là, je descendis les marches par volée de quatre. Arrivé trois étages plus bas, face à moi, un mur de feu... Toute la cage d'escalier brûlait comme en enfer.

Comment tant de chaleur peut-elle vous figer comme de la glace ? Quatre étages d'escalier en bois étaient de la paille pour le feu. Je remercie les sacs de charbon de m'avoir fait des jambes aussi fortes, car il me fallut détaler pour remonter en hurlant au feu...

Tony, sans paniquer, nous a placé des serviettes humides sur la tête et nous avons affronté les flammes sans nous retourner. Quand nous sommes arrivés dans la rue, un attroupement s'était déjà formé car la fumée sortait de partout. À ce moment-là, j'ai vu notre voisine de palier enjamber la fenêtre, prête à sauter dans le vide. Sa forte corpulence l'avait empêchée de nous suivre et elle avait rebroussé chemin. Tout le monde hurlait et moi je regardais sans broncher. Pourquoi avait-elle peur ? J'en avais rien à foutre... Pourquoi ferais-je attention aux autres ? Tony était vivant et Maman aussi, alors...

Voilà ce que je devenais... à douze ans !

Les pompiers arrivèrent et maîtrisèrent le feu très rapidement. La voisine n'a pas sauté. Tony m'avait sauvé la vie et devenait mon dieu.

Pourtant, neuf mois plus tard, il partit sans un mot, sans un geste, sans m'expliquer ses raisons. La seule chose qu'il laissait derrière lui était le ventre rond de Maman, promesse d'une nouvelle vie. Il avait préféré fuir, détruisant mes rêves et le peu de sentiments qui animaient encore le cœur de Maman. J'étais à nouveau renvoyé à la case départ, avec toutefois une nouvelle certitude : il ne faut jamais s'accrocher à rien ni à personne, sans quoi, un jour ou l'autre, on en souffre.

2

Ce n'est pas forcément le plus bel oiseau qui chante le mieux

J'allais avoir quatorze ans. Je ne connais toujours pas la raison qui m'a poussé à entrer dans ce magasin chinois cet après-midi-là, ni pourquoi un morceau de papier a attiré mon attention. Peut-être avais-je été fasciné par le samouraï qui y était reproduit. Je sais par contre que je chéris ce jour au-delà des mots.

Mes yeux déambulaient dans le magasin. J'ai vu un nom. Ce nom m'a attiré : Maître Do Tien. J'ai demandé l'autorisation de m'inscrire à son cours d'arts martiaux, et la réponse a été oui.

Je me souviens de mon arrivée au dojo (petite salle sobre et conforme à l'étiquette traditionnelle japonaise qui octroie à chaque mur, à chaque endroit, une fonction bien définie). L'école était située dans un quartier dit défavorisé. La nuit venait de tomber et l'éclairage paraissait venir d'un autre temps.

Je n'ai jamais éprouvé un tel bien-être que ce soir-là, lorsque j'ai pénétré dans ce lieu magique. Quelle beauté ! Les kimonos *(keikogi)* noirs dégageaient — comment vous expliquer ? — la force et la douceur que peut exprimer un combattant respectueux.

L'homme qui allait devenir mon Senseï (maître) était assis là, majestueux et serein. Il contemplait chacun des gestes de ses élèves.

Dans un mouvement d'une extraordinaire harmonie, les élèves se sont soudain écartés pour venir s'agenouiller au bord du tatami. On m'a prié d'ôter mes chaussures. On m'a ensuite indiqué l'endroit où je devais prendre place. Pas un mot, pas un son ne troubla cet instant, et pourtant je me sentais chez moi.

Le maître m'a posé deux questions surprenantes. À la première : « Que viens-tu chercher ici ? » j'ai répondu : « Rien. » À la seconde : « Qu'espères-tu trouver ici ? » j'ai répondu : « Je ne sais pas. » Il a conclu en disant : « Bienvenue. »

Ce n'est que plus tard que j'ai appris que beaucoup de candidats avaient été refusés car leurs réponses ne correspondaient pas à l'esprit du dojo. Aucune pitié, jamais de seconde chance, un principe excessivement difficile mais qui me séduisait.

La durée des leçons variait de une heure trente à trois heures.

Souvent, nous restions à genoux pour écouter et découvrir l'histoire d'une civilisation vieille de quatre mille ans.

Nous étions une vingtaine d'élèves à cette époque. Les leçons nécessitaient patience et courage, deux domaines où j'excellais. Il se dégageait du maître une magie indéfinissable.

Un jour, après la leçon, je suis revenu sur mes

pas en espérant que le calme de cet endroit continue à apaiser mes souffrances et, stupéfaction, il était là, à genoux, face au *shinzen* (petit autel shintô). Il régnait dans le dojo un lourd silence et je ne sais combien de temps je suis resté là, à l'observer. Dix minutes, une heure, peu importe. J'étais tellement heureux, j'éprouvais la sensation de commencer à vivre. Lui ne me trahirait jamais.

À quinze ans, je trouvais enfin un semblant de famille au sein de laquelle je n'aurais peur de rien. Mon cœur s'ouvrait peu à peu, j'étais serein.

Soudain, il a rompu le silence pour me dire : « Le temps est venu pour toi de changer de vie. »

Pourquoi m'avoir dit ces mots ? Comment pouvait-il savoir ?

Nous avons longuement parlé de tout. Il a vidé mon cœur de toutes ces choses sombres qui l'habitaient. Il me connaissait si bien qu'il me devinait. Enfin ! J'avais attendu cette conversation durant quinze années.

La sagesse de ses paroles, son savoir ont fait naître de moi une personne différente.

Deux années durant, je me suis rapproché de lui et j'ai appris des principes que je respecte encore aujourd'hui. Je passais tout mon temps libre au dojo et, souvent, je faisais mes devoirs dans un endroit que mon Senseï avait réservé à cet effet. Il ne pouvait m'aider, mais sa présence suffisait à me motiver. Ma moyenne scolaire atteignait 70 % de réussite, donc Maman ne pouvait que m'encourager à y aller. Comme un père, il regardait mes bulletins avec beaucoup d'attention, mais jamais il ne fit de remarque négative ou positive.

Cela peut paraître idiot, mais j'ai réalisé qu'il y a deux naissances dans la vie : le jour où l'on vient au monde et le jour où l'on ouvre les yeux.

À des fins cette fois positives, le maître m'éloigna des autres élèves et me consacra son temps libre, pour mon plus grand bonheur. Il partagea avec moi son art du combat mais aussi ses traditions et ses réflexions sur l'existence. Je vous livre ici trois d'entre elles, avec l'espoir qu'elles vous apportent autant qu'à moi :

« La méchanceté des gens n'a d'égale que leur nombre. »

« Ce n'est pas forcément le plus bel oiseau qui chante le mieux. »

« Ne crois pas ce que tu vois, mais vois ce que tu crois. »

Je devins un combattant hors pair, tant avec les mains qu'avec les armes traditionnelles, poursuivant un seul et unique but, le désir de me protéger des autres. Je n'avais jamais été bagarreur ni provocateur. Je n'avais jamais frappé. Je ne savais que trop bien l'effet que cela faisait.

Entre-temps, Maman et moi avions déménagé dans un quartier tranquille, et chaque jour désormais, la vue d'un splendide parc s'offrait à mes yeux.

J'ai toujours été fasciné par le ballet des arbres ballottés par le vent et davantage encore par leur chant. Ma chambre devenait mon dojo personnel. Je m'y sentais bien et y ressentais l'envie d'exister. Maman venait de donner naissance à une petite fille, Sylvia, et le soleil perçait dans notre vie à trois.

Je faisais de plus en plus de démonstrations de maniement d'armes et l'école avait acquis ses lettres de noblesse. Toutefois, l'esprit restait le même et les questions posées aux candidats étaient toujours aussi sélectives. Trente élèves étaient inscrits à présent. Très appliqués, ils prenaient des leçons tant pour l'apprentissage des techniques de combat que pour celui de la philosophie japonaise. J'appris le code d'honneur des samouraïs et compris très vite qu'il guiderait toute ma vie.

Je m'étais construit une famille avec des êtres morts et pourtant tellement présents : Miyamoto Musashi, samouraï resté invaincu qui vécut au XVIe siècle et rédigea avant sa mort le *Traité des cinq roues,* et aussi Hagakure, auteur du *Code secret des samouraïs.* Mon extrême sérénité attirait l'attention de Maman et je pense qu'elle en était fière.

Il m'arrivait souvent de partir au coucher du soleil pour rejoindre le parc du Heysel, un endroit isolé et surtout à l'abri des regards, car les armes que j'utilisais étaient prohibées, mais mon envie de m'entraîner l'emportait toujours.

Je pense être encore actuellement un expert dans le maniement des *nunchakus* (deux morceaux de bois de trente centimètres reliés par une chaîne) et du *katana* (sabre traditionnel japonais).

J'ai acquis à l'époque une force intérieure et une condition physique telles que courir trente kilomètres me semblait dérisoire. Jamais pourtant je n'ai tenté de casser des briques ou des blocs de glace avec la tête, comme on le voit dans certaines exhibitions. Nul besoin de me faire remarquer par des actions inutiles.

Un soir, au cours de mon entraînement, j'ai senti quelqu'un s'approcher. Il n'était pas seul, des pas plus légers et rapides emboîtaient les siens. La brigade canine faisait sa ronde et avait découvert mes activités. Pris sur le fait, j'ai hésité : que faire ? Fuir ne me semblait pas la bonne solution. J'ai donc décidé, imperturbable, de poursuivre mon entraînement. L'agent m'a observé quelques instants puis s'est éloigné. Sans doute le respect d'autrui faisait-il aussi partie de ses convictions. J'ai abandonné provisoirement cet endroit. Il ne faut tout de même pas jouer avec le feu.

Je ne sais si c'est le calme ou la force rassurante qui émanait de moi, mais les filles commençaient à me regarder. Horrible chose que ce sentiment de faiblesse qui vous tord le ventre lorsqu'une fille pose les yeux sur vous. Étrange sensation aussi que de découvrir le pouvoir des yeux d'une fille à cet âge. Je me sentais totalement désarmé, je ne savais quelle attitude adopter.

Senseï, pourquoi ne m'avoir rien dit à ce sujet ?

Merci à vous, Nadine, Carine, Patricia, pour m'avoir appris à rester devant le miroir à ajuster mes cheveux et à suivre le rituel d'usage. Mais rien ne pouvait me détourner de la voie que j'avais choisie. Je vous embrasse...

Et déjà le soleil se couchait derrière moi sans que je m'en aperçoive. J'avais connu le bonheur absolu pendant plus de trois ans, mais tout cela se terminait de nouveau, comme pour me rappeler que la vie décide parfois à votre place. J'aurais tellement voulu qu'elle m'oublie et me laisse encore profiter des rayons du soleil.

Je venais de rentrer à la maison. Je sentis que quelque chose allait se produire. Maman me fit comprendre que l'argent manquait et que j'étais le seul homme à la maison. J'ai songé à mon Senseï et à sa sagesse. J'ai fait un choix déterminé par le code du samouraï : « Donne ta vie pour ton empereur et ta famille. »

Tous mes repères s'effondraient. J'allais avoir dix-sept ans et il me fallait à présent entrer dans le monde des adultes et celui du travail, quitter les quelques amis qui m'entouraient. Puis surtout expliquer à mon Senseï que mes priorités venaient de changer.

Je me souviens de ses mots : « Je t'ai préparé à tout cela comme si tu étais mon fils et je crois en toi. L'important, ce n'est pas la durée du temps que l'on passe ensemble mais l'intensité du moment. » Il m'offrit une veste de kimono qui ne me quitte pas et ne me quittera jamais. Mon cœur saignait, mon âme pleurait, même si je savais qu'il serait toujours là à m'attendre. Il n'avait pas d'enfants.

Quand tout cela va-t-il s'arrêter ? Pourquoi n'ai-je pas une jeunesse normale ? Si quelqu'un ou quelque chose manipule tout cela, à quoi veut-il me préparer ou contre quoi ? De quoi suis-je fait pour avoir supporté tout cela sans avoir un seul instant songé à mettre fin à mes jours ? Tant d'adolescents sombrent dans l'extrême alors qu'ils ont une vie cent fois meilleure que la mienne. La vraie force se trouve-t-elle dans la douleur et les peines ? Un certain cheminement ne serait-il pas nécessaire à l'ouverture d'esprit ?

À dix-sept ans, j'aurais dû n'avoir comme seul souci que l'achat d'une Mobylette ou le choix de la fille qui m'accompagnerait au cinéma. Moi, je réfléchissais comme un vieux à la fin de ses jours. Je devenais insensible aux autres et à la tristesse qui m'entourait dans la vie quotidienne.

Je me souviens de mon premier jour à la recherche d'un emploi. L'argent faisant défaut chez nous, j'ai tout fait à pied. Huit heures de marche pour rentrer le soir avec du boulot, j'étais fier de me croire adulte.

La vie me poussa avec hâte dans le monde du travail, au sein d'une petite entreprise qui fabriquait et installait tout ce qui sert à ouvrir portes et fenêtres. On appelle cela « bronze pour bâtiment », communément clinches ou serrures, mais il s'agit de véritables pièces d'orfèvrerie. Je dois reconnaître que sculpter ou ciseler ces objets avait quelque chose de magique : on donnait naissance à quelque chose de beau. Dommage que, la plupart du temps, j'aie balayé l'atelier et fait les basses besognes — il faut bien que quelqu'un les fasse. Cela me permettait cependant de discuter avec tout le monde.

Il y avait huit ouvriers, tous très différents par leur âge ou leur vécu. Quelle belle école que ces gens ! Réaliser que chacun a un but particulier, mais que tous ont un point commun. Bosser et bosser encore pour gagner ce salaire vital pour leur vie et leurs responsabilités. La peur de perdre leur travail était telle qu'ils acceptaient les remarques d'un chef d'atelier complètement abruti et méchant.

Mon salaire était convenable mais suffisait tout juste à assurer le minimum à la maison. J'assumais mes responsabilités avec honneur et respect, ainsi que me l'avait enseigné mon Senseï. Pour avoir de l'argent de poche, j'avais décroché un travail de nettoyage de bureaux, le soir, ce qui ne me laissait que peu, voire pas du tout de temps pour m'entraîner. Ma journée commençait à sept heures le matin pour s'achever vers vingt-trois heures. Les week-ends étaient vraiment bienvenus.

Le soleil s'apprêtait une nouvelle fois à entrer dans ma vie, mais cette fois sous une forme tout à fait différente. Dans notre rue de quartier *moins* défavorisé se trouvait un parc plus ou moins vide d'arbres mais avec des bancs, répartis selon une logique que personne ne comprendra jamais.

Un dimanche après-midi comme les autres, l'envie me prit de humer l'air extérieur et de profiter du soleil radieux. Quelques pas séparaient notre habitation du parc, quelques pas qui me tirèrent avec ardeur, sans prévenir, vers une autre vie. Le soleil illuminait cet endroit comme s'il ne s'était concentré que pour ce moment-là. Souvent, il m'arrivait de retrouver une amie qui vivait aussi dans le quartier. Ce jour-là, elle était avec une autre fille. « Tiens, une nouvelle dans le quartier », ai-je pensé en m'approchant d'elles.

Qui peut expliquer ce qu'il se passe à cet instant magique où un regard vous emporte ailleurs, dans un monde de bien-être absolu, où un feu d'artifice éclate dans votre cœur et votre tête ? Comment un regard peut-il tout arrêter autour de vous ? Et qui peut dire pourquoi, à ce moment précis, vous savez que c'est elle et seulement elle que vous attendiez ?

Elle était là, devant moi, avec une grâce, un sourire indéfinissable et une douceur qui avait le pouvoir de faire pousser un arbre en plein désert. Nous avons bavardé des heures. La copine s'est éclipsée, mais plus rien ne comptait que nous. J'avais la sensation de la connaître depuis toujours tant j'étais à l'aise à ses côtés, et une question marqua mon cœur et le sien à jamais : « Que va-t-il se passer maintenant ? »

La pudeur guidait nos gestes et cependant nous étions tellement proches. J'avais envie de la prendre dans mes bras et elle de s'y retrouver, mais peut-être qu'inconsciemment nous avions la crainte de provoquer quelque chose qui devrait s'achever le soir venu.

La fraîcheur de cette fin d'après-midi l'a fait frissonner. Avec beaucoup de tendresse, j'ai ôté mon pull pour le poser sur ses épaules. Un court instant, ma main a frôlé sa joue, et je ne peux expliquer aussi profondément que je l'ai ressenti le regard qu'elle m'a offert à cet instant. Des heures s'étaient écoulées sans que nous nous en rendions compte, et le parc était plein d'un calme apaisant. C'était notre moment, notre début d'histoire.

Qu'il aurait été bon d'être adulte à ce moment-là pour avoir la liberté de ne pas regarder l'heure !

Elle avait déjà deux heures de retard et sa famille devait s'inquiéter à présent. Je ne sais combien de fois nous nous sommes dit au revoir sans nous toucher, juste en nous regardant. Enfin, par respect pour elle, je lui ai dit de rentrer. J'aurais dû la raccompagner mais j'apercevais sa maison au loin et gare à celui qui aurait osé l'importuner. Je l'ai vue s'éloigner de moi avec la grâce d'un oiseau irréel.

Au moment d'ouvrir la porte de la maison, elle s'est retournée et là, mes jambes m'ont trahi : elles se sont mises à courir et courir plus vite, toujours plus vite. Je n'ai fait attention ni aux voitures qui me coupaient la route, ni aux gens qui me séparaient d'elle. La prendre dans mes bras fut le plus grand moment de tendresse qui me soit arrivé dans la vie. Pas un mot ne fut prononcé, c'était juste un moment d'amour, comme je vous souhaite d'y goûter au moins une fois. Pour la première fois dans ma vie, j'avais gommé toutes ces choses noires dans mon cœur et j'avais envie de vivre. Je venais de trouver une raison de tout oublier. Ses cheveux sentaient tellement bon, j'aurais voulu lui dire tant de choses, mais à quoi bon ? Elle venait de me dire tout simplement : « Moi aussi. » Imaginez l'importance de ces deux mots pour moi.

Au revoir, peines, douleurs, blessures, bon vent à vous ! Bienvenue, soleil et envie de vivre !

Je ne vous dirai rien de ma nuit, étendu sur mon lit et fixant le plafond, un sourire accroché aux lèvres, car cela m'appartient, et puis de toute façon vous pouvez l'imaginer.

Le lundi matin, il fallut reprendre le boulot, mais c'était différent, tout était différent. Quoi que l'on dise ou fasse, tout était beau. Vite, que le temps passe pour que le soir arrive et que je puisse la retrouver ! Fin de journée. Courir prendre le bus — pourquoi est-il si lent ? Enfin, la maison, au loin... Vite se changer et puis dévaler les marches qui, cette fois, ne mènent pas à la cave mais à la vie.

Il doit être dix-sept heures trente quand je rejoins le parc. Dans une heure, mon ami Gino viendra me prendre pour aller nettoyer les bureaux d'une société d'assurances. Soixante minutes de bonheur, c'est très peu, trop peu, mais ai-je le choix ? Je pense au plaisir de la serrer dans mes bras, de sentir son odeur, d'écouter sa voix. Un quart d'heure que je suis là et rien, toujours personne. Trente minutes passent et les seules personnes qui entrent dans le parc sont des inconnus.

Combien de fois ai-je regardé ma montre ? Pourquoi commence-t-il à faire noir dans mon cœur, dans mes yeux ? Que s'est-il passé ? Pourquoi ne vient-elle pas ? Je vais devoir repartir travailler dans un quart d'heure. De grâce, juste la voir deux secondes pour comprendre... Mais rien.

Peu à peu, je sens que j'affiche un sourire de haine que seule la méchanceté peut engendrer. Me voilà de nouveau seul avec moi-même.

À ce moment, un klaxon retentit. C'est Gino. Il me rappelle à la réalité et, en dépit de mon état, je dois honorer mes engagements et mes responsabilités. Tant de choses reposent sur moi que je ne puis rester là à attendre. Je pourrais me précipiter à sa porte et sonner, mais la vie m'a déjà appris à accepter les choses, si mauvaises soient-elles. Surtout ne pas montrer que j'ai mal. Que penserait mon ami ?

Au moment où je m'installe dans la voiture, un garçon court vers nous. Gino, qui a un caractère très *hard,* bondit hors de la voiture et se dresse face au nouveau venu, qui s'arrête net. Reprenant son souffle, il nous demande lequel d'entre nous est Patrick. Comment peut-il connaître mon prénom ? Je sors de la voiture, stupéfait, sans me douter de ce que je vais entendre. Il m'explique qu'il est le frère de mon rayon de soleil et qu'elle l'a envoyé pour me rassurer et s'excuser de ne pas être venue.

La raison de son absence était toute simple : nous avions tous deux oublié le pull posé sur ses épaules et lorsqu'elle était rentrée chez elle, tout le monde avait compris le motif de son retard. On lui avait donc interdit de sortir le lendemain et les jours qui suivraient. Elle avait seize ans.

Quel soulagement d'avoir des réponses et surtout de n'avoir plus de doutes !

L'incompréhension de Gino pouvait se lire sur son visage et le langage de ses mains (typique des Italiens) me demandait des explications. Lui qui avait l'habitude de me voir froid, calme et silencieux, avec un visage sans expression, ne comprenait pas mon sourire de bonheur. Le chemin entre notre quartier et celui du travail fut d'abord d'un calme mortifère, mais au bout d'un moment, il n'en pouvait plus de ne rien savoir, et la question tomba, nette et franche : « Mais qui est cette nana ? » La réponse fut aussi brève que claire : « La plus belle chose qui me soit arrivée. » Il me sourit et, avec le respect que je lui connaissais, ne fit aucun commentaire sur ce sujet.

Gino venait d'un coin de l'Italie où un autre code de l'honneur avait cours, celui de la Cosa Nostra.

N'allez surtout pas croire que nous étions des voyous. Gino bossait autant que moi et lui, en plus, avait une mère, un frère, quatre sœurs et un père au chômage. Ils vivaient tous dans un appartement sordide, pourvu du strict nécessaire. Malgré cela, j'étais convaincu que son père trempait dans des affaires pas très claires, car, à plusieurs reprises, j'avais surpris des discussions avec des gens qui ne laissaient aucun doute sur leur origine ou leur façon de vivre. Comment faisait-il pour partir trois mois en vacances et construire un domaine là-bas ? Je ne le saurai jamais.

L'éducation que cet homme donnait à ses enfants était très sévère. Je n'ai jamais posé les yeux sur ses filles, je les saluais simplement. Le respect que m'avait appris mon Senseï faisait partie de moi. Gino et moi n'avions jamais fait la moindre remarque sur ses sœurs, c'était tabou, et nous nous respections l'un l'autre pour cela.

Aujourd'hui, je crois comprendre que l'on était un peu comme deux frères. Il était heureux pour moi mais savait aussi que ma rencontre avec cette jeune fille allait changer pas mal de choses dans notre amitié.

Une semaine sans la voir ni la toucher. Toutes ces choses que j'avais envie de lui dire, mais surtout toutes ces choses que j'avais envie d'écouter.

De ma fenêtre je pouvais, en me penchant, voir

sa maison et, de temps en temps, elle apparaissait au balcon. Comme des voleurs, nous nous faisions des signes à l'insu de sa famille, juste pour nous rappeler que nous pensions l'un à l'autre. Le vendredi soir, je me suis promené dans la rue comme quelqu'un qui promène son chien. Il n'y avait pourtant pas de chien... Et lorsque je suis arrivé sous sa fenêtre, elle était là, encore plus belle.

Elle a laissé tomber un papier qui a virevolté tel un papillon. Quel plus beau cadeau qu'un mot écrit par quelqu'un que l'on aime ! J'ai enfoui ce mot dans ma poche, comme un trésor que je ne pouvais contempler qu'à l'abri des regards. Il était temps de rentrer, avec ce chien qui n'existait pas. Arrivé dans notre cage d'escalier, j'ai sorti de ma poche ce petit bout de papier visiblement plié en vitesse.

Avec autant de respect que me l'avait enseigné mon Senseï, j'ai ouvert ce trésor en évitant de le déchirer. Y était écrit ceci : « Samedi, à quatorze heures, je serai sur notre banc. Je t'embrasse. »

D'où venait cette larme qui coulait sur ma joue ? Je n'avais pourtant pas de peine, bien au contraire. Il est donc vrai que les yeux sont le miroir de l'âme et qu'ils expriment les choses comme aucune parole ne pourrait le faire. J'aurais pu bondir de joie, mais la seule chose qui me vint à l'esprit fut de replier ce petit bout de papier et de l'embrasser. Je suis resté assis là un bon moment, à ne penser à rien, juste à profiter de ce moment de paix. Cette nuit-là, je ne parvins pas à trouver le sommeil et pourtant, j'étais tellement reposé. C'est ce que je ressentis au lever du soleil, que j'avais précédé.

J'avais l'habitude de rester assis sur ma chaise, à contempler le vide. Cela me permettait de réfléchir à un tas de choses mais surtout de chercher un but ou un fondement à ma vie. Ce matin-là était si différent des autres. Dans quelques heures, j'allais retrouver la seule bonne chose qui me soit jamais arrivée.

Elle avait des cheveux noirs et des yeux vert émeraude, une voix qui disait la douceur de son caractère et qui pouvait apaiser toutes mes douleurs.

À neuf heures du matin, j'étais déjà habillé, coiffé et parfumé... Encore cinq heures et elle serait dans mes bras.

À son réveil, Maman ne comprit pas pourquoi, un samedi matin, j'étais déjà au garde-à-vous alors que ce jour représentait le repos après ma semaine de travail. Comment lui dire que je découvrais le bonheur et l'envie de tout partager avec quelqu'un ? Que dire puisque, depuis dix-huit années, personne n'avait fait attention à moi ? Pourquoi aurait-ce été différent aujourd'hui ? De toute façon, à dix-huit ans, on n'a pas les mots pour expliquer tout cela, on le vit sans comprendre.

Treize heures. Encore une heure de patience.

Soudain, un klaxon dans la rue. Gino passait me prendre, comme à son habitude. Mon regard suffit à lui faire comprendre que j'avais un autre rendez-vous, et je crois que, bien qu'il ait été un dur, il eut de la peine. Le voir s'éloigner ce jour-là confirma pourtant l'amitié et le respect qui existaient entre nous.

Merci à toi, Gino, pour ton amitié et pour avoir compris l'importance de ce moment pour moi. Je crois aujourd'hui que l'amitié peut être aussi forte que l'amour, et ce quel que soit l'âge. Gino allait tellement me manquer plus tard.

Et en écrivant ces lignes, je le sens, présent à mes côtés.

Treize heures trente. Merci, Senseï, pour m'avoir appris la patience.

J'ai descendu les trois étages avec un calme surprenant, comme si j'avais peur de quelque chose. Ou peut-être l'émotion a-t-elle le pouvoir de ralentir le temps ?

Je ne sais comment vous dire.

Au moment d'ouvrir la porte qui donnait sur la rue, j'ai poussé un grand soupir qui signifiait : « Tout va bien se passer », et je me suis retrouvé à l'entrée du parc, toujours égal à lui-même, partenaire et complice de cette histoire d'amour.

La vue des bancs me ramena six jours plus tôt. Je me trouvais à l'endroit exact où tout avait commencé. L'espace de quelques instants, je suis resté immobile, le regard figé, comme une statue. Plus un bruit autour de moi, les arbres bougeaient à peine, comme pour me saluer.

Soudain, derrière moi, une voix. « Bonjour. »

Comment expliquer ce que l'on ressent à ce moment-là et pourquoi on a l'impression de n'avoir rien entendu ? « Bonjour », a redit cette voix douce et posée.

Je ne pouvais plus bouger même si, à quelques centimètres derrière moi, se tenait la plus belle fleur du monde. Le demi-tour que j'ai fait pour la voir était peu de chose, mais quel moment indéfinissable ! Nos regards se sont croisés.

Elle était là, juste devant moi, son sourire plein de joie et de bonheur.

« Je... Je... Je... » Ma bouche était vide de mots. Elle a passé sa main sur ma joue, comme pour me rassurer.

Y a-t-il des mots assez forts pour exprimer ce que j'ai ressenti à cet instant ? D'ailleurs, est-il vraiment nécessaire de tenter de l'expliquer ?

Connaître ou découvrir des moments tels que rien ne peut les dépasser appartient à un instant dans une vie où l'on rêve éveillé. Et, par malchance, peu de gens éprouvent cela dans leur vie. Peut-être le sacrifice de ma jeunesse était-il le tribut à payer pour ce geste-là.

Cela peut paraître incompréhensible, mais pour revivre cet instant une seule fois, j'accepterais de retourner là où l'on m'a tout pris sans me laisser de choix. Le pouvoir d'un geste est tel que rien ne peut le remplacer, mais qu'il peut tout changer ou tout effacer. Les mains ne peuvent trahir car elles reflètent la sincérité des paroles. Que ce soit dans un moment de bonheur ou de détresse, on tend toujours ses mains vers l'autre.

Fermez quelques instants ce livre et rappelez-vous les moments où vos mains ont remplacé vos paroles, mais surtout les moments de tendresse qu'elles vous ont apportés. Faites-le pour moi, mais surtout pour vous. Permettez-moi de vous offrir ce cadeau qui se cache dans vos souvenirs et votre cœur...

La prendre dans mes bras a été la seule réponse que je lui ai offerte et, sans un mot, nous avons profité de ce moment de bonheur. L'après-midi s'est passé tout simplement. Nous étions tellement bien. Elle m'a expliqué que ses parents voulaient tout savoir de moi, mais que son mutisme avait déclenché des foudres de colère. Et une chose m'a blessé. On prétendait que je n'étais qu'un sale voyou. Pourtant, ils ne me connaissaient pas, alors pourquoi me juger ? J'avais peur de ce qu'ils pensaient de moi et qu'ils viennent à influencer mon rayon de soleil.

En l'écoutant parler, je compris que nous avions pu nous retrouver parce que sa famille était partie pour le week-end et qu'un de ses frères était resté pour monter la garde. Il avait compris sa sœur et l'avait laissée sortir sans crainte. C'était à lui que j'avais serré la main.

Le soir venu, en la raccompagnant devant sa porte, j'avais l'impression que le soleil nous avait protégés toute la journée et que la façon dont il se couchait ne pouvait présager qu'un lendemain encore plus merveilleux. C'était notre deuxième jour et je ne l'avais pas encore embrassée... Quelle importance...

Mon Senseï me manquait terriblement et je voulais lui faire partager mon bonheur. Cette soirée était propice à l'entraînement, et comme il était bon de préparer mes affaires ! La sérénité était en moi, et le calme que mon Senseï m'avait enseigné enveloppait tous les événements.

Mon arrivée au dojo, après plusieurs mois d'absence, se passa dans le plus grand respect de nos traditions. Seule une chose avait changé... Une lumière brillait dans mes yeux.

Quelques élèves étaient là, bien qu'il n'y eût pas cours. L'homme le plus important pour moi était là, assis, égal à lui-même, comme s'il n'avait pas bougé depuis mon départ. Aucune expression sur son visage, sinon l'habituelle sérénité qui se dégageait de sa force. Mes premiers pas sur le tatami, après l'avoir salué, furent une renaissance. Je revenais chez moi et je m'y sentais tellement bien. Deux élèves combattaient. Leur niveau était surprenant d'efficacité, le respect qu'ils imposaient faisait honneur à notre école.

À tout moment, nous aurions pu tuer l'autre, mais je n'ai jamais vu ni entendu qu'un seul élève ait été blessé, excepté peut-être chez les novices, et encore... Il n'y avait pas de vainqueur dans notre école et encore moins de vaincu. Nous devions par nous-mêmes évaluer le niveau dans lequel évoluer et savoir que rien n'est jamais acquis. Voilà un des fondements de l'esprit de Do Tien.

Alors que les deux combattants se saluaient, mon Senseï m'indiqua le centre du tatami. Il est de coutume dans la majorité des arts martiaux d'exécuter des *katas* (des combats contre un adversaire invisible) afin d'évaluer son niveau technique. Voilà ce que mon Senseï voulait juger... Comment pouvait-il savoir que malgré mon absence au dojo, je continuais à m'entraîner ? Je faisais une énorme erreur de jugement. L'adversaire, ce serait lui...

Quel honneur suprême pour moi de me retrouver face à la personne que je respectais le plus. Lui et mon rayon de soleil étaient les deux êtres primordiaux dans mon existence et, le même jour, je réalisais deux rêves.

Le salut *(baï to)* que nous avons échangé était rempli de respect mais aussi d'honneur, tant pour lui que pour moi, et la complicité que nous avions plaçait ce combat au-dessus d'un entraînement. Aucun droit à l'erreur !

Malgré son âge avancé, ses attaques étaient foudroyantes et sa vivacité était celle d'un jeune homme de vingt ans. Mes réactions ont surtout été de défense et j'ai tenté quelques rares attaques. Je pense avoir donné le meilleur de moi-même et avoir fait honneur à son enseignement. La récompense est venue de sa bouche avec cette phrase, gravée à jamais dans mon cœur : « Je suis fier de t'avoir comme fils. »

Les élèves étaient subjugués par ce qu'ils venaient de voir, et je pense que notre combat fait partie des plus beaux souvenirs des personnes présentes ce soir-là.

Je venais de mériter le droit de me mettre à sa gauche, dos au *joseki,* signe que peut-être un jour je serais *kyôshi* (professeur).

Il a fait un geste qui donnait congé à tous les élèves présents, sauf à moi.

En quittant le tatami, tous nous ont salué et j'ai compris que je n'étais plus seul, que maintenant, j'avais encore plus de responsabilités. Toutes mes paroles, tous mes gestes et tous mes actes seraient jugés et copiés. Le silence venait de prendre la place des élèves et, malgré tout le respect que j'avais pour mon Senseï, j'avais le sentiment que seuls étaient présents à cet instant un père et son fils. Les mots qu'il m'a dits ce soir-là m'appartiennent et je ne vous en parlerai pas. Sachez seulement que la fierté avec laquelle je suis sorti du dojo dépasse l'imagination... Un enfant était entré, un homme était sorti, avec des règles et des principes que malheureusement très peu de gens pourraient comprendre ou accepter.

3

Des instants de bonheur intense qui m'étaient dus

Le lendemain matin, j'ouvris les yeux sur un monde différent.

Tout était plus calme autour de moi. Ma sœur Sylvia commençait à grandir et donc à marcher. Maman aussi changeait. Qu'il faisait bon vivre à la maison ! L'après-midi arriva assez rapidement et retrouver mon rayon de soleil ne pouvait que clore ce week-end dans la magie. J'ai osé l'embrasser ce jour-là.

Les semaines qui suivirent appartiennent à une autre époque. Comme il était bon d'aimer quelqu'un sans crainte ni doute ! Comment une telle harmonie peut-elle exister entre deux êtres ?

À plusieurs reprises, mon rayon de soleil me demanda comment j'arrivais à être aussi calme et attentif à tout ; elle était convaincue que j'avais dû vivre des choses dures, mais jamais cependant je n'eus le courage de tout lui raconter. Pourquoi lui faire de la peine ? De toute façon, tout cela était loin de moi à présent.

Un soir d'été, où le temps était aussi beau que ce que nous vivions et partagions, je ne sais pour quelle raison j'ai voulu lui faire partager un moment de mon histoire. Je savais qu'elle ne me jugerait pas. Elle a été très surprise quand je lui ai demandé de m'attendre cinq minutes sans me poser de question. Elle m'a offert un sourire pour marquer son accord.

Je suis remonté chez moi à la vitesse de l'éclair. Préparer mon sac m'a demandé toutefois quelques minutes : je ne pouvais pas tout jeter comme ça à la va-vite. Malgré toutes les démonstrations que j'avais déjà faites, faire mon sac ce soir-là était différent. J'étais serein et fier en même temps. Quand je suis revenu, tous les traits de son visage m'interrogeaient mais elle ne m'a posé aucune question. Plus tard, elle m'expliqua qu'elle pensait que j'avais décidé de quitter la maison en l'emmenant, comme ça... pour vivre à deux...

Aujourd'hui j'en souris car je comprends que sa confiance en moi était sans limites... Quel beau cadeau ! Mais surtout quelle inconscience quand on aime. Peut-être est-ce cela, l'amour ? Croire si fort en l'autre que l'inconscience prend le pas sur la raison ? Je comprends mieux cette expression, « aimer à la folie ».

Le parc du Heysel était obscur quand nous y sommes arrivés, et sa main a serré la mienne encore plus fort. Toujours aucune question. Quel courage il lui fallait pour me suivre dans l'inconnu ! Je l'ai emmenée dans mon coin secret, ses yeux allaient dans toutes les directions, interrogeaient, mais elle restait silencieuse.

Une souche d'arbre, seul témoin et partenaire de mes entraînements. J'y ai installé mon rayon de soleil avec ma veste en guise de coussin. Je n'ai éprouvé aucune gêne à me changer devant elle. Au fur et à mesure de sa découverte de mes muscles, son sourire s'est fait interrogateur. Pendant mon échauffement, j'ai croisé son regard et ressenti une grande fierté. Ma concentration aurait fait trembler n'importe quel combattant et je reste convaincu que mon Senseï était aussi présent ce soir-là.

Sur le chemin du retour, elle m'expliqua qu'elle avait sursauté à chacune de mes attaques au *katana,* non par peur mais à cause de ma vitesse d'action. J'aurais dû être très fier, mais comment expliquer à un monument de douceur, sans passer pour un barbare à ses yeux, qu'une attaque est souvent déterminante dans un combat ? En fait, aucune explication ne fut nécessaire et elle me dit qu'elle comprenait à présent comment et pourquoi je dégageais tant de prestance et de calme... Je crois qu'elle était rassurée.

Quelques semaines plus tard, j'allais découvrir pour la première fois de ma vie la douceur de l'édredon à deux. Je ne sais comment tout cela est arrivé, mais je me rappelle à quel point on peut trembler d'angoisse et surtout être maladroit... Alors qu'il suffit simplement d'être soi-même et de laisser parler son cœur. Malgré notre jeune âge et notre inexpérience, nous avons pris notre temps. Rien n'avait été préparé. La vie mit en place tous les éléments et les circonstances qui firent de ce moment que l'on appelle « la première fois » un moment magique.

Les critiques négatives de ses parents devenaient pesantes et me faire traiter de voyou commençait vraiment à m'agacer. Pourquoi me juger sans me connaître alors que la seule chose que je n'étais pas, c'était un voyou ? Jamais ils n'avaient demandé à me rencontrer et pourtant, à plusieurs reprises, ils avaient dû nous voir car nous ne nous cachions pas. Notre conduite était irréprochable aux yeux des gens et, plus encore, notre attitude dans des lieux publics.

Jamais je n'ai compris comment certaines personnes peuvent se promener en tenant l'autre si fort qu'ils donnent l'impression qu'il va s'enfuir. Prendre la main de l'autre est aussi complice et bien plus respectueux qu'une attitude trop débordante.

Pendant cette période, un nouvel ami fit une brève apparition dans ma vie. Il allait, lui aussi, me faire vivre un moment que rien ne peut effacer. Patrick, garçon discret et pas voyou. Son rêve était l'armée... Jeune engagé dans la Force belge, il adorait tout ce qui avait des principes et un code de conduite. Mais je crois surtout qu'il cachait un mal-être profond et que Gino et moi étions un peu sa famille. Nous étions très soudés et pourtant nous pouvions rester des semaines sans nous voir. Trois garçons différents pour trois vies différentes, mais unis par une amitié sans accroc. Jusqu'au jour où... Dans une ville d'Afrique appelée Kolwezi, un conflit dégénéra en guerre : la Belgique, très ancrée dans ce pays, n'eut d'autre option que de s'y impliquer militairement. La télévision annonça le départ des troupes belges, donc de mon ami. Il n'avait pas eu le temps de me dire au revoir. J'étais inquiet et pourtant très fier pour lui. Gino ne dit pas un mot, mais je savais ce qu'il pensait et ressentait. La télévision distillait des infos presque rassurantes et j'appris que l'armée française avait anticipé l'événement en sautant sur Kolwezi.

Sans nouvelles de notre ami depuis quinze jours, l'inquiétude commençait à nous tarauder. Dans ma tête et dans mon cœur, je me préparais au pire. Je savais que c'était son choix et je le respectais, comme il l'aurait fait pour moi.

Je ne comprenais pas pourquoi on voyait les familles — épouses, sœurs, mères... — pleurer d'inquiétude pour leurs fils qui assumaient leurs choix. Se battre pour une cause à laquelle on croit, n'est-ce pas la plus belle des raisons pour vivre ou pour mourir ? Vivre pour ses convictions et mourir en les défendant, c'est vivre comme un homme.

Le droit de vivre appartient à chacun, et la façon de mourir aussi.

Quelques jours plus tard, la télévision nous apprit le retour des soldats belges. J'allais revoir mon ami. Enfin, je le croyais... À l'aéroport militaire de Melsbroek, c'était la cohue, mais dans le grand hangar où l'on nous dirigea, un calme digne régnait. Un Hercule C130 était déjà là et les soldats commençaient à en descendre. Difficile de décrire les scènes de joie mêlées aux pleurs de soulagement qui prenaient doucement la place du silence. Soudain, j'aperçus mon ami. Il était là, sain et sauf, et avançait vers moi. J'avais l'impression que la foule s'écartait pour ne pas le bousculer, comme par respect. Encore vingt mètres et il serait près de nous. L'homme qui arriva en face de moi n'était pas mon ami, il avait le regard vide et le cœur fermé.

Ce n'était pas mon ami qui était revenu de là-bas, c'était une chose que je ne connaissais plus, il marchait, respirait mais était absent. Qu'avait-il vu là-bas ? Jamais je ne le saurai.

Seul trophée rapporté de la guerre, une photo de son compagnon d'armes décapité et accroché à un arbre, sa plaque de matricule enfoncée dans une plaie béante au thorax. Je ne l'ai plus jamais revu mais je sais qu'il s'est engagé dans la Légion étrangère.

Où que tu sois, je pense à toi.

Malgré l'absence de mon ami et l'incompréhension dans mon cœur, la vie continuait. Mon rayon de soleil réussit à soulager ma peine, mais un second événement allait à nouveau entacher les moments de bonheur que nous vivions.

Un samedi soir, nous sommes allés au cinéma, seul luxe autorisé par sa famille, et autant j'étais fier qu'elle soit auprès de moi, autant je craignais pour sa sécurité. Je me méfie toujours des endroits où il y a beaucoup de monde car, souvent, le respect ne fait pas partie de l'éducation des gens et tout geste maladroit peut avoir des conséquences désastreuses. En faisant la queue, j'avais déjà remarqué des lascars un peu nerveux mais surtout bruyants...

Mon rayon de soleil m'a serré la main et m'a offert un sourire comme pour me dire de ne pas faire attention à eux. Mais justement...

À force de les laisser faire tout et n'importe quoi, ils prennent de l'assurance et c'est l'escalade. Ils venaient de prendre à partie deux filles qui faisaient aussi la queue et je fus surpris par l'absence de réaction de certains adultes. Au moment où je voulus intervenir, deux agents de police passèrent. À leur vue, la bande se calma. Surprenant d'entendre, à ce moment-là, les réactions des gens, fiers comme James Bond, qui utilisent toutes les excuses pour justifier leur manque de courage.

La foule se dispersa et j'avais un sentiment désagréable qui me disait de rentrer à la maison. Mais pourquoi gâcher cette soirée avec mon rayon de soleil ? Elle était là à côté de moi et rien d'autre ne comptait. Elle savait déjà qu'elle devait toujours s'asseoir à ma droite, quel que soit l'endroit et, petit à petit, je réussis à lui apprendre une autre culture avec d'autres valeurs, mais surtout le respect de l'autre, sans pourtant faire abstraction de l'éducation que ses parents lui avaient donnée et de leurs valeurs familiales. Mais je crois surtout qu'elle respectait énormément ma façon de vivre.

Je ne me souviens plus du film. Nous étions tellement bien. Le générique de fin défilait sur l'écran et la lumière est revenue, comme pour nous rappeler que chaque chose a une fin. Comme nous étions pressés par l'heure, je n'ai pas vu le danger arriver. En suivant la masse de gens qui se dirigeaient vers la sortie, nous avons rejoint le hall où se trouvaient les caisses. Quelques mètres encore et la rue était là. Quelques mètres de trop pour la bande de lascars qui narguaient les gens à la sortie. Insultes et provocations remplissaient le hall et nul ne réagissait. Pourtant, dans cette foule de gens qui sortaient, doublée par ceux qui entraient, il devait bien y avoir quelqu'un qui allait leur expliquer le respect ? Personne, cependant, n'a réagi.

Soudain, l'erreur. La bande venait de lancer une insulte vers mon rayon de soleil. Elle s'est retournée aussitôt vers moi en me serrant la main une fois de plus, comme pour me parler. En arrivant à leur hauteur, je leur ai lançé un regard qui aurait dû les mettre en garde, mais surtout leur faire comprendre de ne pas jouer avec le feu. J'avais ralenti le pas de façon à bien gérer la situation, mais mon rayon de soleil me tirait vers la rue. Malheureusement, on nous a insultés à nouveau et un des gars s'est dirigé vers l'être que je chérissais et protégeais le plus.

Tout s'est passé très vite. Mon attaque a été franche et directe. J'ai frappé pour casser et protéger. Je n'étais plus à l'entraînement mais, pour la première fois, en combat réel. Bien sûr, ils ne pouvaient pas savoir, ce qui explique leur désarroi... Pourtant, leur nombre aurait pu être un atout dans leur stratégie. En quelques secondes, tout a été terminé... Les gens criaient et couraient en tous sens et je me suis rendu compte que mon rayon de soleil restait figé sur place, affichant un regard de panique mêlé d'incompréhension. La scène autour de moi était désastreuse et la vue du résultat de mon acte l'était encore davantage. Pourtant, j'étais calme et soulagé que rien ne lui soit arrivé.

Comment aurais-je pu rester là sans intervenir ?

Et puis qui sème le vent récolte la tempête. Ils étaient là, étendus sur le sol, et je n'avais aucun regret. Nous sommes partis sans nous presser et n'en avons plus jamais reparlé. J'espère leur avoir appris le respect et l'humilité. Si ce n'est pas le cas, dommage pour eux.

Les semaines passaient et aucun nuage n'assombrissait notre vie.

L'hiver, bien qu'ensoleillé, avait dénudé les arbres, et le froid devenait trop prononcé pour que je puisse continuer à m'entraîner dans le parc du Heysel. Je poursuivais à présent mon entraînement dans un parking souterrain relativement isolé. Celui-ci se trouvait au-dessous de notre appartement et me donnait régulièrement l'occasion de m'échapper du monde extérieur. Mon rayon de soleil partageait de plus en plus ces moments où j'étais en harmonie avec mes convictions. Son regard était toujours aussi admiratif.

Avec le salaire de mes heures supplémentaires, je me suis inscrit pour passer mon permis de conduire et j'ai réussi l'examen. De là à pouvoir m'acheter une voiture, il y avait cependant une marge. De temps en temps, Gino me laissait conduire la sienne, véritable objet de culte comme c'est souvent le cas pour un homme à cet âge-là. Quelle liberté et quelle indépendance offre une voiture, même fabriquée avec des pièces de démolition !

Le hasard d'une mécanique défaillante m'a fait découvrir un garage en face de la basilique de Koekelberg. Petit garage sans prétention, mais important grâce aux compétences de son patron, surnommé Freddy. Il était spécialisé dans les Alfa Romeo et sut nous faire partager sa passion pour la belle mécanique.

Douze mois d'une nouvelle vie, sans ombre, entouré d'amis sincères, mon rayon de soleil et mon code de l'honneur. Que demander de plus ? Mais, comme je l'ai déjà dit, tout début présage une fin.

Un lundi matin, en arrivant à l'atelier, je sentis que l'atmosphère était différente. Les mines étaient sombres et fermées. Un ouragan s'annonçait, la bêtise humaine allait générer la foudre. Le chef d'atelier a pris à partie celui que l'on appelait Papy, l'ouvrier le plus ancien mais aussi le plus âgé d'entre nous. Il était la gentillesse personnifiée et, à plusieurs reprises, il m'avait raccompagné à la maison en voiture, ce qui m'avait donné le temps de connaître un peu son histoire. Marié depuis quarante ans à une femme handicapée, il avait plus que besoin de son salaire, et sa tenue vestimentaire était le signe évident que le moindre franc servait à soigner son épouse plutôt qu'à remettre un bouton à sa veste. Je l'ai regardé se pencher sur sa machine, la tête enfoncée dans les épaules, par peur. Le chef d'atelier, plus jeune que lui d'au moins vingt ans, se défoulait sur lui verbalement sans que personne ne bronche. Surtout ne pas m'interposer, ma sœur et d'autres choses dépendaient de mon salaire... Papy a soudain pris son visage dans les mains. J'ai cru apercevoir une larme sur son visage. L'injustice était flagrante. Que devais-je faire ? Perdre mon salaire et respecter mes convictions ou me taire et honorer mes engagements et mes responsabilités ? Personne ne pouvait décider à ma place... Et je ne sais pourquoi mes yeux, à cet instant, ont vu le surveillant du dortoir à la place du chef d'atelier... Il fallait absolument qu'il laisse cet enfant tranquille. Avec calme et détermination, je l'ai saisi à la gorge. Seule la pointe de ses chaussures touchait encore le sol. J'ai collé son nez contre le mien et je crois que mon regard a fait le reste. Je ne l'ai ni frappé ni insulté... Pas un mot, mais il a compris le message. Il est devenu bleu car l'air lui manquait, et lorsque je l'ai relâché, il a vacillé. J'avais gagné le respect de Papy mais perdu mon travail.

Je suis parti sans me retourner et sans regrets. Le soir, à la maison, à table, j'ai regardé Sylvia et Maman sans prononcer un mot. Je crois que mes yeux devaient dire : « Mangez, car demain est un autre jour. » J'ai attendu que ma sœur soit couchée pour annoncer à Maman que je n'avais plus de boulot. J'ai prétexté une « restructuration économique ». Elle n'a rien répondu, elle était désemparée. Ce soir-là, je me suis entraîné à la limite de mes forces et, déshonneur pour moi, je crois que la colère avait le dessus.

Lorsque j'ai regagné l'appartement, tout le monde dormait. Je n'étais pas allé chercher mon rayon de soleil, qui devait sûrement s'inquiéter.

La nuit a été longue et je n'ai pas fermé l'œil.

Jamais personne ne sut ce qui s'était effectivement passé à l'atelier et jamais je n'eus de nouvelles de Papy.

Comble de malchance, mon contrat pour l'entretien des bureaux expirait quelques jours plus tard. Il fallait donc que je trouve une solution très rapidement.

Par une connaissance, j'appris qu'un Car Wash cherchait un homme pour du travail au noir. Je ne pouvais me permettre de faire la fine bouche car l'argent commençait à manquer à la maison. Je fus engagé le soir même et pris mes fonctions immédiatement. Dehors, la neige commençait à couvrir de sa robe blanche le peu de couleurs d'automne qui subsistaient, et le froid ne lâchait pas prise. Entre le salaire et les pourboires, je ne perdis certes pas mon temps, mais les retards accumulés dans les factures étaient difficiles à récupérer. Quelques semaines passèrent et le froid atteignit son point culminant. Pour augmenter mon salaire, je restais le plus tard possible au Car Wash car, une fois seul à travailler, on n'était plus obligé de partager les pourboires reçus entre nous. En fin de journée, mes mains n'en pouvaient plus car j'occupais le poste extérieur et je séchais les voitures à la peau de chamois. En été, cela devait sans doute être très agréable, mais en hiver...

Un samedi matin, j'ai ouvert le Car Wash plus tôt en espérant me faire un maximum de pourboires. Comme en hiver le soleil se lève plus tard, j'ai commencé ma journée dans la pénombre. Le froid me pénétrait jusqu'aux os. Mon premier client m'a même traité de fou de travailler dans ces conditions car il gelait vraiment très fort. Mes mains changeaient de couleur et il me semblait avoir moins froid que d'habitude. Je n'y ai pas fait tout de suite attention : le monde arrivait, il fallait donc que je m'active. Les pourboires pleuvaient dans ma poche et le jour se levait sur une file de voitures en attente. Je ne pensais à rien et je ne comprenais pas pourquoi ma peau de chamois restait collée à la carrosserie des voitures. Le gel, voilà la réponse. Instantanément, les voitures gelaient. Plus moyen de les essuyer. J'ai dû me résigner à arrêter mon travail et, par la même occasion, dire adieu à mes pourboires. Pourtant, je n'avais pas froid. Un ouvrier est arrivé et, avant même de se changer, m'a dit que l'on pouvait tout fermer. En lui donnant la main pour le saluer, j'ai vu sur son visage une expression d'horreur. Je n'ai pas compris.

Soudain, il a dit : « Tes mains ! » Elles devenaient noires et gonflées. Plus moyen de les bouger. Je ne m'étais même pas aperçu qu'elles avaient gelé.

Lorsque je suis arrivé à l'hôpital, la réaction des médecins m'a fait davantage paniquer que la vue de mes mains. Je ne pensais qu'à une seule et unique chose : mon entraînement. Comment allais-je faire ? Les médecins me regardaient avec étonnement. Il paraît en effet que la circulation du sang dans des membres gelés provoque d'atroces douleurs. Et moi, je restais là, égal à moi-même, sans une plainte, impassible. Pourquoi se lamenter sur son sort ? Gérer sa douleur est le pouvoir absolu.

Quinze jours de convalescence furent nécessaires et je dus utiliser mes mains comme des gants de boxe. L'un des médecins me dit qu'à quelques heures près, on aurait dû m'amputer. Il paraît que j'ai eu de la chance de n'avoir aucune séquelle.

Les rues étaient revêtues des couleurs des fêtes de fin d'année, mais chez nous, on n'avait pas trop l'habitude de fêter ces choses-là. Maman avait tout de même installé un sapin de Noël pour ma sœur. Mon rayon de soleil devait passer les réveillons avec sa famille. J'ai profité de ces quelques jours pour m'occuper de Sylvia. Je ne savais pas encore que ce serait la seule fois que j'aurais l'occasion de le faire.

Je suis entré dans l'année 1979 avec optimisme, reposé mais sans emploi.

Par téléphone, mon rayon de soleil m'a fixé rendez-vous. Elle était emmitouflée de la tête aux pieds, mais son sourire était toujours formidable. La prendre dans mes bras m'apportait toujours autant de bonheur que la première fois. Entre nous, rien ne changeait, bien au contraire. De temps en temps, je discutais avec son frère. Sa gentillesse était semblable à celle de sa sœur. Il était la seule personne au monde que je connaisse qui puisse dormir vingt heures de suite, un garçon au demeurant très courageux. Mais la vie ne l'avait pas assez endurci et, par désespoir amoureux, il se jettera par la fenêtre, du troisième étage, devant sa famille.

Ma recherche d'emploi me conduisit dans une société qui installait des toits plats, style dépôt ou hangar. Au début, j'étais impressionné par la hauteur. L'inconscience nous faisait travailler sans sécurité. Nous avions un jeu stupide qui consistait à courir sur une poutrelle de sept centimètres de large placée à douze mètres du sol.

Mes dix-huit ans accomplis changèrent mon statut dans le monde du travail. Le salaire devenait plus qu'acceptable et on venait, en plus, de m'apprendre que les heures supplémentaires seraient payées de la main à la main.

Ce travail nous faisait voyager dans toute la Belgique, et il faut reconnaître qu'il existe des lieux magiques et de petites villes où il fait bon s'arrêter pour admirer des paysages presque imaginaires. Les premiers jours furent une mise à l'épreuve, comme dans chaque entreprise. Surtout, il fallut que je passe l'épreuve de mes collègues, car travailler à douze mètres du sol sur des poutrelles en béton de dix centimètres de large impose que la confiance soit totale entre tous.

L'épreuve comporte deux étapes. D'abord, les réflexes : on vous lance un objet au hasard qu'il vous faut rattraper. Lorsque vous vous trouvez à douze mètres de haut sur une poutrelle où les mains servent à vous tenir, vous saisissez mieux la difficulté. La seconde étape est plus sournoise : on vous appelle en renfort pour fixer quelque chose, mais la sécurité vous obligeant à porter un harnais, vous êtes limité dans vos mouvements. Comme par hasard, vos collègues se trouvent de l'autre côté du toit et, pour les rejoindre, il faut utiliser les poutrelles. Vous comprenez alors que ce que l'on attend de vous est tout simple : parcourir vingt-cinq mètres à douze mètres du sol sur une surface égale à celle de la semelle de vos chaussures, et ce sans sécurité.

Cela peut paraître une folie — je vous l'accorde —, mais tout est une question d'habitude. La confiance en soi peut vous faire dépasser vos limites mais surtout, quelle victoire sur soi-même ! Quelle satisfaction de pouvoir regarder vos collègues droit dans les yeux, une fois l'épreuve réussie !

Les mois passaient. Nous étions vraiment une bonne équipe, solidaire et complice. L'été approchait à grands pas, et travailler à l'extérieur toute la journée était un réel plaisir. Je gagnais convenablement ma vie. Petit à petit, les fins de mois devenaient moins difficiles.

Je ne peux toujours pas comprendre, aujourd'hui, pourquoi l'on associe le mot « civilisé » ou le mot « cultivé » au pouvoir de l'argent. Comment inculquer ou perpétuer des traditions ou même une éducation puisque l'argent remplace tout ? Sans argent, vous n'êtes rien, vous n'existez pas. Que vous soyez le pire des voyous, pervers, idiot ou génie, l'argent a le pouvoir de gommer tous vos vices ou défauts ou, pis, celui de les assouvir. Le regard méprisant que peuvent porter sur vous un banquier, un huissier ou un inspecteur des impôts vous enfonce encore plus dans la misère. Je ne conteste pas leur utilité mais, comme me l'a appris mon Senseï, dans chaque acte il y a la manière. Malheureusement, le respect est la seule chose absente des programmes scolaires. Que l'on soit riche ou pauvre, idiot ou intelligent, le respect de l'autre passe par une éducation stricte et qui demande de la patience aux deux parties. Hélas ! rares sont les parents qui ne sont pas débordés par la course à l'argent au détriment de l'éducation de leurs enfants.

À force de courir sur des poutrelles une partie de la journée, la prudence s'efface au profit de l'habitude. C'est à ce moment-là qu'il faut se méfier. L'habitude développe chez l'homme l'inattention. Le prix à payer pour ce moment de relâchement est souvent démesuré. Quel que soit le moment ou l'événement que vous vivez, restez attentif, sans pour cela devenir paranoïaque. Sun Tzu disait, dans *L'Art de la guerre,* que le meilleur combattant est celui qui ne ferme jamais les yeux.

Mon Senseï m'expliqua un jour que le pêcheur à la ligne ne gagne sur le poisson qu'à un seul moment. Le pêcheur est comme le mal, la trahison ou la faiblesse, il attend patiemment le moment où l'inattention prendra le dessus...

Tant d'exemples de la vie quotidienne nous le prouvent chaque jour, que ce soit dans la vie privée, au travail ou au cours de déplacements. Les conséquences sont immédiates et souvent catastrophiques.

Pour développer notre attention, mon Senseï avait imaginé des situations assez particulières : elles consistaient à placer deux groupes de quatre élèves sur une surface de seize mètres carrés (4 mètres sur 4). Quatre élèves étaient armés d'un bambou faisant office d'arme (1,50 mètre de long). Souvent, mon Senseï désignait des novices car leurs attaques étaient incohérentes, donc plus difficiles à gérer... Les quatre élèves à mains nues devaient se protéger sans porter d'attaque. Le signal de départ était un claquement de mains, et chaque élève pouvait choisir l'adversaire à attaquer. Il fallait gérer les attaques mais surtout faire attention aux autres combattants, souvent désorientés. Je n'ai jamais compté les hématomes que j'avais sur le corps après ces entraînements, mais les enseignements que j'en ai tirés me servent encore aujourd'hui.

Après chaque entraînement, mon Senseï me posait la même question : « Qu'as-tu appris ? » Hormis le fait que je devenais un combattant hors pair, je ne comprenais pas la question.

Pendant des mois, pour finir les entraînements, on recommença les carrés, jusqu'au jour où mon Senseï se plaça en face de moi. Notre respect pour lui est au-delà de l'imagination. La peur de le blesser figea le temps pendant quelques secondes. Tout le monde me regarda, stupéfait. Je ne devais surtout pas montrer d'émotion ou d'hésitation. Je pris la place du combattant fixé en face de mon Senseï et je brandis le bambou.

Tout le monde se mit en place. Les choses allèrent très vite. Avant le signal, mon Senseï poussa l'élève qui se trouvait derrière lui. Ce dernier entraîna dans sa chute son adversaire armé puis profita de la stupéfaction générale pour faucher le groupe à sa droite et saisir le bambou du combattant. Ensuite, il porta violemment un coup en cercle dans les mollets du dernier groupe qui venait de faire une tentative d'assaut. La douleur qu'il leur infligea les paralysa instantanément. Il fallait que je réagisse, comme il me l'avait appris... sans hésitation !

Au moment de porter mon attaque, j'entendis un claquement sec et ressentis une vive douleur au poignet. Mon Senseï venait de casser le bambou que je tenais et se trouvait debout devant moi, son bambou contre ma gorge... Nul n'avait eu le temps de réagir et le combat était déjà terminé. Personne n'avait été blessé sauf, peut-être, dans leur amour-propre.

Dans le silence habituel du dojo, tout le monde reprit sa place. Je choisis de m'installer au centre du tatami plutôt qu'à la gauche de mon Senseï, pour lui montrer mon respect en dépit de ce que le protocole m'imposait. C'était ma manière de lui montrer que je restais humble et attentif à son enseignement. La théorie avait autant d'importance que la pratique, et souvent je trouvais les réponses en l'écoutant parler. Il nous expliqua que chaque combat est similaire à une situation de la vie courante et nous dit ceci : « La prudence est bonne conseillère. Les quatre combattants au centre du carré se sont retrouvés dans une situation imposée et non choisie, comme cela vous arrivera parfois dans votre vie familiale, professionnelle ou sociale. Mon attaque vous a démontré qu'il faut agir avant de se laisser dominer par une situation pour éviter le point de non-retour. Restez toujours maîtres de vous et anticipez chaque événement. »

Dans le travail, l'habitude s'était donc installée entre nous et l'imprudence nous guettait, tapie dans un coin. Un nouveau chantier nous avait menés au fin fond de la Belgique. Chacun de nous savait exactement quoi faire, et un tel automatisme s'était installé qu'il n'y avait pas de chef parmi nous. Le bâtiment sur lequel nous devions travailler faisait approximativement quatorze mètres de haut et nous avions donc pris les échelles adéquates. Le soleil accompagnait notre journée et nous avions de l'avance sur le planning. La chaleur et surtout la soif ont annoncé une pause bien méritée et, comme je me trouvais le plus près de l'échelle, je suis descendu chercher les boissons. La hauteur ne comptait plus à présent, et descendre une échelle de quatorze mètres avait aussi peu d'importance que de descendre une volée de marches. Quand je suis arrivé à mi-hauteur, j'ai eu un mauvais pressentiment. L'échelle venait de bouger et mon regard s'est dirigé vers les points d'ancrage. L'habitude nous avait fait oublier la sécurité. Gérer la situation... Voilà ce que mon Senseï m'avait appris. J'étais en plein dedans. Environ huit mètres me séparaient du sol (trois étages). Soudain, l'échelle s'est mise à glisser vers la droite, le long du mur...

« Appuie de tout ton poids et reste sur l'échelle le plus longtemps possible », voilà ce que mon instinct m'a dicté de faire à ce moment-là. Choix judicieux car, en frottant contre le mur, je ralentissais ma chute. À présent, je voyais le sol se rapprocher. Ce moment m'a paru interminable, alors que quelques secondes seulement s'étaient écoulées. Il fallait que je me sépare de l'échelle avant de tomber, car une pièce de quatorze mètres répartie en trois éléments allait forcément se disloquer en touchant le sol... et sûrement faire plus de dégâts que la chute elle-même. Mes pieds ont touché le sol en premier. Rouler en arrière sur moi-même était la seule solution.

Mes collègues, ameutés par le bruit, sont arrivés et ont été très étonnés de me trouver assis sans aucune blessure apparente. Je ne savais pas encore que j'avais le talon droit cassé verticalement. Au moment de me relever, j'ai ressenti une très forte douleur au pied. Pourtant, je pouvais marcher et me tenir debout. De toute façon, dans quelques heures, le chantier serait terminé et j'aurais le temps de me soigner. La douleur devint insupportable. Mes collègues le remarquèrent. Mais comme à mon habitude, je ne dis pas un mot. Tout le monde pensait à la chance que j'avais eue, et moi, je remerciais mon Senseï de m'avoir appris le carré.

Arrivé à l'atelier, je ne pus cacher mon état et, forcément, la direction apprit l'incident.

Je n'avais pas d'autre option que d'aller à l'hôpital. Pour enlever ma chaussure, une seule solution : la couper. Mais couper une chaussure de sécurité lorsque le pied a triplé de volume est un réel problème, même pour un médecin chevronné. Après cinq minutes d'hésitation et de discussions pour savoir comment procéder, j'ai proposé aux médecins de me laisser faire. Je voulais simplement qu'ils me laissent seul dans la pièce. La douleur se gère dans la tête. Je crois que les médecins présents ce jour-là se demandent encore aujourd'hui comment je suis parvenu à enlever ma chaussure sans la découper.

Je pensais à mon entraînement et à mon rayon de soleil.

J'avais l'impression que le soleil se couchait une fois de plus et je ne savais pas pourquoi. Six semaines de repos m'étaient imposées. J'ai décidé de profiter de cette situation pour me perfectionner dans le maniement de mes armes préférées — le sabre et le *nunchaku*.

En arrivant ce soir-là à la maison, je ne savais pas comment annoncer à mon rayon de soleil que je m'étais blessé, car je devinais sa réaction, toujours dictée par sa profonde sensibilité. Pour mes mains déjà, elle avait pleuré, et cela m'avait beaucoup touché. D'une manière ou d'une autre cependant, il fallait que je la prévienne. Dès mes premiers mots au téléphone, elle sut qu'il venait de m'arriver quelque chose. J'ai entendu sa voix changer. Aujourd'hui, je pense que ce simple fait me fit prendre conscience de ce que je représentais pour elle, et pour la première fois en dix-huit ans, des larmes coulèrent le long de mes joues. Je me sentais si impuissant face à sa peine et à sa peur.

Cette nuit-là fut la nôtre. Nous n'avons pas pensé aux conséquences. Ce moment nous appartenait, il était celui d'un amour qui n'atteindrait jamais sa limite. Une nuit où plus rien ne compte, où l'obscurité vous enveloppe de tendresse et se fait complice de votre histoire avec pudeur et simplicité ; une nuit tellement belle que la lune devient aussi chaude que le soleil. La porte fermée au monde extérieur ne se rouvrit qu'à l'aube du jour suivant.

Je pense que Maman faisait semblant de dormir quand nous nous sommes levés, et le calme qui régnait ce matin-là surprenait par sa douceur. Pas un mot n'interrompit notre tête-à-tête, et nos regards mêlés à l'arôme du café ajoutèrent encore à la magie de ces instants.

Pourquoi la plupart des gens passent-ils à côté de ces moments merveilleux sans même en avoir conscience ?

Ma vie changeait et je connaissais des instants de bonheur intense qui, je le pensais, m'étaient dus. Mon rayon de soleil était dans la salle de bains. Je me suis installé à la fenêtre comme pour me rappeler que, quelques années auparavant, je le faisais par solitude. Victoire sur la difficulté de la vie... Ça, personne ne pourrait me le prendre.

Huit heures. La fraîcheur du matin était bien plus présente que les gens dans la rue et traverser le parc ce jour-là avait une autre signification pour nous deux. Quelques pas encore et la vue de la porte d'entrée de sa maison nous rappela que la vie allait reprendre son rythme. J'aurais voulu lui dire tant de choses, ne plus la quitter, vivre avec elle et construire une vie, mais il me fallait rester lucide et attendre de mettre toutes les chances de notre côté. Se dire au revoir ce matin-là fut extrêmement difficile.

Comme j'avais du mal à marcher, je dus m'asseoir un moment dans le parc. Un tas de souvenirs m'accompagnaient. Quel choix devais-je faire ? Je l'aimais tant. Je ne pouvais rien construire de personnel car trop de choses dépendaient de moi et je ne voulais pas devenir comme la vie l'avait été avec moi : égoïste. Je ne sais plus combien de temps je suis resté assis là, à hésiter et à douter de mes choix.

Comme toujours, je savais qu'il n'y avait qu'un seul endroit où je trouverais le calme pour réfléchir et trouver des réponses à mes questions. Quand j'ai ouvert la porte du dojo, je me suis senti apaisé. Personne n'était présent, enfin je le croyais. Je ne voulais pas m'entraîner, mais réfléchir et prendre de la distance par rapport aux événements. L'analyse de soi et des choix que la vie impose est souvent plus difficile que d'affronter plusieurs adversaires. J'étais un combattant doué par sa patience, sa stratégie, sa détermination, son respect des traditions et des obligations, mais tellement ignorant des sentiments et de leur importance dans la vie. Mon Senseï n'avait pas d'enfants — sauf moi — et je ne lui connaissais pas de femme. Pourquoi ? Avait-il eu à faire des choix, lui aussi ? J'essayais de penser comme lui, avec impartialité et sagesse, quand soudain j'ai senti une présence derrière moi. Il était là, depuis un moment, à m'observer sans mot dire. Sans me retourner, je lui ai posé une question que lui seul pouvait comprendre : « Vous êtes-vous déjà trompé dans vos choix ? » Il m'a répondu : « Oui, par obligation, mais surtout par respect. Ne tire surtout pas de conclusion de ma réponse car ta vie t'appartient. »

Faire un choix. Voilà une fois de plus ce que la vie exigeait de moi ! Pourtant je ne lui demandais rien, à part peut-être un peu de tranquillité. Pourquoi n'étais-je pas insouciant comme on peut l'être à dix-huit ans ? Profiter de tout dans l'extrême et vivre des moments de bêtise qui se rangent dans la bibliothèque des souvenirs ?

Mon Senseï me regardait fixement, comme une statue peut le faire, et attendait de moi une chose que je ne pouvais lui donner. Savait-il des choses que j'ignorais ou que je n'avais pas encore comprises ? Avait-il peur pour moi et des choix que j'allais faire ? Peut-être ne souhaitait-il pas que je vive les mêmes choses que lui, peur légitime de tous les parents pour leurs enfants arrivés à l'âge de certaines décisions. Les sentiments sont-ils plus forts que les responsabilités ? Le bonheur se gère-t-il comme un choix, ou se vit-il, tout simplement ?

J'étais un combattant avant tout, choix que j'avais fait quelques années plus tôt, et je ne pouvais arrêter maintenant. Il me fallait encore apprendre et acquérir suffisamment de maturité pour faire face aux obligations d'une vie de couple.

Mon Senseï m'avait consacré trop de temps pour que je n'aille pas jusqu'au bout. Mon choix était celui d'un fils qui honorait son père, et cela avait des implications que les égoïstes ne peuvent comprendre. Combien d'années encore la vie allait-elle nous octroyer avant de nous séparer ? Combien de temps me restait-il pour apprendre tout son savoir, si cela était possible ? Une partie de lui vivait en moi et guidait mes pas sur le chemin de la sérénité. Quatre mille ans d'histoire étaient concentrés dans un être fabuleux mais âgé. Comment aurais-je pu faire d'autres choix que ceux dictés par le respect ?

Mon rayon de soleil avait par contre toute la vie devant elle. Aucun mot n'avait été prononcé depuis sa réponse à ma question, et comme chaque fois, le temps s'était arrêté. Comme le voulait notre protocole, et pour lui signifier ma décision, j'avais à choisir entre deux attitudes. La première était de m'installer en face de lui, les mains posées sur les genoux, le visage vers le sol. Ce qui signifierait que je restais son élève, mais que ma priorité se trouvait désormais à l'extérieur du dojo. La seconde était de m'installer à sa droite en léger recul, le visage vers l'horizon, les mains sur les cuisses, doigts vers l'intérieur et les coudes détachés du corps. Ce qui signifierait que ma vie était avec lui et que, désormais, je veillerais sur lui dans la plus pure des traditions. Comme on me l'avait appris, je me suis redressé en gardant le buste droit et les genoux l'un contre l'autre, sans utiliser mes mains comme appui, et ce malgré mon plâtre. Son attitude était identique à celle d'une statue de jade, et nous savions tous deux l'importance du moment que nous vivions.

Ma vie se décidait maintenant... Deux mètres carrés pour choisir, avoir le courage de décider de son lendemain. Voilà ce que je pouvais faire grâce à lui. Personne ne déciderait plus jamais à ma place, et rien ne me ferait plus jamais baisser la tête, quoi qu'il arrive.

Je ne pensais plus aux ombres de ma jeunesse, je les avais vaincues. Je venais de remporter un combat important ; celui que l'on fait contre soi-même, adversaire sournois et redoutable qui ronge de l'intérieur. Je savais désormais où j'allais et d'où je venais, ma jeunesse n'était plus une tare mais une expérience, je me sentais fort et sûr de moi.

M'asseoir à sa droite fut un moment inoubliable pour moi, et, malgré sa totale immobilité, je suppose que la fierté a dû emplir son cœur. Mais en tant que père, que ressentait-il ? Avais-je fait le bon choix ? Était-ce ce qu'il voulait pour moi ? Je ne le saurai jamais, et pour dissoudre mes doutes, il me plaît de penser que ma décision fut déterminée par ce qu'il m'avait enseigné. Mon respect était plus fort que mon amour et j'espérais qu'elle le comprendrait. Je devenais *kyôshi.*

Cela faisait trois jours que je n'avais pas vu mon rayon de soleil, et elle me manquait énormément. Quand je suis arrivé à la maison, elle était là, sur notre banc, dans le parc, à m'attendre. La même lumière que le premier jour l'enveloppait, mais son sourire était différent. En plus de sa douceur, il y avait le bonheur et l'émotion de me revoir. Jamais elle ne m'avait serré aussi fort et des larmes coulaient sur ses joues. Je ne savais pas que l'on pouvait pleurer de bonheur ! J'avais dix-huit ans.

Il m'a fallu beaucoup de courage pour lui parler de mon choix car j'avais peur de la perdre. Une fois de plus, elle m'a souri en guise de réponse. Un sourire qui dit tant de choses et qui rassure. Je ne saurai jamais si elle comprenait ou si elle acceptait. Aujourd'hui, je sais que l'on peut aimer quelqu'un tellement fort que cela passe par le respect. Elle m'aimait pour ce que j'étais, tout simplement.

Pendant ma convalescence, je reçus un courrier de mon employeur qui me convoquait deux jours plus tard, vraisemblablement pour savoir quand je serais apte à reprendre le travail. Étonnamment, mes collègues me manquaient, car une certaine solidarité s'était installée entre nous. Peut-être avais-je un peu déteint sur eux. En arrivant au bureau du contremaître, je n'avais plus de plâtre et je pensais que, au début de la semaine suivante, je serais à nouveau sur les chantiers. C'est avec bonne humeur que je me suis présenté devant lui. J'aurais dû comprendre en voyant son sourire hypocrite que quelque chose se tramait dans sa tête. Le fait qu'il me demande si je voulais un café m'a alerté, et ma bonne humeur a fondu comme le sucre que j'ai mis dans ma tasse. Je n'avais rien à me reprocher. Je l'ai donc regardé droit dans les yeux, comme pour le défier. Affalé dans son fauteuil, il a pris une voix grave et m'a demandé de lui raconter comment je m'étais blessé. Bien que l'ayant déjà fait le jour de mon accident, je lui ai raconté une fois de plus les événements. Soudain, la question est tombée comme un couperet : « Qui a oublié d'ancrer l'échelle ? » Il cherchait un responsable car l'assurance rechignait sur les responsabilités.

Normalement, le chef d'équipe a cette responsabilité, mais chacun d'entre nous a le devoir de contrôler une seconde fois. Ma réponse a donc été simple : « Je ne sais pas. » Il m'a alors expliqué que je serais seul responsable et donc licencié pour faute grave, ce qui impliquait que je perdrais tous mes droits et me retrouverais à la case départ avec, en prime, les frais médicaux à ma charge. L'injustice était flagrante et mon calme, provocateur, dangereux. À aucun moment la colère ne m'a noyé, bien que l'envie de le frapper ait été palpable.

Très étonné par mon calme, il m'a dit : « Tu ne vas quand même pas payer pour un autre ? » Qu'espérait-il de moi ? Que je reporte la faute sur un autre pour me protéger ou que j'entre dans le grand club des délateurs ? Je suis sorti de son bureau sans dire un mot et sans regret, meilleure façon de lui montrer ce que je pensais de lui et du peu d'importance qu'il avait à mes yeux. Quelques jours plus tard, j'ai appris par hasard qu'il cherchait un motif pour licencier le chef de chantier pour faute grave, façon subtile de ne pas payer des indemnités de licenciement après quatorze années de travail irréprochable.

Voilà ce qu'est cette société dans laquelle il faut s'intégrer. Vous n'êtes rien, aucun respect n'est rendu pour les années que vous avez consacrées à donner le meilleur de vous-même.

Mon regard sur le monde du travail commençait à se noircir, mais le fait d'avoir pris des responsabilités agissait comme du sparadrap. Cela ne soignait rien, mais cela évitait l'infection...

J'ai préféré perdre mon emploi et honorer ma culture pour garder le droit de marcher la tête haute sur le chemin de la vie. J'en ai payé le prix !

Une fois de plus, je devais affronter le regard de Maman, empli de désespoir. Je pense que l'inquiétude l'empêchait de me motiver, alors que j'aurais tant voulu qu'elle me dise : « Ce n'est pas grave, tout va s'arranger. »

Depuis quelque temps, un homme venait à la maison de plus en plus souvent. Un matin, Maman me demanda si je verrais une objection à ce qu'il vive avec nous. Bien que l'on se parlât très peu, je fus surpris par sa demande et je n'ai rien répondu.

Il fallait que je réfléchisse, mais seul. De quel droit aurais-je refusé ?

J'avais dix-huit ans et on n'allait plus avoir besoin de moi. Il allait éduquer ma sœur, payer les factures et s'occuper de Maman. Je me sentais perdu et inutile. J'étais choqué par les choses normales de la vie, c'était pourtant comme ça que les choses devaient être dans la logique d'une famille ! Mais, dans ma vie, la logique n'avait laissé aucune trace de son passage, ou alors j'avais mal vu.

Pourquoi avait-il fallu attendre dix-huit ans pour que les choses rentrent dans l'ordre ? Allait-il lui aussi faire souffrir Maman en partant un jour comme un voleur, en ne laissant que désolation derrière lui ? Voilà les questions que je me posais.

« Ne pas le juger », voilà le résultat de mon esprit « Do Tien ». Pourquoi ferais-je avec lui ce que d'autres faisaient avec moi ? Je ne savais que trop bien ce que les critiques, gratuites et fausses, créaient comme sentiment d'injustice chez les gens concernés.

Finalement, réflexion faite, cette révolution familiale m'ouvrait une porte sur ma vie future avec mon rayon de soleil. J'aurais plus de temps libre pour m'entraîner. Je commençais à tirer des résultats positifs de chaque événement négatif. Preuve, une fois de plus, que la philosophie du Soleil-Levant était bien ancrée en moi.

Quand je suis revenu dans la cuisine, Maman m'a regardé et, bien que les mots et les moments de tendresse aient toujours été absents de notre vie, je ne lui ai dit que ceci : « Sois heureuse, car tu le mérites. » Comme depuis dix-huit ans, son visage n'a exprimé ni joie ni peine. Qu'avait-elle vécu pour être comme ça ? Pourtant, je l'avais déjà vue dans de grands fous rires, mais jamais pleurer... L'homme qui était mon père l'avait brisée et torturée, même enceinte. Sa beuverie décuplait sa folie meurtrière, et il s'était acharné sur elle au point de l'avoir envoyée à l'hôpital plus de fois qu'il n'y a de doigts sur les deux mains. Elle m'avait protégé de lui en me plaçant dans des maisons avec des allées bordées d'arbres. Elle avait seize ans.

Marc, c'est comme ça qu'il s'appelait, s'installa à la maison, et nos relations peuvent se comparer à celles d'amis. Son salaire apporta une certaine tranquillité financière à la maison, chose bienvenue, car cela faisait des semaines que je cherchais du boulot et le mot bredouille n'a jamais rempli un ventre. Mon rayon de soleil devenait chaque jour plus belle, et chaque jour de ces quatorze mois à ses côtés confirmait nos sentiments partagés. Sa famille ne m'acceptait toujours pas et pourtant, ils ne savaient rien de moi. Jamais ils ne m'ont laissé la porte ouverte pour découvrir l'homme qui allait aimer et protéger leur fille sa vie durant. Je sais que cela la blessait, mais elle le cachait bien.

Gino était toujours là, et je réussis à le convaincre de s'inscrire au dojo. Mais la mentalité asiatique et les entraînements eurent raison de son courage. Je pense surtout que la gent féminine avait plus d'intérêt pour lui que les traditions japonaises. Mon Senseï ne fit aucune remarque le concernant. D'ailleurs, jamais je ne l'ai entendu faire de commentaires sur quiconque pendant toutes les années que j'ai passées à ses côtés.

Il me dit un jour : « Il est plus intelligent de consacrer son temps à se perfectionner soi plutôt qu'à critiquer l'autre. » Il ne disait jamais « c'est bien » ou « je suis content », mais plutôt « je suis fier de toi » car ma réussite était sa récompense.

À mes yeux, ma réussite était le tribut que je lui devais pour les années de sa vie qu'il me consacrait. Il avait fait de moi quelqu'un de bien et je commençais à le comprendre. Je ne me considérais pas mieux que les autres, mais à dix-huit ans je n'avais jamais touché à l'alcool, à la drogue ou à la cigarette. Il m'a trouvé cassé et m'a reconstruit, mieux que beaucoup de pères l'auraient fait avec leur fils.

Je ne crois en aucun dieu mais je crois en mon Senseï, et si un jour on me demande si je crois en un dieu, je répondrai « oui », mais sans donner d'explication !

Il m'a appris sans rien m'imposer. Il m'a donné sans rien demander.

Mon dégoût pour la vie professionnelle devenait aussi violent qu'une rage de dents. Mais je persistais à croire que la patience résout tous les problèmes, si durs soient-ils. De toute façon, un salaire régulier est la première nécessité d'une vie de couple, car croire que l'on peut vivre d'amour et d'eau fraîche est de l'inconscience. Luxe que je ne pouvais pas m'offrir... L'inconscience est la nourriture de l'imbécillité, et imbécile, la vie l'avait été suffisamment avec moi en dix-huit années.

Le bouche-à-oreille me conduisit dans une société d'électricité industrielle et je dois reconnaître que la chance m'accompagnait, car, sans diplôme et sans qualification, je fus engagé. Bien que le terme larbin n'existe pas dans un contrat de travail, c'est avec cette fonction que je me suis présenté sur le chantier le jour suivant. Il me fallut une heure pour trouver mon futur chef de chantier, car un hôpital en construction est identique au labyrinthe d'une pyramide. Son bonjour fut remplacé par un regard à sa montre. J'avais déjà envie de rebrousser chemin.

Je m'étais présenté devant mon nouvel employeur proprement vêtu, pas en costume, mais presque. J'étais convaincu que l'on me donnerait des vêtements de travail puisqu'on était sur un chantier. Mon raisonnement était bon, mais avec un jour d'avance.

De toute façon, électricien n'est pas un métier sale, raccorder des fils entre eux n'a rien d'extraordinaire, donc pourquoi m'inquiéter ? Je n'avais oublié qu'une seule chose, la définition du mot *larbin.*

En suivant mon chef, j'avais envie de jeter des petits cailloux, comme l'avait fait le Petit Poucet, car nous nous enfoncions dans un réel labyrinthe. À mesure que nous descendions les escaliers, le calme prenait la place des bruits fréquents sur les chantiers. Mais où m'emmenait-il ? J'avais peur de la réponse. Il faisait de plus en plus sombre, et les quelques ampoules donnaient autant de lumière qu'une bougie. Soudain, j'ai vu douze marches qui descendaient dans le noir. Je me suis arrêté net, je venais de comprendre. J'avais déjà vécu cela. Mes pieds étaient comme coulés dans le béton. Au bas de l'escalier, mon chef me regardait. Un mot affectueux est sorti de sa bouche : « Alors ? » Il ne pouvait pas savoir.

Ne pas avoir peur. Je n'arrivais pas à bouger, et l'autre en bas commençait à s'énerver. Comment être sûr qu'il n'y a personne dans cette cave ?

Honte à moi, je laisse la peur m'envahir. À quoi sert tout ce que mon Senseï m'a appris ? Bouge, vas-y, sois fort, aie confiance en toi...

L'automotivation a fonctionné et je suis descendu. La même ampoule qu'il y a six ans était là, mais cette fois la cave était gigantesque. Pourquoi n'y a-t-il pas plus de lumière ? Normal, c'est nous qui l'installons. Mes nouveaux collègues seraient mes démons. J'avais froid et chaud en même temps. Mon chef me parlait mais je n'entendais rien, je l'ai compris car ses lèvres bougeaient mais aucun son n'en sortait.

Il y avait de grands traits tracés à la craie sur le plafond et les murs. Il m'a mis dans les mains une machine qui devait peser dix kilos, et le son de sa voix revint soudain.

Mon nouveau métier consistait à faire des gaines pour que les vrais électriciens puissent y installer des tubes en plastique. La machine était raccordée à une arrivée d'eau, et j'ai vite compris pourquoi quand il m'a fait une démonstration. Imaginez la chaleur d'une disqueuse attaquant briques rouges et béton ! Les entailles faites, il fallait terminer au burin. Mon chef m'a regardé, m'a demandé : « T'as pigé ? » et m'a laissé seul dans cette cave-garage. Mes chaussures subissaient déjà les outrages de l'eau qui stagnait sur le sol. « Quelle merde ! » J'avais envie de gueuler.

Adapte-toi et ne te plains pas, car d'autres prendraient ta place sans se plaindre... Voilà la pensée qui m'a traversé l'esprit à ce moment-là. Que devais-je faire ? Un blazer et un pantalon à pinces n'avaient pas leur place ici. Mes yeux cherchaient quelque chose qui aurait pu servir de vêtement de protection, mais le supermarché de la débrouille n'exposait que des rayons vides. Surtout ne pas montrer que tu es dépassé par les événements et improviser, comme au combat.

Cela fait des heures que je tape au burin dans le béton, assez profondément pour que d'autres puissent y enfouir des tubes. Je casse pour que les autres reconstruisent. Personne n'est venu me chercher pour manger. Ma montre indique quinze heures trente quand mon chef descend les douze marches de mon royaume et reste figé sur place, la bouche ouverte. Il ne comprend pas pourquoi je suis en caleçon et couvert de poussière. Il regarde à côté de lui et voit mes vêtements pliés et posés sur mes chaussures.

Mes yeux sont en feu à cause de la poussière, et ma bouche aussi sèche que le désert. Je n'ai trouvé d'autre façon de protéger mes vêtements que de les enlever. Cela peut paraître insensé, mais le code du samouraï dit que le respect de ses affaires doit être identique à celui que l'on accorde aux gens.

« C'est fini pour aujourd'hui, mon garçon », m'a-t-il dit en me regardant, éberlué, comme si je venais d'une autre planète. « Viens, on va se laver. » Il a pris la machine et moi, mes vêtements.

En remontant à la surface, ma peau me piquait un peu et la fatigue pesait sur mes épaules, mais j'étais fier de moi... Je lui avais montré qui j'étais. Le long des couloirs, d'autres ouvriers rangeaient leurs outils. En nous voyant, ils sont restés immobiles, comme si un fantôme passait. Dans le vestiaire, d'autres collègues se changeaient, et soudain... plus un bruit.

J'étais là, devant la porte, et tous me regardaient. J'étais droit comme un arbre et je portais mes vêtements à deux mains comme un plateau. Avec pour toute protection mon caleçon, et de la poussière de béton comme manteau. Pas un mot, pas un geste de leur part. Mon chef a pris mon trésor bien protégé et m'a indiqué la douche. Au contact de l'eau, une pâte s'est formée sur mes cheveux tant il y avait de poussière. Un inconnu m'a tendu du shampooing. Quel délice que la propreté... Ma peau brûlait de plus en plus. J'ai vite compris pourquoi. Les éclats de béton créés par mes coups de burin m'avaient lacéré comme des lames de rasoir et le savon agissait comme de petites aiguilles. Je ne saignais pas et la douleur était supportable.

Surtout, ne rien dire et ne rien montrer, je ne peux pas me permettre de perdre mon travail. Je suis trop fort pour me plaindre...

En m'essuyant, j'ai ressenti la douleur que m'infligeaient toutes ces entailles comme l'épreuve d'admission dans leur clan, et j'ai souri... Trop facile.

Un autre problème se présentait maintenant.

J'étais propre comme un sou neuf, mais mon caleçon était dans un état qui m'interdisait de le remettre. La peau en feu et le caleçon dans la poche, je suis rentré à la maison, salarié mais... gêné.

Le lendemain matin, avec un quart d'heure d'avance cette fois, je me suis présenté devant mon chef. Plus malin que la veille, j'avais prévu des vêtements de rechange et surtout deux caleçons supplémentaires. Quand je suis arrivé dans le vestiaire, des collègues étaient déjà là. Je soupçonnais des sourires moqueurs en me voyant. Au moment de me changer, le chef est entré dans le vestiaire, une tenue de chantier toute neuve dans les mains... il s'est dirigé vers moi et me l'a donnée. Un étranger m'offrait quelque chose ! Je pris ce paquet avec tout le respect que l'on m'avait enseigné, et le chef fut très surpris.

Les jours passèrent. Descendre dans la cave était toujours une épreuve, mais savoir que je resterais seul toute la journée m'encourageait. Comme un voleur, je cachais mes tartines sur moi, car, vers midi, personne ne venait me chercher pour manger, donc je pensais qu'il n'y avait pas de pause. La réalité était simple : une sirène annonce « la bouffe » sur un chantier, mais dans la cave où j'étais, on n'entendait rien ! Et ne me voyant pas remonter, tout le monde avait pensé que je préférais rester seul pour manger.

Le travail était tellement dur que le soir, à la maison, je ne sais plus le nombre de fois où je me suis endormi dans le fauteuil avant de manger... ni surtout combien d'entraînements j'ai ratés. De toute façon, mes mains étaient tellement abîmées par les coups de marteau que je n'étais plus bon à rien. Heureusement, il y avait le week-end.

Plusieurs semaines passèrent. Je ne voyais mes collègues que le matin ou en fin d'après-midi, je ne savais donc que très peu de chose sur eux. « Cela m'évitera sûrement des ennuis... » Pensée bien égoïste, mais protectrice.

Mon royaume souterrain était toujours aussi sombre, mais les choses allaient changer enfin. Plusieurs ouvriers venaient de s'inviter dans ma cave et, en moins de temps qu'il n'en faut pour le dire, ils m'envahirent de rouleaux de câbles et d'outillages divers. Ils avaient l'air surpris par la quantité de gaines que j'avais déjà effectuées, à l'abri des regards.

Ils commencèrent par racler toute l'eau sur le sol. Je ne comprenais pas l'intérêt de la chose puisque, forcément, ma machine allait en remettre instantanément. Ils envahissaient mon domaine, pour ne pas dire qu'« ils foutaient le bordel », moi qui nettoyais tous les jours ! J'avais envie de leur dire d'aller jouer ailleurs, mais comme ils venaient installer la lumière... Il allait faire comme en plein jour. Fini les yeux qui piquent quand je remontais à la surface.

Je n'étais pas un mineur, mais je connaissais le plaisir de revoir le jour. Pendant plusieurs jours, je ne devrais plus faire de gaines car mes collègues ne supportaient pas le vacarme de mon amie la disqueuse. J'allais dorénavant faire des carrés au burin, partout, pour y installer de petites boîtes vides. Espace prévu pour des interrupteurs... Certains trous avaient la grandeur d'une main. Il me fallait donc un plus grand burin et une masse pour gagner du temps.

Une demi-heure pour comprendre mon calvaire... Mes mains devenaient difformes à cause des coups de masse qui rataient la tête du burin. Des hématomes identiques à des œufs de pigeon apparaissaient sur les articulations qui séparent les doigts de la main. Impossible de tenir quoi que ce soit de la main gauche. Elle ne voulait plus rien savoir. Mon pouce devenait noir et je ne le sentais plus. Aller au-delà de la douleur. Pourtant, je voulais hurler, j'en avais marre ! Personne n'avait remarqué mon calvaire. Quand, soudain, les ouvriers cessèrent de travailler. Leur horloge interne venait d'annoncer « la bouffe ». Pour la première fois, j'allais manger avec eux et, surtout, j'allais offrir un moment de repos à ma main.

Résultats du foot ou problèmes familiaux, leurs conversations n'avaient aucun intérêt. Personne ne fit attention à ma présence et personne ne vit ma main cassée. Constat permanent que les autres n'en ont rien à foutre de ce qui se passe autour d'eux. De toute manière, à voir la façon dont ils bouffent, je n'ai pas envie de leur parler. Je n'arrivais plus à plier mes doigts tellement ma main avait gonflé et j'appréhendais le moment où il faudrait reprendre le travail. Crainte attisée par la sirène, qui venait de nous rappeler à l'ordre. Il fallait absolument que je puisse bouger mes doigts, mais comment faire ? Deux étages de descente pour trouver une solution.

En arrivant dans la cave, j'ai cherché des yeux un système D. Soudain, eurêka ! À l'abri des regards, j'ai ramassé un long morceau de fil électrique que j'ai enroulé autour du burin. Ensuite, j'ai calé l'ensemble dans ma main et je l'ai ligoté avec le restant du fil. J'ai serré suffisamment fort l'ensemble pour créer une masse compacte : cela fonctionnait. J'étais fier de moi, j'allais continuer à travailler et, surtout, ne pas perdre mon emploi. Convaincu de la solidité de ma débrouille, j'ai frappé avec cœur sur le burin. Je ne ressentais plus les coups de masse qui dérapaient sur ma main. La fin de journée s'annonçait et il fallait trouver une parade pour me séparer de mon système D avant de remonter. Prendre une douche avec un burin aurait attiré l'attention ! Je ne vous décrirai pas l'état de ma main, que je découvris en la déficelant... Je fais confiance à votre imagination.

Quatre jours plus tard, la fin de semaine ne tenait plus qu'à quelques heures, et la douleur devenait insupportable... J'avais jusque-là su cacher ma main à tout le monde. Le samedi matin, j'avais rendez-vous avec mon rayon de soleil et, à part mettre des moufles, je ne savais pas comment j'allais lui dissimuler ma main. J'avais raison. Il lui fallut cinq secondes pour comprendre que je lui cachais quelque chose. Comme un enfant pris sur le fait, j'ai sorti délicatement ma main de la poche. D'une voix cassée par l'émotion, elle a murmuré : « Mon Dieu ! » et m'a persuadé d'aller immédiatement à l'hôpital. J'avais le poignet et le pouce cassés depuis quatre jours.

Ma carrière d'électricien n'aura duré que six semaines, puisque je n'ai pas osé me présenter au chantier les jours suivants. J'avais honte de ne pas avoir su garder mon emploi mais, chance pour moi, Marc s'occupait de tout à la maison. On ne manquait de rien et Maman était bien, ma sœur Sylvia aussi.

4

« Pourquoi es-tu si dur avec toi-même ? »

En sortant de l'hôpital, mon rayon de soleil m'a regardé en fronçant les sourcils et m'a dit : « Il faut qu'on se parle ! » Sa demande m'électrocutait : qu'avais-je fait ? Que pouvait-elle me reprocher ? Ma conduite était irréprochable, j'avais peur d'entendre des choses graves.

Devant nous, il y avait quelques bancs publics. Me prenant le bras droit, mon rayon de soleil m'a entraîné sur l'un d'eux. L'avant du bras gauche dans le plâtre, je me sentais vulnérable. Virtuose pour dissimuler mes émotions, je la regardais, interrogateur. « Que se passe-t-il ? » Ma bouche venait de lâcher la bombe. J'étais sur la défensive. « Pourquoi es-tu si dur avec toi-même ? »

La question qui désarçonne, qui donne envie de courir loin. Je me sentais comme un enfant qui doit justifier une mauvaise note sur son bulletin. Une main invisible venait de me tirer en arrière. Quatorze ans se déversent à vos pieds sans que vous puissiez broncher. Vous êtes le spectateur privilégié de vos souvenirs. Bons ou mauvais, ils arrivent comme une claque dans la figure. Vous pouvez les oublier, mais eux restent tapis dans votre tête, à l'affût d'une question, pourtant anodine, qui leur permettrait de se manifester. J'étais comme une bouteille de champagne bien secouée, le bouchon était sur le point de sauter pour laisser sortir tout ce qu'il y avait à l'intérieur... Mais par où commencer ? Comment expliquer ce que j'avais vécu ou enduré ? J'aurais tout donné pour pouvoir lui raconter des choses comme les gens normaux en vivent. Comment lui expliquer que, contrairement à ce que l'on raconte chez les psychologues, mon père ne m'a pas manqué puisque je ne l'ai pas connu ?

Quelque chose vous manque quand il disparaît du jour au lendemain. Beaucoup de mères ou de pères assument seuls l'éducation de leurs enfants mieux que des parents non séparés. Dans la logique des psychologues, si l'un des parents est absent ou fait défaut, l'enfant risque d'être psychologiquement perturbé. Donc, si l'un des deux décède alors que l'enfant est en bas âge, il fera tout de travers ou sera défavorisé ? Autant le tuer lui aussi puisqu'il part perdant. Combien de psychologues ont grandi avec leurs parents présents ? Que diraient-ils de moi puisque je suis sain de corps et d'esprit avec ce que j'avais déjà vécu à dix-huit ans ? Qui a inventé l'expression : « On balaie mieux devant la porte des autres » ?

Plusieurs minutes venaient de s'écouler et je ne savais où regarder. Cette fois, je ne pouvais m'échapper. Elle m'a pris la main et m'a dit : « Raconte-moi. » Nous étions assis tous les deux sur un banc. Situation décalée car ce sont des moments que l'on vit à soixante ans, après une vie bien remplie. On parle des enfants, des petits-enfants, et l'on se souvient des moments magiques passés à deux ou en famille.

Mais je n'avais que dix-huit ans et j'avais tellement de choses à raconter. Devais-je lui dire que, normalement, je devrais être mort ? Pourquoi devrait-elle savoir que les camps de concentration pour enfants existent ? Pourtant, la guerre est finie depuis longtemps ! J'étais assez fort pour avoir enduré tout ça, le serait-elle pour l'écouter et le croire ? Peut-on aimer quelqu'un tellement que l'on préfère lui cacher certaines choses pour le protéger ? Mon calvaire m'appartenait et je ne voulais pas le partager. De toute manière, je n'avais pas les mots... je n'avais que les maux. Je ne voulais pas changer son amour en pitié. Je lui ai simplement répondu : « Le plus important pour moi, c'est aujourd'hui, demain et plus tard. » Elle a compris et n'a pas insisté.

Merde ! Je ne suis donc pas incassable, puisque j'ai peur des questions qu'elle pourrait me poser ! Ce petit bout de femme avait réussi à me faire mettre genou à terre sans me frapper. Pourtant, je n'étais coupable de rien, sauf peut-être d'avoir moins de chance que les autres. Pourquoi alors réagir en coupable ? Mon avant-bras était cassé, mais c'était dans ma tête que j'avais mal. L'amour est comme le cheval de Troie, il réussit à pénétrer dans le château intérieur que vous avez construit pour y enfouir vos peines, votre douceur et surtout vos sentiments, et le pont-levis est gardé en permanence par votre haine et vos souffrances.

J'avais envie de lui dire un mot qui résume tout quand il est sincère. Un mot que je n'avais jamais entendu et que l'on ne m'avait jamais dit. Senseï, j'ai besoin de toi, donne-moi le courage de lui dire ce mot que je ne comprends pas... mais qui rassure celui qui le reçoit. « Je... Je... Je t'... Je t'ai... » Elle venait de se mettre en face de moi et a posé son doigt sur ma bouche en me disant : « Je le sais, je le vois et je le ressens. »

Un mètre soixante de tendresse comprenait un mètre quatre-vingt-dix d'ignorance.

Cela devait être un jour comme les autres, mais le pouvoir de l'amour en avait décidé autrement. Elle venait de mettre en état de siège mon château intérieur et elle utilisait la patience comme soldat, pour l'assaut final. Ses yeux ne pouvaient voir la hauteur des remparts, mais son cœur serait le bélier qui les défoncerait.

JE T'AIME...

Six semaines de repos pour guérir et apprendre à n'utiliser qu'une seule main. Réapprendre à manger, à se laver et à s'habiller. Égoïstement j'ai décidé de prendre le temps de ne rien faire et de profiter de cette période pour me reposer. À plusieurs reprises, je me suis amusé à attendre mon rayon de soleil à la sortie du lycée. Contrairement à ce que l'on voit dans les films, elle n'a jamais couru pour se jeter dans mes bras et s'exhiber devant tout le monde. Un regard nous suffisait pour comprendre et nous dire tellement de choses. On prenait le temps de rentrer à pied, une heure trente de bonheur absolu où l'on restait parfois de longs moments à ne rien dire. L'important était d'être à deux. Jamais elle ne m'a reposé de questions sur mon passé.

Le reste de mon temps libre, je le passais au dojo à lire et à m'instruire. Mon Senseï profita de mon handicap pour m'apprendre le pouvoir de l'énergie interne et celui des mains. Difficile pour un Occidental de comprendre ce que j'ai vu et appris. Évidemment, je ne soulève pas des objets en les regardant. Mais avoir l'esprit ouvert à d'autres choses augmente votre potentiel physique et psychique. Les plus grands sportifs dépassent leurs limites par leur volonté et leur concentration, mais surtout par leur entraînement et leur motivation.

Croyez que vous en êtes capable et vous y parviendrez, croyez que vous y parviendrez et vous en serez capable.

Quatre semaines plus tard, j'enlèverai mon plâtre avec l'aide de Marc. Un taille-haie remplacera le matériel médical d'usage et nous pourrons constater la solidité d'un plâtre. Quel bonheur d'avoir deux mains... Je pourrai reprendre mon entraînement.

Durant cette période de repos forcé, un nouvel ami est passé de temps en temps me dire bonjour, Vincent, un Sicilien, garçon discret, comme Gino. Je l'avais rencontré au garage, chez Freddy, et une amitié pleine de respect était née entre nous. De quatre ans mon aîné, il collectionnait les nanas comme d'autres les timbres. Sa « tronche » ne laissait aucun doute sur son caractère.

C'était un séducteur dans l'âme. Mais son langage annonçait déjà un dégoût pour la société et toute chose étrangère à sa famille. Il était entouré lui aussi de quatre sœurs et de parents à la mentalité typique de la Sicile. Ils m'avaient accepté dans leur famille et, chaque fois que j'y allais, j'étais reçu comme un prince. Vincent n'avait d'autre passion que le football et les voitures, mais il me faisait rire comme personne ne l'a jamais fait. Ses coups de gueule étaient somptueux, et je ne pouvais m'empêcher d'en rire, mais gare à celui qui ne baissait pas la tête quand il le prenait à partie. Il fallait qu'on le respecte, point. Aujourd'hui, vingt-quatre ans plus tard, il me fait toujours autant rire, et notre amitié restera dans mon livre des bonnes choses qui me sont arrivées.

Il m'a donné la passion de l'automobile. Aucun de nous deux ne savait alors l'impact que cela aurait sur ma vie.

Un après-midi comme les autres, Vincent devait porter sa voiture à l'entretien, et c'est chez Freddy que nous nous sommes retrouvés. À l'entrée du garage, une voiture pointait son museau dans ma direction. Comme un chien abandonné, elle me fixait pour m'interpeller. J'étais face à ce qui allait devenir ma première voiture.

L'arrivée de Marc à la maison avait réduit mes obligations financières. J'avais donc économisé un peu, mais pas suffisamment pour m'offrir cette folie. Cinquante mille francs belges en 1979 (1 239 euros) était une très grosse somme, mais mon envie l'était encore plus.

Freddy me proposa un marché qui me surprit : « Tu me donnes un coup de main pour terminer une voiture et tu repars avec la tienne. » Vincent me regarda avec un sourire qui voulait dire « ça marche ! ». Nous avons fait des journées de seize heures pendant cinq jours, rentrant chez nous juste pour dormir et nous laver. Nous nous imaginions déjà au volant de ce bolide. C'était sans compter sur la fatigue... Fier du travail accompli et du soutien de mon ami, je me suis installé au volant de ma voiture et la seule balade que je me suis offerte cette nuit-là a été dans mes rêves. Je me suis réveillé le lendemain, après douze heures de sommeil dans le vacarme d'un garage. La fatigue avait été plus forte que moi, mais j'avais réussi. Je venais de gagner un semblant d'indépendance mais, surtout, cette voiture était à moi. J'avais travaillé pour l'avoir et, plus précieux encore, j'avais découvert la solidarité d'un ami sincère.

Ce qui devait être une fête allait tourner au cauchemar... Lorsque j'eus astiqué ma voiture à l'intérieur comme à l'extérieur, Freddy me prêta un jeu de plaques d'immatriculation. Me voilà parti sillonner les rues de Bruxelles (me pavaner serait le mot exact). Quand je suis arrivé dans notre rue, nos voisins m'ont regardé, ébahis. Je venais de changer de statut social... Je n'étais plus un voyou, je devenais un voleur de voitures !

Alors que je me garais, un autre véhicule s'arrêta

à ma hauteur. Un regard de mépris me crucifia. C'était la maman de mon rayon de soleil. Elle ouvrit sa vitre et me dit : « N'approche plus de ma fille », puis démarra en trombe. Je ne compris que quelques secondes plus tard que l'on venait de me cracher à la gueule. Je comprenais pourtant le français, mais ma tête avait du mal à réaliser. J'étais K.-O. debout. Je regardais autour de moi pour savoir si quelqu'un d'autre avait entendu la même chose que moi. Mes jambes étaient toutes molles et je ne reconnaissais pas l'endroit où j'étais. Il fallait que je m'appuie sur quelque chose, vite. Vincent arrivait et il ne se doutait de rien. En le voyant, je me suis dit que j'avais rêvé ou fait un cauchemar. Surprenante, la capacité du cerveau à faire abstraction instantanément d'événements graves.

Nous étions assis devant la porte quand j'entendis : « Patrick, téléphone. » Le temps de saluer mon ami et de monter les escaliers, j'entendis une seconde fois : « Pat, téléphone, urgent. » Mon rayon de soleil était en larmes à l'autre bout du fil... C'était donc vrai, je n'avais pas rêvé. Surtout ne pas laisser la colère prendre le dessus, mais l'entendre pleurer était insupportable... Rester calme adoucirait sa peine, car elle avait confiance en moi.

Merci, Senseï, de m'avoir fait aussi fort, car elle se calmait. Elle m'expliqua que sa mère était convaincue que je n'étais qu'un sale voleur car, à mon âge, on ne roule pas avec des voitures pareilles et donc, forcément, je devais faire partie d'une bande organisée.

Pourtant, ma voiture avait onze ans d'âge et, surtout, j'avais travaillé pour l'avoir. Cette femme n'avait jamais daigné me parler mais me jugeait. Je ne lui voulais pas de mal car, avant tout, c'était la maman de mon rayon de soleil et je lui devais le respect, mais je ne sais pas comment j'aurais réagi avec un étranger. J'avais conscience que je pouvais tuer avec mes mains.

Il fallait que je rencontre ses parents... C'était, je le pensais, la seule façon d'apaiser leurs craintes. Moi qui avais horreur de parler, je devrais, en plus, me justifier ? J'avais toujours fait en sorte de me conduire de façon irréprochable et je devais m'expliquer comme un coupable. Paradoxe créé par la connerie humaine, mais surtout par un esprit protectionniste démesuré à l'égard de leur fille. Je réussis à rassurer mon rayon de soleil, et nous étions persuadés que tout allait s'arranger. Par prudence, et jusqu'à la confrontation familiale, nous nous cacherions comme des voleurs. Ma priorité serait de retrouver rapidement un emploi, car il me fallait de bonnes cartes en main pour cette rencontre. Je ne voulais pas être pris en défaut. Notre vie à deux en dépendait.

J'avais repris mon entraînement pour canaliser ma colère et mon Senseï avait remarqué mon état d'esprit. Je ne pouvais rien lui cacher, et il me demanda : « Tu veux qu'on en parle ? » Non, je ne voulais pas devenir un assisté, encore moins l'inquiéter. Au crépuscule de sa vie, je ne voulais pas lui faire partager un tracas que je pouvais gérer seul. Je voulais qu'il soit fier de son fils. Je ne sais pourquoi, j'eus le sentiment de l'avoir blessé. C'était mon père, le seul et l'unique.

Marc avait entendu dire qu'une société engageait des ouvriers pour l'installation d'air conditionné industriel et j'étais reparti sur le chemin de l'embauche. Il fallait que je décroche ce job, coûte que coûte, car trop de choses en dépendaient.

Arrivé à l'adresse que l'on m'avait donnée, je fus très surpris par le luxe du bâtiment. Je n'osais pas entrer car le sol brillait tellement qu'il devait sûrement être interdit de marcher dessus... Soudain, quelqu'un m'a dit « pardon » et est entré. Apparemment, il n'en avait rien à foutre du sol. Je l'ai suivi. La dame de la réception m'a porté autant d'attention que si j'étais invisible. Au bout d'un moment, je lui ai dit : « S'il vous plaît... » Elle a levé la tête et m'a dit : « Pour les ouvriers, c'est à l'arrière du bâtiment. » Quelle conne... Pas un bonjour, pas un sourire, elle me traitait comme si j'étais un moins-que-rien. Sans la saluer, pour lui rendre la pareille, j'ai pris la direction de la sortie. Au milieu du hall, j'ai fait marche arrière et je suis retourné à la réception. Machin m'avait cette fois remarqué. J'ai fait le tour du comptoir en la fixant. Elle était complètement paralysée. Je lui ai dit : « Avec mon pouce, je pourrais enfoncer ton œil jusqu'au cerveau, alors la prochaine fois que tu croises ma route, tu me respectes ou tu seras borgne. » Elle ne m'oublierait pas ! C'était la première fois que je menaçais quelqu'un, mais le respect était pour moi une chose essentielle. De plus, je ne l'ai pas menacée mais j'ai fait une promesse... nuance.

Malgré ma passivité et ma faculté à accepter les choses, je ne pouvais plus tolérer les gens qui m'écrasaient parce qu'ils ont eu plus de chance que moi. Je n'étais pas un justicier, mais quelqu'un de juste. Je ne m'étais jamais dit « un jour j'aurai ça et ça », je voulais seulement vivre et trouver du bonheur.

L'arrière du bâtiment était l'opposé de l'avant, dans tous les sens du terme, preuve évidente que les beaux costards vivent dans un autre monde. « Pourtant, ils pissent debout comme tous les hommes ! »

Un panneau fait à la main et avec humour indiquait « Entrée des artistes ». On aurait pu y ajouter : « Ici on ne mélange pas les torchons avec les serviettes », mais j'étais là pour trouver du boulot et pas pour philosopher. Un bureau, sûrement provisoire, trônait au milieu d'un désordre monstrueux. La première réflexion qui me vint à l'esprit fut : « Ils cherchent quelqu'un pour mettre de l'ordre. » Soudain, une voix m'a demandé : « C'est pour quoi ? » Un monstre était en face de moi... J'ai eu un mouvement de recul. Il mesurait au moins deux mètres et devait peser cent cinquante kilos. Sa tête faisait peur.

« Je viens pour le job, m'sieur.

— T'as quel âge ?

— Dix-huit ans.

— T'as déjà travaillé ?

— Oui. Je suis électricien.

— Tu t'y connais en air co ?

— Oui. Un peu.

— Bon, viens avec moi dans mon bureau. »

Sa démarche d'éléphant lui donnait un air gentil, mais en cas de problème c'est avec un tank qu'il faudrait l'affronter. Il a ouvert la porte comme s'il allait l'arracher et j'ai cru que tout le bureau allait s'effondrer. Il m'a présenté une chaise et m'a dit de m'asseoir. Éléphant mais respectueux. Je ne sais pas comment sa chaise le supportait sans exploser et, en regardant ses mains, j'imaginais la tête de celui qui prendrait une claque.

« Alors, comme ça, tu cherches du boulot ?

— Oui, m'sieur.

— T'as l'air courageux.

— Oui, m'sieur. »

Il m'a demandé ma carte d'identité et m'a expliqué qu'il manquait un homme pour les chantiers, car le précédent s'était blessé. Il a fait une remarque qui a attiré mon attention : « Beaucoup d'heures supplémentaires pour celui qui en veut. » Ce n'était pas tombé dans l'oreille d'un sourd ! Il m'a tendu un bout de papier et m'a dit que j'étais trois jours à l'essai. Je devais me présenter le lendemain dans un dépôt en construction. Cet homme qui me faisait peur me donnait une chance. Comme ça, sans me connaître.

La joie devait se lire sur mon visage car, étrangement, il m'a fait un sourire. Je lui ai tendu la main pour le remercier et le saluer, et lui ai dit : « Moi, c'est Pat. » Il m'a répondu, étonné : « Ahmed. » Je ne savais rien de lui, mais j'avais remarqué les signes distinctifs d'un frère de galère. Il avait dû en voir pas mal aussi dans sa vie et, comme moi, il faisait avec. Le regard que nous avons échangé en disait plus que tous les mots du dictionnaire. Les beaux costards ne connaissent pas de moments comme ça.

J'aurais bien aimé connaître son histoire, mais

aurait-il eu envie de me la raconter ? Caché comme le fantôme de l'Opéra, je crois qu'il avait trouvé son coin de paradis.

J'avais envie d'appeler la mère de mon rayon de soleil pour provoquer la confrontation réparatrice. Je ne l'ai pas fait. À quoi bon ? Cela faisait dix-huit ans que le mot « injustice » était tatoué sur mon front et mon désir de justice ressemblait étrangement à l'histoire du pot de terre contre le pot de fer. Avec beaucoup de naïveté, j'avais cru que ses parents admettraient finalement leurs erreurs et s'excuseraient de m'avoir mal jugé. Je ne savais pas encore que dans le monde des adultes, il est plus difficile de reconnaître ses erreurs que de les commettre.

Cette nuit-là, j'ai rêvé à un autre monde. Un monde où les préjugés seraient interdits, comme la drogue. Un monde où tout le monde aurait au moins une chance de montrer ce qu'il est.

Le jour se levait, identique aux autres. Seule ma motivation avait changé. Je ne devais plus assumer des responsabilités mais prouver que j'étais quelqu'un de respectable. Société de merde, qui vous détruit gratuitement et qui, pour se donner bonne conscience, fait des dons à des ASBL (associations sans but lucratif)... créées pour tenter de réparer ses conneries.

Ahmed m'avait parlé d'un dépôt, il aurait dû dire une ville car, en arrivant sur mon nouveau lieu de travail, j'ai découvert un chantier gigantesque. Un garde-barrière m'a demandé une pièce d'identité et m'a remis un badge. Chose bizarre que ce petit plastique qui fait croire à certains qu'ils ont de l'importance, mais qui me rappelle le domaine car tous les surveillants en portaient un (ce qui m'a permis de graver leurs noms dans ma mémoire). Des centaines d'ouvriers s'agitaient dans tous les sens, comme dans une fourmilière, et je n'avais aucune indication pour trouver mes futurs collègues. J'ai vu un homme avec des plans à la main et lui ai demandé où se trouvaient les gens qui placent l'air conditionné. « Tu vas tout droit, puis tu prends les escaliers de gauche en haut, tu vas tout droit et bla-bla-bla... » Ce qui paraît simple pour certains ne l'est pas forcément pour les autres. Avec beaucoup de chance je suis arrivé à bon port et, surtout, pas en retard !

Un homme est venu vers moi et m'a interpellé :

« C'est toi, la nouvelle souris ?

— Non. Moi, c'est Patrick.

— O.K. Viens que je te présente. »

Il a gueulé comme un marchand de tapis et cinq ouvriers m'ont salué. Ils ressemblaient à des araignées collées au plafond car leurs journées se passaient à quatre mètres du sol. Les échelles ou les échafaudages étaient l'extension de leurs pieds qui les raccordaient à la terre.

Tout était réglé comme une horloge. Un ouvrier faisait des trous à la foreuse, un second installait des attaches, deux autres montaient et positionnaient les tubes en Inox, le cinquième raccordait avec précision les tubes entre eux. Les tubes en Inox mesuraient quatre mètres de long et variaient dans leur diamètre. On commençait avec un tube assez large pour y introduire un homme et on finissait par le diamètre d'un bras. Notre job consistait à fournir de l'air conditionné dans chaque pièce du bâtiment, en démarrant de la cave où se trouvait la turbine. Je travaillais avec l'équipe qui installait le gros œuvre. Une seconde équipe venait plus tard pour les finitions.

Après quelques jours, je faisais partie du groupe. Ils m'avaient adopté, et pourtant, je n'avais pas passé d'épreuve d'admission. Sans que je le sache, ils m'avaient testé et regardé travailler, et ils avaient fait un rapport très positif à la direction. J'étais engagé.

On travaillait presque en vase clos, et cela me plaisait énormément. J'ai découvert des gens bien, et des fous rires assez fréquents raccourcissaient les journées. On avait plaisir à se retrouver le lendemain. Mais je comptais les jours, j'attendais ma feuille de paie comme un trophée que je pourrais brandir devant la famille de mon rayon de soleil, j'étais un émigrant qui attend son permis de séjour (ou son permis d'aimer), j'étais à la douane du délit de sale gueule et j'allais recevoir mon passeport d'honnêteté.

Les jours passaient et la fin du chantier arrivait à grands pas. On connaissait déjà notre prochain chantier car notre chef nous en avait parlé. Il se situait de l'autre côté de Bruxelles et, comme des enfants, nous avons souri, c'était le nouveau complexe Côte d'Or, le fameux chocolat belge. On allait « bouffer du choco gratos ! ».

Trois jours plus tard, on découvrait la caverne d'Ali Baba. Des palettes entières de chocolat se pavanaient devant nos yeux et, en déchargeant l'outillage, on s'imaginait quel goût on allait manger en premier. On n'avait même pas remarqué que, cette fois-ci, on allait bosser à huit mètres du sol...

Notre nouveau royaume mesurait cinquante mètres de long sur douze de large. Des électriciens terminaient leur chantier en installant un câble gros comme une jambe au sommet intérieur du bâtiment. J'étais impressionné de ne voir que deux ouvriers pour ce genre de boulot car, à la moindre erreur, le câble pouvait se décrocher et faire de solides dégâts.

Le gigantisme de ce bâtiment donnait l'impression qu'on construisait une cathédrale et, en regardant la hauteur du plafond, on ne pouvait s'empêcher d'avoir la tête qui tourne. Ce temple dédié au chocolat allait une fois de plus modifier ma vie, en m'envoyant dans un monde où ceux qui en sont revenus ont laissé derrière eux leurs croyances, mais surtout une partie d'eux-mêmes.

Ma vie prenait des allures de bonheur. Dans six jours, j'aurais ma fiche de paie. Encore « six fois dormir » et tout rentrerait dans l'ordre. J'avais un boulot que j'appréciais, un très bon salaire, une femme que j'aimais et mon Senseï. Je ne demandais rien de plus à la vie.

Le premier jour de chantier fonctionna comme un jeu de Lego. Il fallait disposer au sol et en enfilade tous les tubes pour s'assurer qu'aucune pièce ne manquait. Si cela arrivait, tout le chantier pouvait être arrêté.

Une confiance totale régnait entre nous, et chacun s'acquittait de sa tâche comme un horloger peut le faire. Une fausse manœuvre avec un tube et la sanction était immédiate... Les arêtes tranchantes de chaque extrémité des pièces étaient pires que des lames de rasoir. Je retrouvais dans mon travail la rigueur que mon Senseï m'avait enseignée.

Trois jours plus tard, le tube principal étant installé, on commença les extensions qui aboutiraient dans chaque pièce du bâtiment. Les électriciens terminaient les raccords du fameux câble et on était en avance sur le planning.

Ma responsabilité consistait à fournir immédiatement à chacun l'accessoire utile pour son montage. J'étais fier de me sentir indispensable. Ces ouvriers, étrangers à ma vie privée, me faisaient confiance sans préjugés. Vingt-sept jours que l'on bossait ensemble, et pas une blessure.

Il était treize heures. Sans rien dire, tout le monde s'est levé pour reprendre le travail. L'équipe a pris la direction de l'escalier car on mangeait au rez-de-chaussée de notre cathédrale. Arrivé au premier étage, je me suis rendu compte que j'avais oublié mon casque de sécurité. J'ai donc fait demi-tour. Alors que je sortais de la cage d'escalier, l'un des électriciens m'a croisé et m'a salué. Ils emballaient leur outillage car pour eux le chantier était terminé.

Mes yeux fixaient mon casque resté sur ma chaise. Il ne me restait plus que quelques pas à faire pour le récupérer quand un hurlement a envahi le dépôt : « Putain ! le câble ! »

À cinquante mètres de moi, le câble gros comme une jambe venait de se libérer de ses attaches. La deuxième attache a cédé, puis la troisième. Je me suis retourné pour voir qui gueulait car j'avais entendu mais rien compris... Mes yeux cherchaient une réponse... Et à cet instant, j'ai vu le câble arriver vers moi comme une vague. J'étais juste dans sa ligne de mire. Comme des dominos, les attaches cédaient les unes après les autres et un serpent de trente mètres venait de m'inscrire à son menu du jour...

Quand j'ai ouvert les yeux, tout le monde était autour de moi. Dans un mouvement de panique, je me suis débattu, je ne comprenais pas ce qu'il venait de se passer et pourquoi j'étais allongé sur le sol. Quelqu'un me répétait : « Ne bouge pas... surtout ne bouge pas... On a appelé une ambulance. » Pour quoi faire ? Qu'est-ce que j'ai ? Quelque chose coulait de mon oreille, c'était du sang... J'ai vu un de mes collègues prendre son visage dans ses mains en pleurant.

C'était la fin, je devais donc mourir ici, comme un chien sur le bord de l'autoroute. J'avais tellement froid. Et je n'avais plus envie de me battre... C'était trop pour moi...

J'entendais quelqu'un raconter que le câble m'avait fauché de plein fouet et projeté à trois mètres de haut contre le mur. Je pensais à tout et à rien, et une drôle de fatigue m'envahissait... J'avais envie de sourire comme pour provoquer la mort... Pour une fois, j'avais du bol car j'aurais pu mourir noyé ou dans d'atroces souffrances. J'étais calme et serein. J'allais rejoindre les ancêtres de mon Senseï et continuer mon apprentissage.

Mais alors, je ne le verrai plus. Et qui annoncera

à mon rayon de soleil que je suis parti sans prévenir ? La peine que je vais lui faire sera trop forte... Elle n'est pas comme moi, elle ne le supportera pas... Que va-t-il se passer ?

Il faut que je vive, juste le temps de lui dire au revoir et de la rassurer, lui laisser mes kimonos et mon *katana* car je sais qu'elle en prendra soin. « Lève-toi, Patrick... Vas-y, lève-toi... Un samouraï ne peut accepter la défaite sans se battre. »

Je me motivais pour rester en vie encore un peu. Je devais me battre. Renoncer maintenant serait insulter ma volonté, celle qui m'avait tenu en vie jusque-là. « Merci à vous, madame, mais s'il vous plaît, faites encore un petit geste pour moi ! Je veux bien avoir payé dix-huit ans de vie pour avoir le droit de prendre dans mes bras les gens que j'aime avant de partir. Après, je vous donne ma parole, je vous laisserai tranquille. »

Mes collègues ont-ils entendu ma conversation avec Dame Volonté ? Je ne sais pas, mais alors... pourquoi ce silence ? Pourquoi cet air ébahi ?

J'étais debout et je regardais tout le monde.

Combien de temps m'a-t-elle donné ? « Tu t'en fous... Profites-en. »

En courant vers ma voiture, je cherche mes clés. J'ai l'impression que les gens sont au ralenti et qu'il n'y a pas un bruit. Merde, j'ai combien de temps ? Je suis à trente kilomètres de Bruxelles, heureusement à cette heure-ci les routes sont dégagées. Mais pourquoi tout est presque à l'arrêt ? J'ai l'impression qu'il n'y a que moi qui bouge. Je ne ressens aucune douleur. Au contraire, je ne me suis jamais senti aussi bien.

Mon dojo est le plus près sur ma route de mort-vivant. Dame Volonté a négocié avec Monsieur Hasard pour choisir à ma place.

Comment dit-on au revoir à ceux que l'on aime ? Faut-il vraiment dire au revoir, je n'ai rien appris sur le sujet, un regard peut-il suffire ?

Je gare ma voiture à la va-vite, les gens sont toujours au ralenti. En ouvrant la porte principale, il ne me reste qu'une dizaine de pas pour entrer chez mon Senseï. Je n'y arriverai jamais, car je me sens triste, je ne ferai pas ces dix pas pour lui dire au revoir. Je ne veux pas pleurer devant lui, seule manière pour moi de lui dire que je l'aime comme un père, car je n'ai pas les mots qu'il faut... Je reste quelques instants devant cette porte en pensant à lui et en lui confirmant à quel point il va me manquer... Je sais qu'il m'entend.

En sortant du hall, ma peine, déguisée en soldat, m'attaque sur tous les fronts. En vaincu, je baisse la tête et n'oppose aucune résistance. J'apprends qu'il y a des peines que même les pleurs ne peuvent soulager.

Ma jambe et mon bras droits commencent à m'abandonner. Non, pas maintenant ! S'il vous plaît... Encore un peu de temps !

En remontant dans ma voiture, j'ai une drôle de sensation. Le sang recommence à couler par mon oreille et mon nez. Je n'ai plus de doute sur l'issue fatale de ce que je vis.

Quel beau cadeau déjà que d'être arrivé jusqu'ici... Mais je dois continuer, il le faut ! En regardant ma montre, je constate que je peux rejoindre mon rayon de soleil à la sortie du lycée. Elle y est. Comme par magie. « Merci, madame... »

On aurait dit qu'elle m'attendait.

Je ne sais pas comment je suis arrivé jusque-là, et encore moins comment je vais repartir. Peut-être suis-je déjà mort et que tout cela, je ne fais que le rêver... Pourquoi ne me regarde-t-elle pas ? A-t-elle peur de comprendre ou a-t-elle compris ? Je perds les pédales, tout s'embrouille dans ma tête, ce n'est pas normal ce qui se passe. « Je vais me réveiller... Je sais que je vais me réveiller... »

Je démarre comme par automatisme et mon rayon de soleil ne dit toujours pas un mot. Je ne sais plus cacher qu'il y a un problème car mon sang coule sur ma chemise, j'ai froid, terriblement froid. Mon rayon de soleil croit que j'ai le nez cassé, donc elle ne se doute de rien. Avec calme, elle me dit d'aller à l'hôpital.

Comment lui dire que je vais mourir et surtout que je devrais déjà l'être ? J'ai tant de choses à lui dire...

Je ne sais pas comment j'ai abouti à l'hôpital et comment j'ai prévenu Maman de ne pas s'inquiéter. Mais me voilà devant la porte qui m'annonce la fin... C'est donc vrai, il y a plein de lumière et les portes s'ouvrent devant moi comme par enchantement. Tout le monde est en blanc. Mais ils n'ont pas d'ailes ! Je sens la vie s'échapper de mon corps et tout devient flou. Cela fait presque deux heures que Dame Volonté me tient en vie... Ce que je prends pour les portes du paradis ne sont que les portes des urgences et mes anges sont des médecins. J'ai réussi.

J'ai gagné mon combat contre le temps et la mort, je suis un samouraï dans la plus pure des traditions. Je suis prêt à partir. J'ai réussi quelque chose et j'en suis fier. Là où je pars, on ne me fera plus de mal par inconscience ou par imbécillité. Comme une bouteille d'eau gazeuse ouverte, je sens que mon corps me lâche. Je suis devant le comptoir des admissions et la dame en face de moi paraît venir d'ailleurs. Je crois reconnaître Dame Volonté car son sourire est magique. C'est à elle que je parlerai en dernier. Je suis prêt... Merci pour to... Je viens de m'écrouler. Au revoir, putain de vie...

« Putain de vie... » Expression forte, mais qui résume mon état d'esprit : fatigué par les circonstances de la vie. La vie est le plus beau cadeau que la nature puisse nous faire, alors, permettez-moi de lui cracher à la gueule. Car si quelqu'un ou quelque chose a décidé pour moi, je lui en veux à mort. Que l'on ne me parle surtout pas de hasard ou de destin car je deviendrais méchant. Si le destin existe, quelqu'un a bien dû l'écrire. Alors de quel droit m'a-t-il choisi ?

Et pour tous mes compagnons de galère, mais surtout les autres gosses dont on ne connaîtra sûrement jamais l'histoire, quelle excuse va-t-on trouver ? Va-t-on nous demander de nous tourner vers Dieu ou de nous épancher chez un psychologue ?

Putain de société... qui se tracasse pour l'après au lieu de réfléchir avant. Saloperie d'excuse que l'on invente pour justifier ou dissimuler l'incompétence d'une société soi-disant civilisée.

Allongé sur le sol, je me sens libre, dix-huit ans de galère ne me donnent pas envie de m'accrocher à la vie, et puis j'ai passé un pacte. Il faut que je le respecte.

La bibliothèque de mes souvenirs vient de s'ouvrir et tout défile devant moi. De plus en plus vite, avec des gros plans sur les gens que j'aime. Puis le noir. Je vais découvrir ce que tous les vivants veulent savoir. Qu'y a-t-il après la mort ? Et si tout recommençait comme en bas ? Mais si je rencontre quelqu'un ou quelque chose, ce serait lui le responsable de ce que j'ai vécu ? Je vais pouvoir mettre les pendules à l'heure et demander des explications. À part le néant, rien ne vient.

Ici, il n'y a aucune notion de temps et aucune présence d'anges. Pourquoi est-ce que je me sens tellement bien ? Je ne pense ni à dormir ni à me réveiller. Cela fait combien de temps que je suis là ? Toutes ces questions que je me pose datent de quand ? Il n'y a peut-être que quelques minutes que je suis mort. Ou cela fait-il des jours, des années ?

Soudain, une voix, ou plutôt un murmure. C'est drôle, je ne vois pas mes mains ni mes jambes. Je n'arrive pas à me toucher. Un autre murmure. Un souffle chaud vient de me toucher. Encore un autre murmure. Quelqu'un me parle au loin, mais je connais cette voix. On dirait que l'on me parle dans un tube ou un couloir. Quelqu'un vient de me dire bonjour, je reconnais cette voix, c'est mon rayon de soleil. Le son de sa voix me rassure, bien que je ne la voie pas. Je ne la cherche pas non plus. Savoir qu'elle est là ressemble à cette lumière dont certains parlent. J'entends à présent d'autres personnes qui parlent. Elles sont tellement loin. J'ai l'impression de reconnaître toutes ces voix. Tiens, à présent il fait plus clair.

« Réveille-toi, Patsy. » Mais... il n'y a que mon rayon de soleil qui m'appelle comme ça. Pourquoi croit-elle que je dors ? « S'il te plaît, réveille-toi. Je t'aime. Tu me manques. » Une lumière brillante accompagne ses mots. Mon rayon de soleil me parle avec son cœur. La lumière m'attire comme un aimant, de plus en plus fort.

J'ouvre les yeux et je la vois. Elle me tient la main. Personne ne sait encore que je suis de retour. Maman et Marc sont là aussi. En serrant sa main, je lui dis bonjour. Ses pleurs sont couverts par des sonneries aiguës qui ameutent les médecins, je suis aux soins intensifs et couvert de fils. Je ne comprends pas ce que je fais là. Un docteur arrive près de moi et me dit : « Eh bien, mon garçon, tu reviens de loin... » Il demande aux visiteurs de sortir et je me retrouve entouré d'inconnus qui me regardent comme si je venais d'une autre planète.

« Comment te sens-tu ?

— Bien, pourquoi ?

— Comment t'appelles-tu ?

— Patrick Henderickx. »

Il me pose des questions comme si j'étais un débile, mais ne me dit toujours pas pourquoi je suis là. Je constate qu'on m'a rasé la tête et qu'un filet plein de contacts remplace mes cheveux. Je suis relié à toutes sortes de machines et je me dis : « Ils font plus attention à moi maintenant que je suis mort que quand j'étais vivant. »

« Quelqu'un peut-il me dire ce que je fais ici ? S'il vous plaît.

— Calmez-vous. On va vous expliquer tout ça. »

Une dame s'approche de moi et se présente, elle parle avec une voix douce et calme. Elle m'explique que je sors d'un coma profond qui a duré cinq jours. Mon chef de chantier m'a retrouvé en téléphonant à tous les hôpitaux et en expliquant l'accident. Pendant presque deux heures, j'ai roulé en voiture et prévenu les gens que j'aime. Personne ne comprend, encore moins les médecins, comment, avec une fêlure dans la boîte crânienne, je ne suis pas tombé dans le coma instantanément.

Dame Volonté m'avait entendu et fait cette faveur. Je ne vois pas d'autre explication. Leçon indiscutable de la vie. « Quand on veut, on peut. » L'instinct de survie est plus fort que tout, et l'amour de vos proches est la motivation absolue.

La voix de mon rayon de soleil m'a ramené de là-bas, voilà mon explication. Je n'ai pas vu d'ange et encore moins de paradis. La lumière dont parlent ceux qui en sont revenus n'est pas Dieu, mais le sentiment rassurant d'entendre ceux ou celles que l'on aime. Aujourd'hui, je comprends qu'il ne faut jamais arrêter de parler aux gens qui sont dans le coma car, dans mon cas, cela m'a sauvé la vie.

Qui peut expliquer tout ça ? Y a-t-il une explication ? Oui, j'ai voulu me laisser mourir car j'avais donné ma parole à Dame Volonté que je me laisserais mourir et que je respecte toujours mes engagements. Mais je n'étais pas suicidaire, loin de là, et encore moins dépressif, j'étais un samouraï dont le plus grand ennemi était les circonstances de la vie.

La médecine ne peut rien s'il n'y a pas d'amour, de tendresse et de volonté. La volonté de mon rayon de soleil de ne pas croire à la fatalité et son amour ont été mon ticket de retour.

Couché sur mon lit et dégagé de mes fils, je l'ai prise dans mes bras et j'ai trouvé le courage de lui dire : « Je t'aime. Merci d'être là. » Deux jours plus tard, j'ai eu le contrecoup. Il paraît que c'est normal. Les médecins ont expliqué à Marc que c'est ce qu'ils attendaient pour avoir la certitude que j'étais sauvé. Je regardais la télévision assis sur une chaise et, soudain, je suis reparti dans un sommeil profond. L'infirmière ne s'est pas inquiétée, et le lendemain, je sortais.

Je pouvais dormir à la maison, mais je devais absolument passer les jours suivants à faire toute une série d'examens. La pire des choses est la chaise tournante. Vous êtes dans le noir total, un tube dans l'oreille d'où coule de l'eau et, en même temps, la chaise tourne sur elle-même. Je vous assure que c'est le meilleur moyen de vous faire vomir une semaine de repas.

Pendant que la médecine expérimentait et testait ma normalité, la haine labourait son champ et la connerie semait sa semence. Mon coma avait provoqué des absences non justifiées de mon rayon de soleil à l'école et un courrier arriva chez ses parents. Elle n'avait pas osé leur dire ce qui m'était arrivé puisque, normalement, on ne pouvait plus se voir. Les coups ont remplacé tout dialogue et l'abus de pouvoir a éliminé toute tentative d'explication. Alors qu'elle avait besoin de soutien pour exorciser sa peine, intensifiée par mon état, elle n'a trouvé comme réconfort que les insultes et la promesse d'une vie de religieuse. L'injustice avait une fois de plus gagné une bataille née de la connerie humaine. Quelles que soient les raisons, pourquoi ne pas laisser une chance de s'expliquer au prétendu coupable ? Pourquoi les adultes sont-ils convaincus d'avoir toujours raison ?

Pendant plus d'une semaine, je n'ai plus eu de nouvelles de mon rayon de soleil et je commençais vraiment à m'inquiéter. Surtout qu'à plusieurs reprises je l'avais aperçue en voiture avec sa mère. Pas un mot, pas un geste pour me rassurer. Pour couronner le tout, j'avais perdu mon travail car les experts avaient établi mon entière responsabilité. Motif : « absence de casque sur un chantier ».

J'avais dix-neuf ans.

Dans le coma, je n'avais pas vu le paradis, et vivant, je me promenais à nouveau en enfer. Rien ne finira jamais. Ma vie avait été comme une montre. On l'avait simplement arrêtée cinq jours, le temps de remplacer les piles. Je déambulais dans les rues de la ville qui m'a regardé grandir sans broncher, sans même se douter qu'elle allait payer le prix fort de ce que j'avais vécu. Un bloc de béton prenait petit à petit la place de mon cœur et un sourire de haine se tatoua sur mon visage.

« Senseï, je ne sais pas me battre contre un adversaire qui se cache. »

Je ne sais pas pourquoi, ce soir-là, j'ai annoncé que je partais vivre ma vie ni pourquoi personne ne m'en a empêché. Je l'ai fait, un point c'est tout.

Une amie de Maman avait un deux-pièces libre et, chance pour moi, c'était dans notre rue. Je ne serais donc pas trop loin de la maison en cas de problème. Si j'avais su les conséquences qu'aurait mon choix, je me serais enfui de l'autre côté de la Terre.

Surprise de taille dans la famille... Maman était enceinte de plusieurs mois et Marc était fou de joie. Maman sortait enfin la tête de l'eau et envisageait une vie meilleure. Dorénavant, Marc prenait ma place et me libérait de mes obligations.

Je ne savais pas où j'allais, mais il fallait que je le fasse maintenant. Deux pièces de douze mètres carrés devenaient mon chez-moi, et même si elles étaient dépouillées, je m'y sentais à l'aise. Plusieurs lettres m'apportèrent des nouvelles de mon rayon de soleil, et l'ensemble de ces quelques mots écrits à la sauvette était rassurant. Elle terminait toujours avec la même phrase : « Tout va s'arranger avec le temps... Je t'aime. »

Les semaines passèrent et je n'arrivais pas à trouver un emploi. J'étais toujours convaincu qu'une fiche de paie serait mon passeport pour construire une vie à deux.

Cela faisait deux mois que je n'étais plus allé voir mon Senseï. Je n'en avais pas le courage. Je savais qu'il était au courant de mes faits et gestes et que, comme d'habitude, il attendrait que je vienne le voir. La haine devenait mon moteur et face à lui, j'aurais eu honte.

Je n'avais ni télévision ni radio, et je me détachais du monde extérieur. Quelquefois, Maman passait me voir. Nos conversations se résumaient à bonjour, oui, non, au revoir. Elle ne m'a jamais appris à lui parler et je n'ai jamais su le faire. On était comme ça, et pourtant, le premier qui lui aurait fait du mal, je l'aurais tué sans hésiter.

Tout était en place pour que la haine prenne le pouvoir. Des hommes bleus allaient arroser les graines et la récolte allait être abondante.

5

La raison de me battre s'éteint

28 octobre 1980. Dans quelques heures, je vais avoir vingt ans. Comme chaque soir, j'installe les coussins du fauteuil qui me sert de lit. Je relis pour la énième fois les lettres de mon rayon de soleil. Je ne dis pas à Maman que j'ai faim, car j'ai voulu partir, alors j'assume. Pourtant, quelquefois, sans rien dire, elle remplit mon frigo.

La solitude me protège du monde extérieur et je m'y sens bien.

Fêter un anniversaire ne représentait rien pour moi, bien au contraire, j'avais horreur de ces choses-là. Ou peut-être que je me détachais des gens normaux.

Depuis quelques jours, je repensais à mon voisin de lit au domaine et à mon ami Patrick. J'aurais voulu qu'ils soient là. Je pensais que c'étaient les seules personnes qui comprendraient mon isolement.

Le luminaire de la rue me servait de lampe de chevet et éclairait la pièce presque comme en plein jour. Impossible de trouver le sommeil. Dans ces moments-là, les mauvais souvenirs dansent dans votre tête. J'aurais pu sombrer dans la déprime, mais j'étais plus fort que tout ça. Et puis un samouraï n'a pas le droit de baisser la tête.

Jacques Brel disait : « Quand on n'a que l'amour... » J'ai su ce qu'il voulait dire ce soir-là. Patience, Pat. Demain est un autre jour. Je me parlais pour me donner du courage et je finis par m'endormir. Il était cinq heures du matin.

Des coups sur la porte me réveillent en sursaut. Cela ne fait qu'une heure que je dors, mais les coups se répètent et, en caleçon, j'ouvre la porte. Des policiers me poussent à terre et me mettent un revolver sur la nuque. Il y en a six ou huit, et l'un d'eux me gueule dessus : « Où sont tes potes ? » Je reste calme, même si je sais que je pourrais les affronter avec une grande chance de victoire. Je ne comprends pas ce qu'il me demande et j'entends l'un d'eux dire dans sa radio : « On tient le chef de la bande. » À ce moment-là, je reçois un violent coup de pied dans les côtes, qui m'envoie dans les nuages.

Je ne sais plus comment je suis arrivé dans ce cachot, mais je me souviens de la douleur dans mon poumon qui m'empêchait de respirer. J'avais une côte cassée et, aujourd'hui, je garde comme souvenir un kyste gros comme un œuf. Convaincu que tout cela était un cauchemar, je ne réalisais pas ce qui arrivait.

De toute façon, je n'ai rien à me reprocher, donc je vais me réveiller à la maison et rigoler de mon rêve.

Je me réveille une seconde fois car la douleur est trop forte. Quand soudain la porte s'ouvre. Mais je suis vraiment dans un cachot.

Face à moi, un policier. Derrière lui, un autre, avec un chien. « Debout, connard ! » Surtout ne pas montrer que j'ai peur. Je pourrais les tuer avec mes mains, mais ils représentent l'autorité, donc il faut que je les respecte. Je découvre la sensation d'être menotté et je comprends que je suis à leur merci. Je me retrouve dans une pièce avec pour seul mobilier une table et deux chaises. Trois malabars entrent quelques instants plus tard, et une claque sur ma tête accompagne une phrase qui me renvoie quatorze ans en arrière. « Alors, connard, on fait moins le fanfaron. Tu l'as dans le cul, cette fois. » Je n'aime pas la fin de sa phrase et j'ai vraiment envie de le frapper. Je suis en polo, jean et chaussures sans chaussettes. Je ne me suis pas lavé non plus. Je suis humilié et je ne sais toujours pas pourquoi. Bien qu'ils soient habillés comme des voyous, je comprends que je suis à la gendarmerie. L'un d'eux s'installe en face de moi et me dit : « Bon, récapitulons. Tes potes et toi avez braqué le magasin cette nuit. » Je ne sais pas quoi répondre car je ne comprends pas. « Je crois que vous vous trompez, m'sieur. »

À ce moment-là, l'un de ceux qui se tiennent derrière moi veut de nouveau me frapper. Malgré mes mains menottées, je repousse de toutes mes forces ma chaise vers l'arrière et le bloque contre le mur. Je me retrouve nez à nez avec lui et lui dis : « Vous me frappez encore une fois, je vous casse le bras ! » C'est plus fort que moi, je veux qu'on me respecte.

Malheureusement, mon sang-froid les conforte dans leurs soupçons et je diminue mes chances de m'expliquer. Mais veulent-ils sincèrement que je leur explique ?

À trois, ils me maîtrisent vite et me recollent sur ma chaise.

« Bon. On se calme », dit celui qui est assis en face de moi, puis il se met à lire un papier que l'on appelle une « déposition ». Avec stupeur, j'écoute une litanie d'accusations telles que « cambriolage, violence, vol de voiture ». J'ai presque envie de rigoler, pas eux. J'ai beau leur dire que je ne comprends rien à tout ça, ils ne veulent pas entendre, encore moins me laisser le bénéfice du doute. L'un d'eux me demande comment je fais pour avoir une voiture pareille alors que je ne travaille pas et que je ne suis pas au chômage.

Je ne sais plus ou ne veux plus me justifier. Par où commencer ou par quoi ? Je ne veux pas raconter ma vie et les raisons car, de toute façon, ils ne le croiraient pas. Pendant des heures, ils m'usent, me fatiguent, me questionnent.

Cela fait des heures que je ne comprends plus rien. Soudain, l'un d'eux me demande de me lever et me tire comme un chien dans les couloirs. En marchant, je vois que l'on se dirige vers la sortie et je crois qu'ils vont me libérer. Tout le monde me regarde avec dégoût. Avant la sortie, on s'arrête, et celui qui me tire m'enlève une menotte. Je suis libre.

Non, il se menotte la main gauche et me voilà dépendant de lui. On monte dans une camionnette et je suis persuadé que je vais en prison. Il faut que je me sorte de là ! Mais comment faire ? Pourquoi sont-ils convaincus que je suis coupable ? Qui ai-je fréquenté de mal ? Peuvent-ils me reprocher quelque chose ? Tout devient trouble dans ma tête et, de nouveau, j'ai mon sourire de haine.

Mais... je reconnais ces rues et ce quartier, on est à deux pas de chez moi. Mais alors, ils ont reconnu leurs torts et me raccompagnent. Je savais que tout finirait bien, quand on est innocent, il ne faut pas avoir peur. Finalement, ils ne font que leur boulot. Leurs méthodes sont un peu brutales, mais ils ne doivent pas rigoler tous les jours ! Quand je raconterai tout ça à mon rayon de soleil, elle ne voudra pas le croire.

« Où est ta voiture ? » vient de me demander celui qui conduit.

Pourquoi me demande-t-il cela ? Encore deux rues et on est arrivés.

« Elle est devant son domicile », répond celui à qui je suis attaché. J'ai envie de leur dire que, de toute façon, je vais me coucher tout de suite, mais je n'en ai pas le temps.

Le combi vient de s'arrêter en double file à côté de ma voiture, et je suis tellement persuadé que je suis libre que je ne vois pas le pire arriver.

Leur gyrophare vient de s'allumer et nous descendons de la camionnette. Arrivés devant le coffre de ma voiture, le gendarme me dit : « Tu nous autorises à fouiller ton véhicule, bien sûr ! » Je ne réponds rien, car mon regard est ailleurs...

Cent mètres nous séparent, et pourtant... Je viens de croiser un regard de haine et de victoire. La mère de mon rayon de soleil regarde toute la scène. Elle vient de gagner.

Mon cœur de petit garçon s'éteint et je crois voir un sourire sur le visage de ce dinosaure de méchanceté. Je suis comme le taureau au milieu de l'arène, l'estocade mortelle vient d'être portée et les gens hurlent de joie. Cette société qui m'a vu grandir sans broncher crie olé ! Et je les entends de plus en plus fort. Vingt ans de droiture. Pour qui, pour quoi ?

J'en ai plus rien à foutre, coupable ou pas, quelle importance... Amusez-vous, les poulets, car quoi que vous fassiez maintenant, je vous condamne à mort. Il va falloir que quelqu'un paie pour tout ça. Vous voulez jouer avec moi ? D'accord, je vais jouer avec vous. Mais avec mes règles et mon code.

Ils doivent se rendre à l'évidence, rien dans la voiture et rien dans mon appartement. Ils reviennent bredouilles et vexés. C'est moi maintenant qui tire le gendarme par les menottes. Je le regarde et je vois qu'il est mal à l'aise. Il lit dans mes yeux qu'il doit se méfier de moi, mais il ne comprend pas encore que je cherche la confrontation et qu'en rentrant dans les bâtiments de la gendarmerie il réinvente l'expression du « loup dans la bergerie ».

Sun Tzu a écrit : « Pour vaincre ton ennemi, connais ses défauts, ses points faibles et ses points forts. » Mon Senseï, lui, m'a dit : « Regarde, écoute et réfléchis. »

Pendant des heures encore ils m'ont questionné, et par la fenêtre je voyais la nuit tomber, je ne répétais qu'un seul mot, « le taureau », en les regardant droit dans les yeux. Je n'attendais qu'une seule chose, une claque.

Quelqu'un ouvrit la porte et interpella un des gendarmes, j'entendis des mots comme « chierie, bordel de merde ». Un homme en costume entra dans la pièce avec un air gêné et me dit : « On est désolés. On vous a confondu avec un autre. Vous êtes libre. »

Sans bouger, je lui ai laissé enlever mes menottes et, calmement, je me suis approché du beau costard, j'ai collé mon nez contre le sien et je lui ai fait un sourire qui voulait tout dire. J'ai récupéré mes objets personnels et, avec calme, j'ai pris la direction des W.-C., je voulais me rafraîchir et leur montrer que maintenant j'avais le temps.

Vingt heures sans boire ni manger, une côte cassée, et pour toute excuse, un « désolé... ». Je suis à la rue en polo, jean et sans chaussettes, pas d'argent pour un taxi et la haine dans le cœur.

J'ai envie que quelqu'un me provoque pour me défouler, et bien que je marche d'un pas rapide, je ne décolère pas. J'ai froid, et pourtant la haine me réchauffe. Je traverse un quartier chaud, « la gare du Nord », et je me demande pourquoi de nuit il y a plus de monde qu'un jour de marché. J'entrevois la basilique au loin. Dans une bonne demi-heure, je serai chez moi. Il me semble que les gens sont différents la nuit et qu'un autre monde existe. On dirait qu'ils font moins la gueule que le jour ! Peut-être que c'est là, ma place ?

J'ouvre la porte de chez moi, j'ai froid, faim et surtout sommeil.

Je me lave à l'évier car je n'ai pas de salle de bains et je me frotte fort en espérant redevenir celui qui vivait ici il y a deux nuits. Mais on n'enlève pas la haine avec de l'eau. Et encore moins l'hématome bleu que j'ai sur le côté. Je réalise que la colère perturbe le jugement, et mon Senseï m'a mis en garde contre cela. Une bonne nuit de sommeil et on verra demain. Je n'attends pas que Morphée me dise bonsoir. Les deux heures de marche agissent comme un somnifère. Je m'endors parmi le désordre qu'a laissé une fouille en règle. Ma côte cassée me fait très mal. Je suis trop fatigué.

Le lendemain matin, on refrappe à la porte. Cette fois, on ne me prendra pas au dépourvu. J'enfile mon jean et saisis mon *katana,* je n'arrive presque pas à respirer et une pointe me transperce le poumon. Ils devront me tuer cette fois. Prêt à l'affrontement, j'ouvre la porte.

Devant moi, la propriétaire. Elle est médusée de me voir le sabre à la main et voit la haine dans mes yeux. Elle vient m'annoncer qu'elle n'aime pas avoir la police chez elle et que, malgré l'amitié qu'elle porte à ma mère, il faut que je m'en aille. « Mais je... » Je ne dis rien de plus. À quoi ça servirait ? « Je m'excuse, madame, je partirai ce soir. » Comme les autres, elle n'a pas pris le temps de savoir ou de demander, et m'a jugé. Cela ne me touche plus, je prépare mes affaires et je décide d'abandonner le reste, peut-être que ça servira à un autre...

Voilà, je suis à la rue. À droite, je retourne chez ma mère avec la honte et les explications, à gauche, je pars... je ne sais où. J'ai envie de gueuler, mais à quoi ça sert, personne ne m'entendra de toute façon. Une dernière fois, m'asseoir sur notre banc et me gaver de souvenirs, voilà mon choix. J'avais deux solutions. J'ai opté pour celle qui allait vers nulle part... Les souvenirs.

Aujourd'hui encore, je voudrais trouver la machine à remonter le temps, juste pour ce jour-là et partir à gauche, loin de tout. Le temps aurait sûrement atténué la peine de mon rayon de soleil et peut-être aurait-elle rencontré quelqu'un de bien.

Pourquoi avoir choisi le parc ? Quelque chose m'y a-t-il poussé ? La réalité me croyait-elle assez fort pour supporter la connerie humaine ?

Car pour rejoindre le parc, je dois obligatoirement passer devant la maison de mon rayon de soleil. Rien que d'y penser, mon cœur bat la chamade. J'ai tellement envie de sonner et de lui dire de partir avec moi... Mais je suis quelqu'un de bien. Je n'ai pas le droit de lui faire prendre de risques sur le chemin de l'inconnu. Et bien que ses parents me jugent coupable à tort, le respect que m'a appris mon Senseï m'empêche de les priver de leur fille. Ce serait leur donner raison sur ce que je ne suis pas.

J'arrive juste devant chez elle. La fenêtre s'ouvre et je la vois... Elle est plus belle que jamais et me fait son fameux sourire. Rien n'a changé, l'amour nous protège du monde extérieur. Qu'il sera bon de vivre à côté d'elle, de la réveiller en l'embrassant et de la prendre dans mes bras, comme la première fois dans le parc. Nos yeux se disent tellement de choses que je me mets à sourire...

Soudain, des cris. Sa mère apparaît, elle tire violemment mon rayon de soleil vers l'intérieur de l'appartement, j'entends des cris, des pleurs. Une voix d'homme intervient. Sa mère réapparaît à la fenêtre et me dit : « Fous le camp ou j'appelle la police. Sale voyou ! Je préfère tuer ma fille que de la savoir avec toi ! » Puis un lourd silence. Je n'entends plus les cris et je ne sais ce qui se passe là-haut. Je regarde devant moi sans bouger. Je n'entends pas ce cri différent des autres. Cri qui annonce la fin de quelque chose. Je viens de tout perdre, plus jamais je ne la prendrai dans mes bras.

La connerie des adultes a frappé, par bêtise et à cause des gendarmes. Mon cœur est en deuil. J'ai tout supporté pour rien. Vingt années à ne pas craquer et tout subir. L'espoir d'une vie meilleure et la raison de me battre viennent de s'éteindre. Elle ne viendra plus avec moi construire la vie à laquelle j'ai droit et dont j'ai si souvent rêvé. Elle allait avoir dix-neuf ans et elle attendait notre enfant. Personne ne savait.

JE T'AIME et je n'oublierai jamais tout ce que tu m'as apporté.

Je ne sais pas depuis combien de temps je marche, je ne pense à rien et je ne pleure pas. Je ne me rends pas compte que j'ai perdu mes affaires et mon *katana*. Il ne me reste que la veste de kimono reçue de mon Senseï, car je la porte sur moi, sous ma veste. Mes pas me conduisent vers le parc où je m'entraînais le soir. L'endroit me rassure, car je me rappelle la première fois où mon rayon de soleil m'a accompagné. Le tronc d'arbre couché est toujours là et, en fermant les yeux, je peux la voir. J'ai l'impression qu'elle me sourit.

Un hurlement d'amour mêlé de désespoir sort de ma gorge, je m'effondre à genoux comme pour supplier qu'on me la rende... Que ne donnerais-je pas pour la prendre à nouveau dans mes bras et sentir l'odeur de ses cheveux ?

La lune me regarde mais ne peut rien pour moi, elle est le seul témoin qui m'accompagne durant cette nuit. Je renie la vie, la société et l'amour. Je vais vous faire payer ce que vous m'avez enlevé sans raison. Je frappe le sol pour calmer ma peine, mais à quoi bon ? Il faut que j'admette qu'elle ne reviendra pas. Elle ne m'a pas abandonné, elle m'a protégé et me protégera toujours. Bientôt, je me vengerai... je me le jure.

Vous ! La société ! Vous m'avez construit, maintenant vous allez me subir. Vous m'avez pris pour un voyou alors que j'étais irréprochable, vous m'avez sodomisé, brutalisé, ignoré, cassé, et vous avez pris mon SOLEIL... Dorénavant, vous allez me craindre.

La nuit sera mon refuge et ma compagne, les gens de la nuit seront ma famille, et gare à celui qui me barrera la route, qu'il représente l'autorité ou pas, je l'écraserai sans remords.

DEUXIÈME MARCHE

JE DEVIENS L'OPPOSE DE CE QUE JE SUIS

6

Je prends un train dans la gueule

> « Si le samouraï oublie son sabre, il s'agit d'une faute impardonnable, car le sabre, c'est l'âme du samouraï. »
>
> *Shogun Iyeyasu*

Des promeneurs me réveillent. Ils ne m'ont pas vu, mais leur chien a senti ma présence. Je suis face à lui et nos regards se croisent. Je fais un geste de la main et il s'en va. Le soleil n'est pas très haut, donc il est encore tôt. Erreur, il est six heures du soir et je comprends que j'ai dormi toute la journée par terre contre mon tronc d'arbre.

Je n'ai pas de peine. Ou plutôt, je la contrôle. Mon regard est différent car maintenant je n'ai plus rien à perdre. Je ne sais pas où je vais car tous mes repères ont disparu.

Le coucher du soleil me confirme que ma nouvelle vie est proche. Je regarde l'obscurité envahir le parc comme le rideau descend sur la scène à la fin du spectacle. Mon cœur se vide comme la salle. Le décor va changer et les acteurs aussi. Le nouveau metteur en scène s'appelle Monsieur La Haine.

Je bouscule des canards pour prendre de l'eau dans l'étang qui va me servir de salle de bains. Pour m'essuyer, je sacrifie mon tee-shirt. La propreté me rassure, bien que les vêtements que je porte aient vingt-quatre heures. Je ne pense pas à la faim. De toute façon, je n'ai pas d'argent et, à cette heure-ci, les magasins sont fermés. Mon objectif est la gare du Nord, donc me voilà parti, à pied.

Il est deux heures du matin quand j'arrive au centre ville. Je viens de marcher pendant des heures et pourtant, je n'ai pas envie de m'arrêter. La place Rogier est mon terminus car, de là, je peux me faire une idée du va-et-vient dans le quartier chaud. Les voitures défilent en rang d'oignons et roulent au pas pour mater des femmes en vitrine. Au bout d'un quart d'heure, je remarque que les mêmes voitures sont déjà repassées dix fois devant moi. Des piétons font le même manège, et je décide de les suivre. J'hésite un instant car je suis gêné. Après plusieurs tentatives, me voilà dans la file. Surtout, avoir de l'assurance.

Quelquefois, avec Gino, on passait en voiture dans une autre rue où il y avait des femmes en vitrine, mais ici, c'est le nid. Une musique différente sort de chaque bistrot et il fait presque aussi clair qu'en plein jour tellement les vitrines et les façades sont éclairées. Une femme m'accoste et me dit : « Tu t'ennuies, mon lapin ? » Je lui souris et j'accélère le pas. Elle est pourtant jolie, mais je suis gêné. Devant le Bunny's Bar, il y a un attroupement. Des gens se battent, disons qu'ils gesticulent. J'observe la scène avec distance car ils se roulent par terre comme des torchons. Soudain, une voix se fait entendre : « Ça suffit », une voix qui ne laisse aucun doute sur le caractère de son propriétaire, et les deux chiffons se calment. Il se tient debout devant eux et les braque avec une arme. Il dit : « Debout, connards. » Il doit être respecté ou craint car sa présence crée un silence de plomb.

J'ai l'impression de le connaître et je suis épaté par son pouvoir. Il est d'un calme impressionnant, et sa tronche me dit quelque chose. Nos regards se croisent et il me fixe quelques secondes. Ne jamais baisser les yeux, je me le suis juré, donc je le fais. Il s'avance vers moi et me dit : « On se connaît ? » Face à lui et en soutenant son regard, je réponds : « Je ne crois pas. »

Il n'a que quelques années de plus que moi, mais les traits de son visage portent les marques d'une vie difficile. J'ai l'impression de me voir dans un miroir. Je ne veux pas de confrontation avec lui, et je fais le choix de me détourner pour suivre ma route. Je sais qu'il me regarde partir avec une question dans la tête : « On se connaît, mais d'où ? »

Le rythme a repris comme si rien ne s'était passé, et j'ai réintégré la foule. Désagréable sensation que celle de connaître un visage sans pouvoir mettre un nom dessus. Je commence à avoir faim et soif. Je ne regarde plus les vitrines car une pensée m'obsède : Qui est-ce ? Je n'ai pas de voyou dans mes rares amis et je n'ai jamais fréquenté ce quartier.

Une fille avec un hot dog à la main m'interpelle :

« T'es mignon, toi. Je te fais une pipe gratis. » Je m'approche d'elle et rétorque : « Non merci pour la pipe, mais je veux bien le hot dog. »

Elle est ébahie par ma réponse et me donne mon repas de la journée. Je la regarde droit dans les yeux et la remercie. J'ai agi comme l'inconnu que je connaissais et cela a marché. Elle doit me prendre pour un nouveau caïd... Si elle savait.

À force de tourner en rond sans savoir ce que je cherche, je m'imprègne de ces gens. Mes yeux ont déjà remarqué les rites d'usage et le protocole accrocheur des trimeuses. Certaines sont très jolies, et comme la majorité des hommes, je me demande pourquoi elles font ce métier-là.

Pour la troisième fois, je repasse devant la femme au hot dog qui, apparemment, négocie avec un client, scène qui est aussi observée par son mac. Tout et tout le monde est surveillé, et au moindre signal les faiseurs d'ordre rentrent en scène. Ici, on ne touche pas au gagne-pain, ou gare aux conséquences.

C'est drôle car, dans le monde où je vivais, c'était chacun pour soi. Ici, tout le monde est solidaire, pourtant on dit d'eux que ce sont des marginaux et les rebuts de la société. Mais les règles sont les mêmes que dans la société, il y a les patrons et les ouvrières. Chose surprenante par contre, ce sont les patrons du soleil levé qui enrichissent les patrons du soleil couché.

La femme au hot dog ne conclut pas la transaction, et le client continue sa quête du plaisir payant. Elle m'a remarqué et traverse la rue pour me rejoindre. « Je t'offre un café. » Je ne sais pas quoi répondre. « Allez, viens, ça ne t'engage à rien. »

Une femme « de mauvaise vie », comme dit la société, m'offre quelque chose sans arrière-pensée. Sa gentillesse me met mal à l'aise. Elle veut me prendre par le bras et je recule, je ne veux pas que les gens me prennent pour un client. Mon geste risque de me faire perdre un café bien chaud, mais ma fierté vaut plus que ça. Son attitude a changé, ce n'est plus une trimeuse mais une femme, et son sourire me rappelle quelqu'un qui me manque énormément.

Quand nous entrons dans le bistrot La Dolce Vita, tout le monde nous observe sans nous regarder. La fumée de cigarette est aussi dense que la foule, et le manque de lumière rend cet endroit identique à une tanière. Me voilà dans le monde de la nuit, avec une femme qui est loin d'être habillée comme une religieuse. Pourquoi me porte-t-elle autant d'intérêt ?

« Tu n'es pas un habitué ? Je ne t'ai jamais vu ici. Tu t'appelles comment ? »

Le plaisir que me procure le café chaud m'empêche de lui répondre.

« Je m'appelle Pat et je suis du « clan » Do Tien.

— De quoi ? Tu fais partie des triades ? »

Avec beaucoup d'innocence et ne sachant pas de quoi elle me parle, je réponds : « Oui. »

Le barman, qui a sûrement écouté la conversation, m'apporte un deuxième café et me dit : « De la part de la maison. »

Je ne me rends pas compte du poids du oui que je viens de prononcer, mais, à voir les réactions, cela doit être important. Je n'aime pas les questions et encore moins en poser. Donc, notre conversation est minimale. J'apprends qu'elle s'appelle Jo.

« Bon, il faut que j'y aille. » Un quart d'heure vient de passer et Jo doit retourner au boulot. Je n'ai pas vu qu'un homme l'avait rappelée à l'ordre discrètement. Je ne veux pas rester là tout seul et je réponds : « Moi aussi. »

Qu'il est bon de respirer à nouveau de l'air frais ! Jo me regarde et me dit : « Peut-être à une autre fois. » « Sûrement » est le mot pour lui dire merci pour le café.

Comme si de rien n'était, elle retourne sur son bout de trottoir et donne l'impression de ne pas l'avoir quitté. Elle a la classe de son métier et l'éducation de la rue, mais je pourrais lui faire confiance.

Pendant ce quart d'heure, j'ai oublié pourquoi j'étais là et je m'en veux. Rien ne doit me faire dévier de mon objectif et sûrement pas la gentillesse d'une étrangère.

Je veux me laver et me changer, mais où aller ? Il est deux heures du matin et bien que je sois entouré de monde, je me sens très seul. Mon rayon de soleil vient de traverser ma tête et il faut que je sois fort. La buée dans mes yeux devient difficile à contrôler quand une voiture blanche à ligne orange s'arrête, me coupant la route.

Deux gendarmes en sortent. Ils me demandent mes papiers en me tutoyant. Je les regarde dans les yeux avec mon regard de combattant et ne réponds rien. « T'es sourd ou quoi, tes papiers... » Trois ou quatre secondes viennent de fixer le temps et ce gendarme fait un geste pour me toucher. Son collègue veut se saisir de son arme. Les choses vont très vite. J'envoie un coup de pied dans sa main, et en faisant un demi-tour, un bon coup de coude qui casse le nez de l'autre, qui tombe à genoux instantanément. Je suis maintenant seul avec le second, qui doit au moins avoir les doigts cassés. Il est ma proie et je prends ses cheveux dans ma main gauche. L'autre gendarme gémit comme un gosse et, forcément, attire les curieux.

Je veux le tuer et je vais le faire, je pense que j'en ai le droit... Son regard est vide et la peur se lit sur son visage. Pourquoi aurais-je de la pitié, ce sont eux qui ont commencé.

Une voix résonne derrière moi : « Laisse tomber. Calme-toi. » C'est l'inconnu sans nom. Je suis toujours agrippé à ma proie et je la fixe dans les yeux, je suis lucide, mais l'envie de vengeance est trop forte. L'inconnu se rapproche de moi et me dit avec une voix différente : « Il a son compte. Casse-toi avant que d'autres n'arrivent. » Il a raison, mais je n'ai pas peur des autres, j'ai franchi le point de non-retour et je tiens ma vengeance dans la main. J'ai le pouvoir absolu, celui de vie ou de mort. Il n'y a plus un bruit car tous ont compris que j'étais déterminé.

Soudain, le gendarme au nez cassé implore ma pitié. Dans ma tête, je lui dis : « Pitié de quoi, de qui ? » Pour toute réponse, je pousse un cri de rage qui casserait un iceberg en deux, c'est ma façon de lui exprimer ma haine pour ce qu'il représente. Je m'approche de son oreille et lui dis : « La prochaine fois, ce sera toi ou moi... Je suis ton pire cauchemar, je suis ce que vous avez créé... »

Je pars d'un pas pressé mais sans courir, en laissant deux gendarmes vivants et une réputation naissante. Bizarrement, je n'éprouve aucune satisfaction, encore moins du soulagement. Tout cela me paraît anodin. Preuve évidente de mon je-m'en-foutisme.

Je ne sais toujours pas où je vais et, instinctivement, je me dirige vers un lieu connu. Le garage de Freddy ! Je sais comment y entrer et je pourrai m'y laver et dormir jusqu'au lever du soleil. Mon Senseï me donnerait le gîte et le couvert, mais j'ai enfreint les règles et j'ai honte d'avoir perdu mon sabre. Autant qu'il me croie mort, cela lui fera moins de peine et je sauverai l'honneur du dojo...

Il est presque quatre heures du matin quand j'arrive devant le garage et, malgré ma connaissance des lieux, je fais un bruit qui réveille Freddy. « Qu'est-ce que tu fous là ? » Je ne sais pas quoi lui dire. Mais il comprend que j'ai des emmerdes. Sans poser de question, il me conduit dans un bureau non meublé. Il revient quelques instants plus tard avec une couverture et un coussin. Je me lave au tuyau d'arrosage et, avec du savon pour les mains, je lave mes sous-vêtements.

Je m'endors par terre sans penser au lendemain.

Freddy m'a réveillé avec un journal dans une main et un café dans l'autre, et m'a demandé : « T'as fait des conneries ? » Un regard a suffi pour qu'il comprenne. « Pas de question. »

Il n'était pas un voyou, mais il connaissait leurs

principes et souvent les appliquait. Il est vrai que le monde de l'automobile est l'une des premières sources de revenus des margoulins de tous bords. Plusieurs fois, certains avaient essayé de l'embarquer dans des combines, soi-disant sans risque, mais il avait toujours refusé. Je crois que le seul reproche que l'on puisse lui faire, ce sont ses déclarations d'impôts, comme une grande majorité d'entre nous.

Sans me poser de question, il m'a laissé me réveiller. Mon attitude et mes gestes avaient changé, je n'étais plus un petit garçon sage. Mon sourire, que mes amis appréciaient, faisait défaut et mon regard était provocateur. Je cherchais de nouvelles proies. J'étais pourtant aussi calme qu'avant, mais j'avais attrapé une sale maladie : la vengeance ! Celle qui vous ronge de l'intérieur et qui n'est jamais repue, saloperie d'infection engendrée par la bêtise humaine et l'indifférence d'une société dite civilisée.

Chose surprenante, je retrouvais des gestes d'enfance, comme rester debout devant la fenêtre à regarder le ciel. Je repensais à l'inconnu et cherchais son nom dans mes souvenirs. Mauvaise idée, car cela me ramenait tellement en arrière que la colère reprenait le dessus. Vingt ans plus loin, tout était toujours dans ma tête comme si c'était hier. Je n'étais plus un enfant, mais un homme en colère. Le prochain qui pose un doigt sur moi, je le tue.

Freddy est entré dans la pièce et m'a dit : « Viens manger. » Malgré presque quarante-huit heures de diète, je n'avais pas faim mais j'avais très soif. Encore une fois, il n'a posé aucune question. Il m'a tendu un billet de cinq mille francs belges (environ cent vingt-cinq euros). « Tiens, va te chercher des vêtements et garde le reste, on ne sait jamais. » Je n'étais rien pour lui et pourtant il me tendait la main. « Je ne te les prête pas, je te les donne. Mais promets-moi de faire attention à toi. » Comme un frère, je l'ai pris dans mes bras. Il m'a dit à l'oreille : « Bonne chance à toi. » Je suis parti sans rien lui dire et sans le regarder car je crois qu'il pleurait. C'était mon ami.

Pour le protéger, je ne l'ai plus jamais revu, et vingt ans plus tard je suis repassé devant le garage, qui existe toujours. Je n'ai pas osé entrer.

Un jean propre et une nouvelle chemise étaient un luxe nécessaire pour éviter que l'on me reconnaisse. Je portais toujours ma veste de kimono sous ma veste, comme un fétiche ou un porte-bonheur.

Milieu de l'après-midi. Où aller, chez qui ? Je n'ai pas le droit d'embarquer les gens que j'aime dans mes choix. Je traverse une rue et je reconnais une voiture : c'est Gino ! Il ne m'a pas vu, je veux lui faire signe, mais j'hésite, je me cache par instinct pour réfléchir. Dans quelques secondes, il disparaîtra. Je ne peux le mêler à tout ça, je ne dois pas le faire même s'il me manque.

Je l'ai regardé partir en lui demandant mentalement pardon. Quelque temps plus tard j'ai appris qu'il était retourné dans son Italie natale avec toute sa famille. Encore aujourd'hui, je regrette de ne pas avoir eu l'occasion de lui dire au revoir. Je m'en veux, mais je sais que j'ai bien fait.

Gino, si tu lis ce livre, sache que tu es et resteras comme un frère pour moi.

À quelques centaines de pas se trouvait le parc du Kareveld, et l'envie de m'entraîner était toujours aussi forte. Je n'avais de toute façon rien d'autre à faire, alors... Une branche aux proportions de sabre a fait mon bonheur et j'ai retrouvé avec plaisir des gestes qui me rappelaient ce que j'étais. Des personnes âgées, assises sur un banc, étaient mes spectateurs malgré eux, et cela ne me dérangeait pas. J'aurais dû comprendre cet après-midi-là que je faisais un mauvais choix et avoir l'intelligence de m'arrêter. J'étais punissable pour mes actes, même si on pouvait les comprendre, mais je n'avais plus de repères et encore moins de chemin à suivre. Les balises étaient éteintes et j'étais perdu. Je suis resté dans le parc jusqu'à la tombée de la nuit.

Comme des hiboux, des jeunes avaient pris la place des vieux dans le parc. Certains avec une demoiselle, d'autres, assez bruyants, avec des joints, on pouvait en sentir l'odeur à cinquante mètres. Beaucoup d'entre eux n'avaient pas vécu mon parcours et pourtant, volontairement, ils brûlaient leur vie dans leur came de merde. Jeunesse défaitiste qui n'a d'autre souci que de scier la branche sur laquelle elle est assise. Je ne leur souhaitais pas mon histoire, mais pour rien au monde je ne souhaitais la leur. Moi, j'ai subi, eux, ils ont choisi...

J'ai repris le chemin de la gare du Nord sans me soucier des gendarmes qui devaient sûrement me rechercher. Il était bien plus tôt que la première fois, car il y avait beaucoup moins de monde et les filles de jour passaient le relais aux filles de nuit. Je marchais avec nonchalance sur les trottoirs de la nuit. Une voiture s'est arrêtée à ma hauteur et le chauffeur m'a dit : « T'es barjot ou quoi ? Allez, monte. » C'était l'inconnu de la veille qui m'avait calmé. Sans hésiter, je suis monté dans sa voiture (ou plutôt son carrosse) et il a démarré comme dans les films de gangsters. En roulant, il m'a dit : « Ou tu as des couilles en acier, ou tu es inconscient. » Je ne devais surtout pas lui montrer qu'il m'impressionnait. Son costard comme sa voiture puaient l'argent et le luxe devait être son quotidien, mais ça lui allait bien. Il avait de la prestance. « Pourquoi vous faites ça ? On ne se connaît pas. » Il fallait que je sache.

« Je n'arrive pas à mettre un nom sur ta tête et j'ai vu peu de gens dérouiller des gendarmes comme tu l'as fait. Voilà pourquoi ! » Apparemment, je l'intriguais. Ou alors, était-il méfiant ? Je l'aurais été à sa place. Pourtant, il ne me posait pas de question. Je pense qu'il devait me renifler et me jauger à l'instinct. On se dirigeait vers la place de Brouckère, et toujours pas un mot. Je ne sais pourquoi, je me sentais en confiance. On s'est arrêtés devant une taverne et, toujours sans rien dire, nous sommes entrés dans l'établissement. Il devait y être connu car plein de gens l'ont salué. L'endroit était chic et la femme derrière le comptoir était aussi jolie qu'une actrice de cinéma. Elle s'est penchée pour l'embrasser et m'a tendu la main. J'ai trouvé cela très respectueux. C'était sa compagne.

« Qu'est-ce que je vous sers ? » Elle me vouvoyait.

« Un verre d'eau, s'il vous plaît. »

L'inconnu m'a regardé et m'a souri. Il a un regard que je connais ! Puis je n'y ai plus pensé, on verrait ça une autre fois.

« Je ne t'ai jamais vu dans le quartier.

— C'est normal, je n'y suis jamais venu.

— Pourtant, je connais du monde dans les triades ! »

Je venais de comprendre qui était Jo et pourquoi elle m'avait accosté. C'était lui qui l'avait envoyée pour savoir. Vicieux, mais intelligent... Il me plaisait de plus en plus.

« Tu as des origines asiatiques, alors ?

— Oui. Du côté de mon père. » J'ai menti pour éviter des questions auxquelles je n'avais pas envie de répondre. Visiblement, il voulait absolument savoir d'où je venais.

« Et si on allait droit au but au lieu de tourner en rond ? » J'en avais assez de ce jeu.

« Oui. Tu as raison. Je m'appelle Max.

— Moi, c'est Pat. »

Aucun des deux ne savait par quoi commencer, pourtant on avait plein de questions.

« Tu as l'air très respecté !

— Tu vas l'être aussi avec ton exploit d'hier soir.

— Je n'en suis pas fier. Mais ils l'ont cherché. Je me trompe ou tu as ramé dans ta vie ? » Je venais de poser la mauvaise question et Max devint nerveux.

« Ce serait trop long à te raconter... et sans intérêt. »

Le ton de sa voix dissimulait une émotion que je pouvais sentir. Je crois qu'il n'avait jamais ouvert son cœur à qui que ce soit. Il devait avoir des souvenirs qui le rongeaient de l'intérieur, je connaissais bien le sujet. Soudain, un bip a sonné à sa ceinture. Il m'a dit :

« Je dois te laisser.

— Je viens avec toi ! »

Il m'a regardé et a souri : « O.K. »

Cette fois, on s'est dirigés vers le haut de la ville, du côté de l'avenue Louise. Alors que nous étions arrêtés à un feu rouge, il m'a regardé et m'a dit : « Toi aussi, tu as ramé ? J'ai l'impression que l'on se connaît depuis très longtemps. » J'ai regardé devant moi et n'ai rien répondu.

Nous sommes arrivés devant un club. Il m'a dit : « Tu m'attends ici », et il est descendu de la voiture. Il a fait une remarque au portier, puis je l'ai vu sortir une arme de sa ceinture. Les choses allaient tellement vite que je n'avais conscience de rien. Je suis sorti de la voiture pour le rejoindre. Le portier m'a salué et m'a ouvert la porte. J'entrais par la grande porte dans le vrai monde des truands sans réaliser où cela me mènerait.

Il devait y avoir cinq mille ans de prison effectués dans cette boîte car les tronches qui me regardaient ne devaient pas aller à l'église le dimanche matin. Max discutait avec un homme au comptoir et le ton montait. Malgré la musique, tout le monde pouvait l'entendre et tous faisaient semblant de rien. Le barman restait sur le côté du bar, comme par prudence. Max menaçait l'homme quand soudain celui-ci s'est levé. Max lui a envoyé instantanément un coup de tête et l'homme s'est effondré. Un second bonhomme a voulu intervenir. Sans réfléchir, je lui ai dit : « Tu bouges, je te tue. » Maintenant, tout le monde nous observait. Je ne quittais pas ma proie des yeux. Max insultait et menaçait du doigt l'homme par terre. Il ne l'a pas achevé. Il m'a regardé et m'a dit : « On s'en va. » Je fixais toujours ma proie. Max avait déjà fait quelques pas quand l'idiot par terre a murmuré : « Va te faire enculer ! » Max l'a entendu. Il a marqué un temps d'arrêt et a fait demi-tour en sortant son arme. Que devais-je faire ? À part observer la scène, je ne pouvais intervenir car il y avait insulte. Dans son monde, le respect était une question de survie, et je pouvais le comprendre. L'idiot a compris trop tard qu'il aurait dû se taire. Max a poussé l'arme dans sa bouche et l'a armée. La salle s'est vidée en un éclair, je tenais toujours ma proie du regard. J'avais envie de rire de la situation car, de toute façon, il était trop tard pour reculer. Je ne sais pas pourquoi, à ce moment-là, j'ai dit à mon idiot : « Tu vois, mon pote, vous allez mourir tous les deux ici. »

Max m'a regardé, étonné de ma remarque et de mon sang-froid. « Alors, cave, tu as des choses à me dire ? » Max avait la haine dans la bouche et la mort dans le regard. Son idiot était figé de peur. « Tu as entendu ce qu'a dit mon pote ? On va vous crever tous les deux... » L'idiot a commencé à pleurer en demandant pardon. « Espèce de sous-merde... » Max avait l'air dégoûté et, pour toute réponse, il lui a envoyé un coup de crosse dans la tronche, geste qui a déclenché un moment de furie de sa part. Il le frappait comme un déchaîné, comme s'il devait payer pour tout le monde. « Ça suffit, Max. Je crois qu'il a compris. » C'était à moi de le calmer cette fois. La tronche du bonhomme avait tellement gonflé qu'il ne pouvait plus ouvrir les yeux. Je venais de sauver la vie de ce con qui n'avait pas su se taire et, au fond de moi, j'étais content.

Max s'est retourné vers ma proie et lui a dit :

« T'as compris le message ?

— Ouiii, Max. »

Ils avaient eu de la chance et s'en souviendraient longtemps. En sortant, Max était encore un peu tendu et m'a dit : « Je les crèverai tous... un par un. »

Ce n'est pas un déclic dans la tête que j'ai eu, mais un train dans la gueule... Cette phrase, je l'avais déjà entendue douze ans auparavant. Pour toute réponse, je lui ai dit : « Je sais, on s'est déjà serré la main pour ça. » Douze ans séparaient ces deux phrases, et jamais je n'ai ressenti une telle émotion avec un homme. On savait maintenant d'où on se connaissait et, sans dire un mot, on s'est serré la main puis on s'est pris dans les bras.

Celui qui était mon anonyme voisin de lit s'appelait Max, et comme ceux de frères séparés par le cours de la vie, nos chemins se croisaient une seconde fois. On a ri très fort pour cacher nos larmes, chose qui nous était interdite là-bas, en enfer. Il m'a regardé de haut en bas comme pour se convaincre que tout ça était vrai. « Merde, alors ! J'en reviens pas », m'a-t-il dit. On ne pensait plus à ce qu'il venait de se passer dans le club, on était ailleurs... Loin de tout et de tous. On se connaissait si bien ! Pourtant, on ne s'était jamais parlé puisque c'était interdit !

J'avais de nouveau huit ans et lui douze... Mais, après quelques secondes, on s'est rendu compte que l'on n'avait que de mauvais souvenirs à se raconter et on s'est tus. Une différence de plus avec les gens normaux, mais on n'en avait rien à foutre ! On s'est promenés avec une rapidité d'escargots. Il m'a raconté son parcours et je lui ai raconté le mien. Apparemment, il avait passé son temps à préparer sa vengeance et avait fait d'autres rencontres que moi.

Devenu la mascotte des voyous de gros calibre, il n'avait jamais trouvé son rayon de soleil. J'avais de la peine pour lui et je n'ai pas parlé du mien. Nous sommes restés de longs moments à ne rien dire, nous avons eu de grands fous rires. Les heures ont passé et le soleil a émergé de son sommeil.

« Tu vis où ?

— Nulle part, je suis à la rue.

— Tu déconnes ?

— Non.

— Et les triades ?

— Du vent... pour éviter les questions. »

Je n'étais pas gêné de lui dire la vérité car je savais qu'il ne me jugerait pas.

Il m'a invité chez lui. Refuser aurait été comme l'insulter. Il habitait un appartement décoré avec classe et, là aussi, ça puait l'argent. Je ne savais pas de quoi il vivait et je ne me serais pas permis de poser la question. Sa compagne était déjà là et elle a eu l'air surprise de me voir. Elle m'expliquera plus tard que Max n'avait jamais invité personne à la maison. Pourtant, une chambre était toujours prête au cas où... Elle était contente de le voir sourire car cela n'arrivait que très rarement. Pendant que Max me cherchait des vêtements, elle me parla un peu de lui. J'eus de la peine d'apprendre que toutes les nuits, il faisait des cauchemars. Il n'avait donc rien oublié... Il vivait avec tous les jours. Il s'était enfui de chez lui quelques mois après sa libération de l'enfer et avait trouvé refuge chez une prostituée. Je n'en sus pas plus car Max réapparut dans la pièce. Il m'avait préparé un bain et choisi des vêtements. Chance pour moi, nous avions presque la même taille. Pendant notre discussion, il n'a eu aucun geste déplacé ni même d'affection envers sa compagne. Il avait les mêmes principes que moi. Sa compagne ne m'a jamais tutoyé. Moi non plus.

Il était neuf heures du matin quand nous nous sommes couchés, et seize heures quand Max m'a réveillé. Une nouvelle vie commençait pour nous, et elle avait déjà pour avantage de nous faire oublier le passé. Nous avons déjeuné comme des princes, puis il m'a accompagné en ville pour m'acheter des vêtements, cette fois à ma taille. Le plus important était la veste en cuir, la montre et la gourmette. Tout ce que je n'aimais pas. Il a dépensé une fortune avec le sourire et moi, je ne posais toujours pas de question. Il avait remarqué ma veste de kimono mais ne fit aucun commentaire. On a arpenté les galeries commerciales du City 2, fiers comme Artaban et heureux d'être deux. Le monde nous appartenait et personne n'oserait nous le prendre.

La folie, l'insouciance et la vengeance étaient maintenant réunies pour le meilleur et surtout pour le pire. En quarante-huit heures, je me suis trouvé à mille lieues de ma jeunesse et de ses souffrances et mon visage est devenu mauvais et froid. On n'avait peur de rien, encore moins de l'autorité. Eux devaient craindre que la vie nous ait à nouveau réunis, car maintenant nous n'étions plus des enfants qui allaient subir sans broncher.

Dix-huit heures. Max avait dit à sa compagne qu'on serait là pour manger, chose faite car on tient une promesse. Je ne sais pas qui avait préparé le dîner, mais c'était vraiment la classe. J'ai remarqué que Max calculait chacun de ses gestes et essayait tant bien que mal de dissimuler des tics que nous avions attrapés là-bas. Il ne parlait pas, gardait les yeux fixés sur son assiette, l'entourait de son bras comme pour la protéger, et mangeait le plus vite possible. Le soir tombait sur la ville et il fallait se mettre en route. Sa compagne s'est installée à l'arrière de la voiture, comme par obligation, et cela m'a touché. Malgré leur niveau de vie très élevé, elle travaillait comme barmaid et il la déposait chaque soir. Maintenant, nous étions lâchés dans la ville.

7

Et maintenant on me respectera

J'allais vers l'inconnu, mais j'étais à l'aise. Max aussi car il savait que j'assurerais au cas où. Deux pit-bulls étaient lâchés dans la nature, sans contrôle et sans maître. Que pouvait-il nous arriver puisque nous avions déjà connu le pire et que nous nous en étions sortis vivants ? Tapez sur un chien régulièrement et il finira par vous mordre. Vous penserez, à juste titre, que des gosses ne sont pas des chiens, mais alors pourquoi les traiter comme tels ? Dans notre société civilisée, on dépense plus d'argent pour la bouffe des chiens que pour sauver des mômes. Difficile d'y croire, et pourtant...

Voilà notre état d'esprit ce jour de 1980.

Comme un guide touristique, il m'a fait visiter Bruxelles by night et m'a montré les endroits à éviter quand on y était inconnu. Petit à petit, il m'a expliqué qu'il avait beaucoup de contacts à l'étranger et que, parmi ses potes, l'un vivait à Nice, l'autre en Floride. Santino vivait en Floride et faisait partie d'une très grosse famille de mafieux. Il venait de temps en temps en Belgique et je devais m'attendre à le rencontrer un jour. Serge vivait à

Nice et montait une fois par mois à Bruxelles pour ses affaires. Lui aussi je le rencontrerais.

« Mais, au fait, tu n'es pas enfouraillé (armé).

— Non, pourquoi ? »

Il fallait que je m'habitue à ces expressions qui ne s'apprennent que dans la rue. Car chaque mot avait son importance.

« Ce soir, on n'en a pas besoin, mais rappelle-le-moi à la maison. »

La nuit fut ponctuée par des arrêts dans des clubs où tout le monde se demandait qui j'étais. Dans certains endroits, le récit de ma dérouillée aux gendarmes m'avait précédé. Les toilettes étaient le lieu de discussions privées et de transactions. Max me tenait à l'écart de tout ça car il fallait d'abord que les gens me connaissent et me respectent. La nuit se terminait doucement. Les vivants du jour commençaient à courir derrière leur tram.

Lorsque nous sommes rentrés à la maison, Max m'a invité dans une pièce à part. Il a ouvert une armoire qui n'était même pas fermée à clé. Comme dans un magasin, toutes sortes d'armes y étaient exposées. Il m'a aidé à choisir et m'a donné ainsi mon premier conseil de voyou, deux armes : un automatique style Colt 45 pour impressionner et un barillet dans le dos, accroché à la ceinture, au cas où l'automatique s'enrayerait. C'était la première fois que je tenais des armes dans ma main, et il faut reconnaître que c'était impressionnant. De là à m'en servir... Comment lui faire comprendre que je n'avais pas besoin de ça pour me protéger ? Je pouvais tuer avec mes mains, mais je ne l'envisageais que dans le cas d'une légitime défense. Je ne voulais surtout pas devenir un assassin.

Les nuits se succédaient sans événement particulier et, petit à petit, les voyous de son entourage s'habituaient à me voir. Ils étaient toujours méfiants, mais Max était ma carte V.I.P. Une semaine plus tard, une très grosse réunion devait avoir lieu. Max me fit comprendre qu'il en profiterait pour me présenter officiellement à sa famille. La famille... J'allais découvrir la définition de ce mot tellement craint et respecté à travers l'histoire du banditisme. Nous étions en 1980, et pourtant rien n'avait changé depuis cinquante ans. Bruxelles était considérée comme la ville la moins lucrative du patrimoine familial, mais la plus calme pour les réunions de travail. La guerre des clans n'existait pas ici, et, comparé à d'autres capitales, les règlements de comptes étaient assez rares ou très discrets. Par contre, beaucoup de grosses pointures venaient s'y planquer ou s'y reposer.

Je ne portais toujours pas d'arme, au grand désespoir de Max. Mais il savait qu'en cas de problème je réagissais très vite, et ma réputation avait déjà fait le tour de la ville. On m'avait donné un blaze (nom), « le taureau », car je ne reculais devant rien ni personne. Je ne parlais presque pas, j'écoutais et je regardais pour apprendre, surtout par prudence, et cela impressionnait Max. Je ne savais toujours pas quel était son bizness, mais j'étais certain qu'il ne touchait pas à la came ou à la prostitution. Malgré notre amitié, je ne l'aurais pas accepté.

« Demain, blazer et cravate ! » Max n'avait pas

besoin de m'expliquer les choses, je savais qu'il avait des raisons de me demander cela. Souvent, un regard entre nous en disait plus qu'une conversation. Pourtant, une nuit, il m'a posé une question... LA question. « Tu n'as personne dans ta vie ? » Je suis sorti prendre l'air et il ne m'en a plus jamais reparlé. C'est la seule fois où il m'a dit : « Je m'excuse... » Pourtant il ne savait pas, mais nos années d'enfer suffisaient à comprendre certaines attitudes. L'école du cul défoncé ne nous avait rien apporté au niveau scolaire mais énormément sur le plan humain. Certains critiqueront ou crieront au scandale face à ce paradoxe. Qu'ils retournent sur les bancs de leurs cours de psychologie et qu'ils cherchent dans leurs livres le paragraphe « Je ne sais rien mais j'explique tout » ; leur nom est juste au-dessous.

Le lendemain, lorsque je me suis levé, Max, qui déjeunait, m'a dit : « Il y a des frusques pour toi sur un cintre. » J'ai trouvé un blazer et une cravate qui pendaient dans le hall. Sa compagne s'en était occupée. Je lui ai fait un sourire pour la remercier, accompagné d'un regard respectueux. Je ne savais pas grand-chose d'elle car nos conversations étaient assez rares et souvent, en rentrant, j'allais dans ma chambre pour respecter leur intimité.

Aujourd'hui, tout devait être parfait, car c'était le grand jour. Rasé de près, chaussures cirées et chemise blanche. Pour la cravate, on verrait en partant. Plus mafieux que ça, c'était impossible. On affichait clairement notre appartenance et on en était fiers. Dans ce monde-là, on savait où était l'ennemi et on connaissait les dangers. Les gosses avaient grandi.

Max voulait que je porte une arme. À mon regard, il n'insista pas. « Pourquoi y aurait-il un danger puisque l'on est en famille ? » Je ne savais pas qu'une arme pour lui, c'était comme un sabre pour moi. Nous avions rendez-vous à vingt et une heures car deux personnes venaient de l'étranger en avion. Max et moi devions prendre l'une d'elles à l'aéroport de Zaventem.

Vingt heures cinquante, nous voilà sur place. Des gendarmes en faction nous dévisagent. Max les nargue du regard mais ne les provoque pas. « J'espère qu'ils ont entendu parler de leurs collègues et qu'ils ne vont pas nous contrôler... » Je commence à les insulter dans ma tête. Une seconde voiture vient de s'arrêter, elle vient chercher la seconde personne et je remarque les plaques françaises. Les deux garçons ont vraiment des têtes à faire peur. Le passager salue Max avec une accolade et fait un signe de la tête pour me dire bonjour. Le chauffeur me serre la main et adresse un geste de respect à Max. Ce n'est ni l'endroit ni le moment pour me présenter, je l'ai compris. Pourtant, ils avaient déjà entendu parler de moi par le bouche-à-oreille. Dans leur monde, tout se sait, surtout quand il s'agit d'une nouvelle tête. Soudain, Max m'a fait signe d'avancer la voiture, la personne venait d'arriver.

Il paraissait anodin et pourtant il avait la classe, la très grande classe. Le garçon qui l'accompagnait avait de l'élégance et ne devait pas être un bras cassé. Je me serais bien mesuré à lui pour connaître son niveau, je n'étais pas impressionné mais respectueux. Aucun des deux ne m'a salué en s'installant dans la voiture, et moi j'ai fait comme s'ils n'existaient pas. On s'est dirigés vers le haut de la ville pour rejoindre un hôtel très connu à Bruxelles. Quelques rares mots brisèrent le silence dans la voiture.

À l'arrivée à l'hôtel, le premier incident de la soirée se produisit. Tout le monde est descendu de voiture. Max a refermé sa portière et celle de l'homme important. Le troisième type a laissé sa portière ouverte. Tous trois étaient sur le trottoir et j'ai regardé le cave qui me prenait pour son boy. Sans me précipiter et en évitant la portière restée ouverte, je les ai rejoints. J'étais vexé par son attitude et je comptais bien le lui montrer. Je me suis mis face à lui sans dire un mot et l'ai regardé droit dans les yeux. Il n'a pas bronché d'un sourcil et moi non plus. Je lui ai fait mon beau sourire et Max est intervenu : « Laisse tomber. » La portière est restée ouverte et nous sommes montés à notre lieu de rendez-vous. Je venais de me faire un ami !

Avant de rentrer dans la salle, Max contrôla ma tenue vestimentaire et me sourit. Visiblement, il était fier de moi. Il m'expliqua que je devais toujours rester à sa droite, légèrement en arrière, et attendre qu'il me présente. Il y avait une dizaine de personnes, toutes sur leur trente et un, et le deuxième V.I.P. de l'aéroport était juste derrière nous. La salle était dépourvue de décoration et une grande table ronde trônait au milieu de la pièce. Tous les V.I.P. firent l'accolade à Max et tous me serrèrent la main mais sans me parler. Après plusieurs minutes et puisque tout le monde était là, la réunion pouvait commencer. Max me dit : « Tu restes debout derrière moi, même quand tout le monde est assis. » Moi qui aime la discrétion, j'étais servi.

Le nom des gens n'a pas d'importance, mais certains surnoms parlent clairement du caractère de ceux qui les portent : Max, dit le Gitan ; Daniel, dit le Fou ; Guy, dit le Niçois. Le maître de table, qui prit la parole, devait avoir une cinquantaine d'années et, si vous le croisiez dans la rue, vous ne devineriez jamais sa profession.

« Merci à tous d'être là ce soir. Avant de commencer et comme vous l'avez tous remarqué, Max voudrait proposer l'entrée d'un garçon dans la famille. Il m'en a déjà parlé et comme Max a toute ma confiance, je donne mon accord dès à présent. Il a beaucoup de qualités et est très discret. On ne sait pas d'où il vient et personne ne connaît sa famille, mais comme le veulent nos règles, Max se porte garant pour lui et cela me suffit. »

Un court silence suivit. Tout le monde me regardait. La première question tomba sans équivoque :

« Tu touches à la came ?

— Non. »

L'examen commençait.

« T'es pédé ? »

— Non.

— Tu t'es déjà fait arrêter ?

— Oui, mais j'étais innocent. »

Tout le monde sourit et cela m'énerva. Ils mettaient ma parole en doute et j'avais horreur de ça, mais je restais impassible. Max ne pouvait intervenir ni prendre parti.

« Tu t'es déjà servi d'une arme ?

— Non, je n'aime pas ça. »

Plus personne ne riait.

« Pourquoi ?

— Mes mains me suffisent. »

J'avais envie de les envoyer chier car je n'aime pas les questions, mais l'honneur de Max était en jeu puisqu'il se portait garant pour moi. Mais chez les voyous, il y a aussi des cons, et celui qui m'avait pris pour son boy dépassa les limites : « T'es pas un homme si t'as peur des armes ! »

Il venait de m'insulter devant tout le monde et surtout devant mon ami. Max ne bougeait pas mais rétorqua : « Tu y vas un peu fort... À ta place, je me méfierais. »

L'autre déposa son calibre sur la table et dit : « Vous voyez bien, il se cache derrière Max !

— Et toi, t'as des couilles aussi grandes que ta gueule ? »

J'avais franchi la barrière de non-retour.

« Où tu veux, quand tu veux ! »

À peine avait-il terminé sa phrase qu'il me vit à côté de lui et je me saisis de son arme. Son assurance l'avait trahi et il se retrouvait démuni. Personne n'avait bougé, mais un silence de plomb régnait dans la pièce. Il était ma proie.

Pour la première fois de ma vie, je braquais un calibre sur la tête de quelqu'un. Il ne se foutait plus de ma gueule. Il fallait que je lui montre à quel point je n'en avais rien à foutre, mais surtout, il m'avait manqué de respect. J'ai déposé le calibre sur la table et lui ai demandé de le prendre. « On va voir si t'as des couilles. » Je le tenais par les cheveux et le regardais droit dans les yeux. « Maintenant, tu l'ouvres et tu enlèves cinq balles. » Je ne voyais plus personne autour de moi et rien ne m'aurait arrêté. Aussitôt l'arme refermée, je lui ai demandé de faire tourner le barillet. À ce moment précis, j'ai repris l'arme de ses mains et lâché ses cheveux. Maintenant, il avait la trouille et était à la limite de me supplier.

« Pauvre connard... Essaie de faire ça ! » Je venais de coller le canon sur ma tempe et j'ai tiré. Les yeux du con allaient sortir de ses orbites et, la bouche grande ouverte, il me regardait. J'avais une chance sur six de terminer mon parcours avec honneur, mais ce n'était pas pour cette fois-ci. Je venais de jouer à la roulette russe et je n'avais aucune conscience de mon geste. J'ai déposé l'arme sur la table et j'ai quitté la réunion.

Je venais de leur montrer qui j'étais et ce que j'étais, je n'avais pas de famille mais seulement un frère de galère et, ce soir, j'avais sauvé son honneur. Pour moi, sa vie avait plus d'importance que la mienne car je n'aurais jamais plus regardé sa compagne dans les yeux s'il lui était arrivé malheur.

Quels que soient les événements de votre vie, votre honneur passe par le respect des autres. Ma réputation était faite... Et maintenant on me respecterait. Dommage que ce soit dans de telles conditions. Pourquoi faut-il toujours un rapport de force pour juger l'autre ou pour le respecter ? Quand comprendra-t-on que cette situation crée forcément un vainqueur et un vaincu ? L'être humain est-il tellement con pour ne pas croire à l'égalité et au respect des autres ? Même si je ne suis pas un partisan du pardon, je suis impartial. J'écoute toutes les parties avant de me faire une opinion. Et je suis plus sévère avec moi-même qu'avec les autres.

J'ai quitté l'hôtel. Je ne pensais à rien. Je n'étais même pas énervé. J'ai enlevé ma cravate et déboutonné ma chemise.

Je suis moi.

J'ai déambulé sur les avenues et me suis dirigé vers la gare du Midi. Je ne voyais pas qu'une voiture me suivait discrètement. La vue d'un banc public me donna l'envie de m'asseoir. En m'approchant, je vis une masse inerte couchée par terre. Un clochard, pardon, un être humain. Il puait à faire vomir et me donna envie d'aller plus loin. Comment peut-on tomber si bas ? Je me suis éloigné de quelques pas avant de faire demi-tour. Je voulais lui glisser un billet dans la poche. « Monsieur... Hé ! Monsieur... »

L'odeur était insoutenable ! Il était emmitouflé dans plusieurs manteaux que même les rats auraient évités. On envoie des hommes sur la Lune et on n'est même pas foutu de donner à manger à ceux qui sont sur Terre ?

Je vis un bout de son visage, je fus surpris car il n'avait pas l'air d'être vieux. Il avait une drôle de couleur. Je me suis approché encore et j'ai compris : il était mort. Je ne veux pas croire que des gens sont passés à côté de lui toute la journée sans le remarquer. Il aurait mieux valu pour lui être un chien abandonné ou un oiseau blessé, car là les gens se seraient disputés pour s'en occuper. Pas de chance pour lui, ce n'était qu'un homme.

Merde, qu'a-t-il vécu pour en arriver là ? Peut-être l'a-t-il choisi. Je respecte son choix mais je ne peux le comprendre car baisser la tête est une échappatoire. Il y a toujours une solution, même si elle tarde à venir.

Je me suis assis à côté de lui. Je ne pouvais plus rien pour lui, mais je voulais l'accompagner quelques instants.

Bonne route à vous, monsieur.

Il fallait que je rentre, je ne voulais pas que Max s'inquiète. La voiture qui me suivait avec discrétion s'est arrêtée à ma hauteur. La portière s'est ouverte et une voix m'a dit : « C'est Max qui m'envoie. » J'ai reconnu le chauffeur de l'aéroport qui m'avait serré la main. Je lui ai fait confiance, bien que je ne comprenne pas pourquoi il était là.

« Où voulez-vous aller ?

— Je ne sais pas. »

Il a démarré et a roulé au pas en attendant que je lui indique une destination. Je sentais qu'il était fier de sa responsabilité et j'étais convaincu qu'il donnerait sa vie pour protéger la mienne. Le personnage me plaisait et une discussion s'est engagée. Il avait des réponses à mes questions, et j'ai remarqué que certaines le gênaient par leur innocence.

« Il y a longtemps que tu es dans la famille ?

— Onze ans, m'sieur.

— T'as quel âge ?

— Trente-cinq ans, m'sieur.

— Moi, vingt, alors arrête de m'appeler monsieur !

— Non, m'sieur, j'ai trop de respect. »

Quinze ans nous séparaient, et pourtant... J'étais face à moi-même, on était d'accord sur plein de choses et ses principes étaient les miens. Il n'avait jamais pratiqué les arts martiaux, mais sa philosophie de la vie était celle d'un samouraï. Il lui suffisait d'un ordre pour qu'il donne sa vie. Mais il y avait pourtant un accroc dans sa mentalité : il ne réfléchissait pas avant d'agir. Intrigué, je voulais savoir jusqu'où son devoir le conduirait et quelles étaient ses limites.

« Ce mec m'a regardé de travers... Bute-le !

— Oui, m'sieur. »

J'avais choisi un passant au hasard et voilà mon chauffeur qui sort de la voiture, son calibre à la main. Il se dirige droit sur sa cible et lève son arme pour lui mettre une balle dans la tête.

Le passant était figé de peur. J'ai crié : « Arrête ! je me suis trompé de mec. » Sans poser de question, il est revenu vers la voiture. J'étais épaté et en même temps sidéré. Sa soumission était totale. J'avais en face de moi une machine à tuer qui ne pensait plus et réfléchissait encore moins. Son propre code de l'honneur était plus fort que tout. Pour lui, le passant m'avait manqué de respect, donc il était normal de le buter. Ce n'était donc pas un geste gratuit.

Difficile pour un néophyte de comprendre une telle attitude, mais combien d'entre nous n'ont pas souhaité la mort de quelqu'un dans un moment de colère ? Lui aurait tué sans sourciller.

Je découvrais les avantages de la famille, et surtout le pouvoir de Max. J'avais vingt ans et j'entrais dans un monde à part, fait de comportements extrêmes et, surtout, bête noire de la justice. Le chauffeur et moi avons discuté quelques heures et j'ai appris les règles élémentaires du code de conduite de la famille. Mon amitié avec Max me donnait un statut supérieur à ceux de porte-flingue et de soldat. Compte tenu de mon caractère et de mes résultats, je pourrais avoir mon équipe, mais pour cela il me faudrait quelques années de patience. Beaucoup sont et resteront des soldats toute leur vie.

Max était déjà rentré quand je suis arrivé à la maison. Il a souri en me voyant. Il était persuadé de ne plus me revoir, et j'en fus surpris. Il n'a fait aucun commentaire sur le début de soirée mais m'a dit que je devais réfléchir à mon avenir et que nous en parlerions le lendemain.

Avenir de quoi ? Gangster, oui... mais lucide. Je ne voulais que ma vengeance, pas buter tout ce qui bouge et encore moins vendre de la came. Et il fallait que j'y réfléchisse ?

Il fallait encore choisir. Quelques semaines plus tôt, je me trouvais dans la même situation. À gauche ou à droite ? Je n'avais plus d'amis et plus de nouvelles de ma famille, mon Senseï me croyait mort et j'avais déshonoré son nom par mes actes. Ici, il y avait Max, l'argent et un semblant de famille. Je ne manquerais à personne. Le souvenir de mon rayon de soleil influença mon choix.

Je sais pourquoi je suis là et ce que je suis venu y chercher, j'irai jusqu'au bout. Si j'avais su combien de morts mes choix allaient faire...

Le lendemain en me réveillant, j'ai vu Max qui me regardait avec appréhension. Il attendait ma réponse. Pendant que je me servais un café, j'ai senti son regard sur mes épaules. Je me suis retourné, je l'ai regardé dans les yeux et lui ai dit : « Il me faudrait un calibre. »

Ces quelques mots venaient de m'inscrire dans la file d'attente pour la prison. Je ne savais pas quand j'irais, mais je savais que je faisais tout pour y aller. Comme au Monopoly, tout se jouait sur un coup de dé. Malgré les précautions que l'on peut prendre, on finit toujours à un moment ou à un autre sur la case prison. Je ne savais pas encore que les poulets sont payés pour nous attraper et que nous, on paie pour cavaler. Le rapport de force est inégal, mais on ne le comprend que trop tard.

Ma spécialité était la récupération de créance, à ne pas confondre avec le racket. Je chopais ceux qui avaient des dettes de jeu ou qui ne remboursaient pas les prêts que la famille leur avait octroyés. Les premiers jours, je me suis souvent laissé endormir, mais j'ai vite compris à quel point les gens peuvent mentir pour sauver leur tête. Après quelques semaines, mes méthodes ont affiché des résultats très positifs. La roulette russe, voilà le truc... Ils chiaient tellement dans leur froc qu'ils remboursaient immédiatement.

Je commençais à très bien gagner ma vie et Max m'offrit une voiture. Plusieurs nanas, présentées par Max, n'auraient pas dit non pour un entretien sous la couverture, mais j'avais toujours mon rayon de soleil dans le cœur et ce n'était pas près de s'arrêter.

Dans mes relations, je voyais de temps en temps Angelo et Rosario, purs Siciliens à la mentalité très droite, mais avec un gros défaut, le jeu. Le plus petit des deux était aussi le plus nerveux et, chaque fois qu'il perdait, il se sentait obligé de tout casser dans l'établissement, ce qui avait pour conséquence d'énerver Max. Chaque fois, il promettait de ne plus jouer, mais c'était plus fort que lui. On passait l'éponge car il avait fait du placard à la place d'un V.I.P. et avait su respecter l'omerta.

Pour mon premier réveillon de voyou, à ma demande, nous sommes restés à la maison, Max, sa compagne et moi. Pas de sapin et pas de cadeaux. C'était mon choix.

Les mois passaient et ma notoriété augmentait. Je commençais à me faire de bonnes relations, et le bizness tournait gentiment. Je rachetais des objets, comme des bijoux volés ou des lots divers. Je connaissais un type spécialisé dans le casse des magasins de fourrure et souvent, je lui rachetais dix ou quinze pièces à vingt-cinq mille francs belges l'unité, que je revendais aux trimeuses ou à leur mac à cinquante mille francs. Il arrivait que je me fasse des nuits de trois cent mille francs, une ou deux fois par mois.

Max n'aimait pas trop que je me mouille là-dedans. Il appelait cela « du chipotage ». Je ne comprenais pas sa réaction car, en une nuit, je gagnais parfois autant qu'un ouvrier sur un an d'usine.

« Demain, je te montre comment on peut prendre vingt ou trente millions en une fois. » Trente millions, avec ça je m'achète... Je ne sais pas. Je n'ai besoin de rien et ce qui me manque ne s'achète pas. Peut-être un nouveau calibre ? Pourquoi pas.

J'avais déjà beaucoup d'argent et j'aurais pu changer de vie, mais pour faire quoi d'autre ? Ici, on me respectait et personne n'osait me faire chier. J'avais des responsabilités que j'assumais. Chez les honnêtes, on ne m'avait jamais confié quoi que ce soit. Alors, pourquoi changer ? On dit souvent que lorsqu'on change, c'est pour mieux. Moi, je n'allais pas changer pour pire.

Le lendemain, Max et moi nous sommes levés très tôt. Il allait me montrer la caverne d'Ali Baba qu'il avait repérée. Je savais qu'il s'agirait d'un braquage, mais je n'imaginais pas de quoi. En garant la voiture, je ne vis rien de particulier, à part un bureau de poste minable. Normal, pour le quartier où nous sommes. Ici, on ne peut pas dire que ça pue l'argent, ou alors il est bien caché. Il ne me faut que quelques minutes pour comprendre ce qu'on est venus mater : un fourgon blindé déboule à toute allure dans la rue et s'engouffre dans un dépôt anonyme.

Merde... Un deuxième vient d'arriver et, maintenant, un autre sort de ce dépôt.

« Regarde tout ce pognon qui nous nargue. » Max a des étoiles dans le regard et il ne faudrait pas grand-chose pour qu'il les braque tout de suite.

« Mais on est où ici ?

— Au dépôt central des fourgons blindés. »

Je ne sais pas quoi dire, je suis sur le cul. Me voilà dans la cour des grands. À ce jeu-là, mes mains ne servent à rien. Maintenant, on parle de bazooka, de mitrailleuse et d'explosifs.

« Tu veux qu'on rentre là-dedans ? » Max me regarde et sourit : « Mais non... Je te montre les fourgons. » Voilà comment il gagnait sa vie ! Je venais de comprendre pourquoi il ne bossait jamais et d'où lui venait son argent. Un braquage par an suffisait pour très bien vivre, pour autant que tout se passe bien. Il ne m'a jamais raconté ce qu'il avait à son actif, mais j'ai compris que les réunions de famille étaient comme une assemblée générale de n'importe quelle société. Les actionnaires se réunissaient deux fois par an pour décider des placements financiers et de leur rentabilité. Un compte commun existait et l'argent était blanchi dans des voitures de collection qui étaient vendues aux États-Unis.

En Belgique, on exploitait le carrousel (fraude à la TVA), qui pouvait engendrer des bénéfices énormes. Certains sont allés au placard pour 100 millions de francs belges (environ 2,5 millions d'euros), d'autres sont partis, *à l'ombre,* mais des cocotiers... Gros avantage de cette pratique : pas besoin de calibre, sauf quand certains marchands oubliaient de payer. Certains banquiers hors de Belgique nous embrassaient le cul quand ils nous voyaient arriver, car ils prenaient 17 % de commission. Les montants peuvent paraître énormes, mais n'étaient partagés que les intérêts des sommes placées.

La famille payait les avocats des garçons au placard et leur loyer s'ils avaient femme et enfants officiels. Chacun avait ainsi une activité pour la façade et les impôts. Mais, aussi loin que je me souvienne, personne ne touchait à la came. Pourtant, au début des années 1980, la cocaïne débarquait en quantité en Europe et se vendait 4 500 francs belges (environ 125 euros). Quand on sait qu'en Colombie le kilo de pure se négociait à 50 000 francs (environ 1 250 euros) et que certains la coupaient avec soixante pour cent de saloperies diverses, on peut s'imaginer les bénéfices engendrés.

Vous pouvez nous traiter de gangsters ou de tout ce que vous voulez, mais pas de tueurs d'enfants car c'est ça un dealer : un tueur de gosses. Ces mecs n'ont pas d'excuse, que ce soit du shit, de la coco ou de l'héroïne, ou maintenant du crack, ils vendent de la mort avec le sourire.

Pendant que Max regardait les allées et venues des coffres-forts sur quatre roues, je me demandais si je ne ferais pas mieux de rester dans mon petit bizness et de laisser ça au spécialiste. Quand soudain, j'ai vu l'objet de ma vengeance : des gendarmes ! Tout m'énervait chez eux, leur démarche, leur costume et surtout l'air supérieur qu'ils pouvaient se donner.

Max a vu à ma tête que j'avais la haine et que je sortirais bien les démonter encore une fois. Mais maintenant, j'étais enfouraillé et, pour éviter les problèmes, il a démarré sans demander son reste.

« Il faut qu'on parle. »

Bien qu'entre nous on ne se posât pas de question, Max a compris que j'avais un gros poids sur le cœur et a fait allusion à l'incident de la gare du Nord. J'ai ressenti l'envie de lui parler et je lui ai raconté l'histoire de ma vingtième année. Malgré sa force de caractère, mon ami a pleuré avec pudeur en m'écoutant, et je crois surtout qu'il s'en voulait de ne pas avoir été là. Ce qui me concernait le touchait dans son cœur. Bien des années plus tard, j'ai compris que ce que nous avions vécu dans notre enfance avait fait de lui le plus sensible des hommes que j'ai connus. Raconter un bout de son parcours était pour nous un acte de confiance absolu et il me confia lui aussi certaines choses qui me font pleurer pendant que j'écris.

Je ne vous dirai pas un mot de notre conversation et de ce qu'il m'a dit, mais tuer les responsables n'aurait pas suffi à soulager nos souffrances et à cicatriser nos blessures de l'école du cul défoncé. Ne me parlez jamais de pardon ou je vous explose, sans hésiter.

Je le prends dans mes bras comme un frère le ferait, sans rien dire. Je crois que c'est la première fois que ça lui arrive car il pleure toute sa haine et sa souffrance. Moi, le plus jeune des deux, je protège le plus âgé. Je sais qu'on ne pourra jamais oublier, mais je comprends que les moments de bonheur fonctionnent comme une gomme ou un sparadrap.

Parce que l'on s'était donné la main une nuit de galère en se faisant une promesse, je voulais sauver mon ami et lui montrer qu'il y avait encore des gens bien. La souffrance était notre passé, la haine notre présent, l'espoir notre futur.

« Max, je vais arrêter toutes ces conneries et me casser ailleurs ! »

Il n'a pas l'air surpris d'entendre cette phrase. Je me rends compte que la haine fait de nous des zombis, la route que nous avons prise ne nous mène nulle part. Je veux que mon ami vive. Il a droit au bonheur autant que moi, et je veux qu'il oublie ce que nous avons vécu. Je suis peut-être le seul qui puisse le sauver, ou nous sauver. Je ne veux pas que mon ami crève comme un chien, abattu par les gendarmes pendant un braquage, il ne le mérite pas. Nous n'avons rien, nous avons donc tout à gagner. J'ai à nouveau l'espoir que l'on peut recommencer nos vies et construire quelque chose de bien.

Je pense à mon rayon de soleil et à mon Senseï. Ils ont cru en moi et m'ont tendu la main sans se soucier de mon vécu et des marques laissées sur mon corps et mon âme. Chance que Max n'a pas eue. Je ne veux rien pour moi, mais je veux lui montrer que cela existe, même si cela ne doit durer qu'un jour, ou une heure.

Sur la route du retour, tout avait changé. Max avait un sourire différent. Un sourire de soulagement. Notre trajet coupait le canal du bas de la ville et j'ai pris mon calibre que j'ai balancé par la fenêtre. Désormais il ne servirait plus. Max a hésité, puis a fait de même. Pendant quelques secondes, on est redevenus des gosses de douze ans et on ne pensait plus à rien.

En arrivant à la maison, on a couru dans les escaliers comme si chaque seconde comptait. Sa compagne n'a pas compris notre attitude enfantine et encore moins la phrase de Max : « Prends l'essentiel et mets tout dans une valise. On se casse d'ici. »

Pendant qu'ils préparent leurs affaires, je prends ma voiture et je file à la gare du Midi car je planque une partie de mon magot dans un casier à bagages. Je ne sais pas combien j'ai de disponible, mais je ne risque pas de crever de faim. La nuit tombe sur Bruxelles et je me sens bien.

J'arrive à ma planque. Des gendarmes font les cent pas dans le hall de la gare. Je les croise et ils ne font pas attention à moi. Encore dix mètres et j'aurai tout ce qu'il faut pour commencer une nouvelle vie. Cinq mètres, un mètre. J'ouvre la porte du casier. Mon pognon est là à m'attendre, caché par des sacs à main de grande marque, reste d'un lot que j'avais racheté et très bien vendu. Heureusement qu'ils sont là car je n'ai pas pensé à prendre un sac pour mettre tout l'argent. Merde. Je vais avoir l'air con en me promenant avec des sacs à main.

Je mate où sont les gendarmes. O.K., rien à l'horizon. Je sors de la gare et je m'engouffre dans ma voiture. Je n'ai encore tué personne et changer de vie maintenant est le meilleur choix que je puisse faire. Je me sens plus libre que je ne l'ai jamais été. La chance me sourit enfin.

8

Mon choix me remet dans la file d'attente pour la prison

Je n'ai pas le temps de mettre la clé de contact qu'un flic vient taper contre mon carreau. Voilà. Je suis dans la merde. Une simple patrouille de flics me fait marron car ma voiture était mal garée. En voulant me le faire remarquer, le flic a vu les sacs à main. Ma voiture, ma tronche et les sacs ont suffi pour qu'il sorte son arme et me braque. Son collègue ouvre ma portière et me demande de me coucher par terre, il gueule ses ordres mais je ne l'entends plus. Je ne résiste pas et je ne ressens même pas de haine. J'ai joué, j'ai perdu, ce sont les règles.

Ils ouvrent les sacs et tombent évidemment sur mon magot. Je regarde l'attroupement qui se forme et j'entends des sirènes qui se rapprochent. Je me surprends à sourire et je crois reconnaître un visage parmi les curieux. Je l'ai déjà vu avec Max, donc il le préviendra.

Je me retrouve dans les bureaux de la P.J. avec des menottes dans le dos. Les flics sont corrects, ils ne jouent pas les gros bras. Je ne sais pas encore qu'ils la jouent à la psychologie. Les prendre pour des cons sera une grande erreur. Je choisis le mutisme total. Même mon nom, je refuse de le donner. Maintenant, ils jouent les rôles du méchant et du gentil. Le méchant fait semblant de vouloir me frapper. Je me lève, le regarde avec la haine et lui dis : « Si tu me frappes, je te tue ! » Mais j'ai les mains attachées dans le dos et je ne peux que subir. En onze mois, les choses ont bien changé, je ne suis plus le garçon innocent qui venait d'une autre planète. Trois cent trente-cinq jours de rue ont eu de l'effet sur mes attitudes et mes expressions. Je les regarde s'exciter à cause de leur manque de résultat et je ne peux m'empêcher de sourire, ce qui les énerve encore plus.

Ils se sont résignés et m'ont présenté au juge d'instruction pour recel d'objets volés.

J'ai été très surpris par la gentillesse de ma juge et je sentis qu'elle faisait partie du club de ceux qui offrent une seconde chance. Elle s'appelait madame Lina et était la doyenne des juges. Elle était sévère mais juste.

Pendant ma garde à vue, je ne savais pas que les flics avaient débarqué en grande pompe chez ma mère, car l'adresse de ma carte d'identité était du pipeau. Voilà comment elle a su ce que j'étais devenu. Elle a été emmenée pour être interrogée, ce qui m'a mis dans une colère noire lorsque je l'ai appris.

Ma première entrée en prison. Que vous dire de la fouille et du sentiment que l'on ressent quand la porte de la cellule se referme derrière vous ? C'était mon cadeau d'anniversaire, j'allais fêter mes vingt et un ans. Il a fallu quatre jours pour que j'aie ma première visite, car j'étais au secret comme l'ennemi public numéro un. Maman était là, assise derrière une vitre. J'avais honte et elle ne disait rien. Je l'ai regardée longtemps sans rien dire, et c'est la seule fois de ma vie où j'ai vu des larmes dans ses yeux. Son fils était devenu un voyou. J'aurais peut-être dû lui parler ce jour-là, mais cela aurait changé quoi ? J'aurais rajouté des remords à sa peine. Elle ne le méritait pas.

À vingt et un ans, je découvrais un autre monde. Je connaissais certains locataires des lieux, et vivre avec eux fut comme un stage intensif sur les trucs et astuces d'un vrai gangster. On était logés et nourris pour se perfectionner dans le meurtre, le vol de voitures et le braquage de banques. J'ai appris à reconnaître de l'héroïne, de la cocaïne et de la saloperie. Mes codétenus m'ont appris à négocier et surtout à ne plus faire de sentiment car, ici, le moindre signe de faiblesse se paie cash.

Mon bavard (avocat), envoyé par la famille, me donnait des nouvelles de l'extérieur et de Max. Mon silence sur la famille était le signe de ma reconnaissance absolue et, en sortant, je pourrais choisir mon équipe, car j'avais passé l'examen final, l'omerta.

J'ai aussi appris à chier dans un seau et à regarder un mur toute une journée. Quel est l'intérêt de m'avoir enfermé ? Je ne le saurai jamais.

Les jours passent et se ressemblent, et on finit par s'habituer. Un jour comme un autre, on vous appelle au greffe pour vous signaler que vous êtes libéré. Et la vie continue.

Marc et Maman sont là, ils sont venus me chercher. Ma honte a disparu, mais je ne suis pas fier. Mon statut social a une fois de plus changé... Je suis un ex-taulard. J'ai l'impression que tout le monde me regarde. Comme si, sur mon front, était tatoué « attention, personne infréquentable ». Je me rends compte que la prison m'a donné de sales tics. Je ne supporte plus qu'on me dévisage, cela représente un défi. Je m'habille pour montrer d'où je viens, cuir, jean et santiags, et je parle comme en prison.

Pourtant, je rentre chez moi... Là où j'ai grandi. Je vais revoir ma sœur.

Arrivé dans ma rue, je me sens mal à l'aise. Rien n'a changé et ça pue le souvenir. Le parc est toujours là et notre banc me nargue comme pour réveiller certaines choses. J'ai un nœud dans la gorge et je me force à regarder devant moi. Enculés de souvenirs qui cassent le moral. C'est pire que la came... Il n'existe pas de sevrage pour en guérir. En prison, je n'y pensais plus, même si tout est gravé dans mon cœur. Je ne sais pas si je vais tenir le coup. Tout ici me rappelle le pourquoi des choses et leurs conséquences. J'ai du mal à sortir de la voiture. J'ai l'impression qu'il y a vingt ans que je suis parti. Il faut que je marche un peu, que je respire. Peut-être que je vais me réveiller et comprendre que tout ça n'est jamais arrivé.

Je suis de nouveau à la case départ, fauché mais libre. Libre de la prison mais pas de mes souvenirs. Je marche un petit peu et je me rends compte que je ne vais nulle part. Je voudrais tellement revoir Gino et Vincent. À quoi bon... Je vais manger et prendre un vrai bain. L'atmosphère est détendue pendant le repas, mais on ne fait pas la fête, puis je m'endors dans le divan.

Il fait noir quand je me réveille et tout le monde dort. Je cherche mon seau pour pisser... Merde, j'ai oublié que j'étais libre ! Il me faut quelques secondes pour réaliser que je ne suis plus dans ma cellule. Je prends une attitude qui est devenue un automatisme, je me mets devant la fenêtre et je regarde vers nulle part.

Les heures ont passé et je ne pense à rien. Je ne peux pas rester ici, il n'y a pas de place pour moi. Ils ne manquent de rien et je ne veux pas devenir une charge. Il faut que je m'en aille, c'est mieux pour tout le monde. Je n'ai pas dit au revoir et je n'ai pas laissé de mot. Madame la Lune était de nouveau au rendez-vous, seul témoin de mon chemin.

Je savais où trouver Max, et ce fut chose faite à trois heures du matin. Il m'expliqua qu'il était devant la prison (le bavard l'avait prévenu) quand j'étais sorti, mais il m'avait vu monter dans une voiture et s'était effacé discrètement. Quelque chose avait changé dans ses traits et surtout dans son regard. J'avais un désagréable sentiment et pourtant j'espérais de tout mon cœur me tromper. Mais la prison m'avait appris à les reconnaître. Il touchait à la came !

La peine causée par mon arrestation l'avait fait

craquer. Lui, le colosse de pierre incassable, était au bout du rouleau. Je ne savais pas que je comptais autant pour lui. Pendant neuf jours, nous sommes restés enfermés dans sa chambre et je l'ai obligé à pisser et à chier dans un seau car je l'avais attaché comme un chien. Il m'a supplié, insulté, maudit, il a pleuré, mais à deux, nous avons réussi. Après les neuf jours, je lui ai demandé de me donner sa parole qu'il ne toucherait plus jamais à cette merde. Et il me l'a donnée.

Sa compagne pleurait quand elle l'a vu sortir de la chambre, il puait mais il était guéri. C'est la seule fois qu'elle m'a pris dans ses bras. Elle m'a fait ce jour-là un cadeau énorme. Dans un papier de soie, pliée soigneusement, se trouvait ma veste de kimono. Elle en avait pris soin pendant mon absence. Ils sont partis quelques jours prendre l'air et se retrouver. Je crois qu'il l'aimait beaucoup.

Les jours qui suivirent me firent du bien. Être seul était une bonne thérapie pour prendre du recul. Trouver du travail ? Faut pas rêver, il y a quatre cent mille chômeurs en Belgique et en plus j'ai un casier judiciaire. Et franchement, je gagnais en un jour ce que d'autres gagnaient en un mois. Tenter ma chance et devenir indépendant ? Pourquoi pas. Seulement voilà, j'écris avec autant de fautes qu'il y a de mots dans une phrase et la seule comptabilité que je connaisse se résume à empiler des billets de banque dans un casier de gare. Eurêka ! Il me faut un associé honnête et instruit, mais qui ? Je ne connais que des braqueurs, des macs ou des dealers. C'était une mauvaise idée.

Putain de merde... Il faut que je me refasse, de toute façon j'ai besoin de tunes si je veux ouvrir quelque chose. Je ne veux rien demander à Max, car l'amitié s'arrête où l'argent commence. Je recommence à broyer du noir, j'en veux à la terre entière de m'avoir mis dans cette situation. C'est tellement plus facile d'accuser les autres. À vingt et un ans, je devrais avoir une fiancée, un travail et un appartement. Je recommence à avoir la haine et je me bats contre elle pour ne pas sombrer, je sais que je vais m'en sortir, rien ne me brisera. Je suis une machine de guerre, celle qu'on n'arrête pas.

Je repense à une phrase de Coluche : « La société ne veut pas de moi, qu'elle se rassure, je ne veux pas d'elle... » Si je veux m'en sortir, je dois faire ce que je connais, je n'ai pas d'autre choix. De toute façon, je me mens, car je ne veux pas de fiancée ni de tout ce qui va avec. Je ne veux plus jamais avoir mal.

Je ne me rends pas compte que je suis pire qu'avant la prison, et j'arrive à me convaincre que je suis dans la bonne direction. Cette fois-ci, je serai plus malin que les flics. J'ai une réputation, un calibre et des couilles. Qui va m'arrêter ? Je suis devenu ce que tout le monde a prétendu que j'étais pendant vingt ans, alors...

Je veux savoir si je suis bien une pointure et si je n'ai peur de rien... Il n'y a qu'un endroit pour ça : un club à l'extérieur de Bruxelles. Toutes les pointures s'y retrouvent pour parier sur tout et n'importe quoi... C'est pire qu'un club privé tellement la sécurité y est renforcée. Mon calibre sera ma carte de membre et ma tronche mon laissez-passer. Effectivement, on me laisse entrer car on connaît mon visage, et me voilà dans le Las Vegas bruxellois.

Ici, on trouve tous les jeux du monde et toutes les couches sociales, pour autant que les mecs soient connus des lieux ou parrainés. Je ne connais ni le poker ni la passe, mais je connais un jeu qui va leur faire peur. Plusieurs personnes viennent me saluer et sont très surprises de me voir. Ce sont des potes à Max, avec qui j'avais fait des affaires. Ils savent que j'ai fermé ma gueule au placard et me respectent. Il y a plus d'argent ici que dans une banque et beaucoup de calibres pour veiller au grain. Il y a des tables à l'écart où l'on joue gros, très gros. Mais je ne suis pas là pour ça. Je demande à F. s'il a déjà entendu parler de mecs qui jouaient à la roulette russe. Il s'étouffe presque en entendant ma question :

« T'es fou ou quoi, personne n'est assez dingue...

— Moi si ! »

Il veut éclater de rire mais voit à ma tête que je ne blague pas. « Tu es sûr ? » Un regard suffit pour qu'il comprenne ma détermination. « Attends-moi ici. » Je le suis du regard pendant qu'il se dirige vers une table. Il parle à l'oreille d'un mec qui se penche discrètement pour me voir. Le mec me fait signe de le rejoindre. J'ai trouvé mon joueur ! Il ne me salue pas mais tire une chaise qu'il me présente. « Alors, petit, on veut se faire peur ? » Visiblement, il me prend pour un farfelu ou un inconscient, il ne sait pas d'où je viens ni qui je suis. Ce sera encore plus facile de lui prendre des tunes.

Je n'ai pas encore dit un mot, mais je le regarde

dans les yeux. À ce moment-là, il sort un calibre et le dirige sur ma tête, il relève le chien pour l'armer et me regarde. Je n'ai pas bougé un cil. Les personnes assises aux autres tables ont fait un bond en arrière, ce qui a provoqué un silence général. Nous sommes face à face et il me regarde en espérant voir un signe de faiblesse. Je lui fais un sourire provocateur et il comprend que j'irai jusqu'au bout. Il dépose son calibre sur la table et me dit :

« J'ai rarement vu un mec comme toi, tu as tout mon respect.

— Mais on n'a pas fini, m'sieur. »

Maintenant, c'est moi qui le teste...

« Je suis venu pour jouer... »

Personne ne parle et tout le monde guette le moindre geste. La pointure ne comprend plus rien et, sûrement pour me calmer, me dit :

« Personne n'est assez dingue pour jouer avec toi.

— Alors je jouerai tout seul. Je parie deux cent cinquante mille que je tire deux fois de suite, qui paie pour voir ? »

En deux minutes, les paris sont faits, d'un côté ceux qui paient parce qu'ils me croient capable et, de l'autre, ceux qui ne croient pas à deux fois la chance. Clic, clic...

Et je suis parti, avec deux cent cinquante mille. J'encule la mort et le destin. Je n'avais pas d'autre choix. La pointure perdra contre lui-même un an plus tard, on le retrouvera sur son divan avec une balle dans la tête. On ne gagne pas chaque fois !

Je n'étais pas mort mais j'avais cassé quelque chose en moi. J'en avais conscience.

Je ne me droguais pas et je ne buvais pas, mais le même mal me rongeait toujours de l'intérieur. L'absence de mon rayon de soleil. Je n'arrivais pas à oublier.

Comment aurais-je pu oublier ? Elle était tout ce qui me manquait, la tendresse, la passion et l'amour. Les souvenirs auraient dû me remplir de joie, pas de tristesse... Où avais-je merdé pour être ici aujourd'hui ? La vie est plus importante que la mort, et pourtant je n'en avais rien à foutre. Je ne voulais pas mourir, je voulais seulement qu'elle soit là. Je voulais sentir son odeur et la prendre dans mes bras. Une fois de plus, je ne trouvais pas de réponse à mes questions. Je ne pouvais que noyer mes souvenirs avec mes larmes d'amour. Si elle savait comme elle me manque.

Je suis assis sur les marches de l'entrée chez Max et je regarde dans le vide. Mon avenir s'arrête à la pointe de mes chaussures et j'ai pour deux cent cinquante mille francs d'ambition. Ce n'est pas suffisant pour devenir honnête quand on a un casier judiciaire, mais c'est un début pour refaire du bizness. De toute façon, le système social ne me donne droit à rien et pour le chômage, à part l'heure sur une montre en bois, faut pas rêver.

Mon choix me remet dans la file d'attente pour la prison. Mais cette fois, j'ai l'imbécillité de croire que je passerai mon tour.

Max et sa compagne sont rentrés depuis quelques jours et la vie reprend comme avant. On n'ose pas aborder le sujet inachevé de notre cavale vers un autre monde, comme si pour nous c'était inaccessible et définitivement exclu. Je dois d'abord me refaire et puis on verra. Logiquement, ça devrait aller très vite car mon bizness marche mieux qu'avant. En quelques jours, je tourne déjà à cinquante mille la nuit. J'oublie un paramètre important, la came. La plupart des voleurs deviennent des dealers. Normal, ils se font jusqu'à cinquante mille de l'heure dans les endroits branchés.

Une nouvelle génération de petites frappes venait squatter le monde de la nuit. On les appelait les « bien-peignés ». Jeunes de bonne famille ou d'un niveau social au-dessus de la moyenne, ils venaient perfectionner leurs cours de marketing et d'économie en dealant leur came de merde. Ils se prenaient pour les Tony Montana du film *Scarface*. Seulement voilà, dès qu'il fallait jouer les gros bras et aller à la castagne, ils fondaient comme de la glace au soleil. Et je ne vous raconte pas quand on jouait du calibre... J'en connais qui se sont chié dessus. Combien sont devenus des banquiers, des directeurs ou des avocats, et sont considérés comme des gens bien aujourd'hui ? Je ne prétends pas qu'ils sont une majorité, je ne fais que constater. Le statut social offre l'avantage d'absoudre beaucoup d'erreurs, et mieux vaut s'appeler Jean-Édouard de La Vache Qui Pisse que Patrick Henderickx.

Par le bouche-à-oreille, j'apprends que Marc a perdu son emploi. Le lendemain, je sonne à la porte de la maison. Après une longue discussion, on décide de reprendre un établissement. Le hasard veut que A. ait décidé de laisser tomber un débit de boissons qui servait aussi de tripot clandestin.

Quelques jours auparavant, on avait tiré plusieurs fois dans la vitrine par jalousie, ce qui avait décidé A. à mettre la clé sous le paillasson. L'endroit ne payait pas de mine, pour ne pas dire qu'il était délabré. Mais les habitués ne venaient pas pour le décor. Le prix fut négocié sans problème et tout le monde y trouva son compte. Nous étions patrons.

À nous deux, nous avons redonné vie à cet établissement, avec un coup de peinture par-ci par-là, et surtout un grand nettoyage. Il était bien situé, entre une salle de ventes publiques et un dépôt de voirie ; les clients du jour nous faisaient de très belles recettes et le soir, les joueurs retrouvaient leurs marques. J'avais ma façade pour les flics. Maintenant, presque tout se négociait dans l'arrière-cuisine, je tenais le plus possible Marc à l'écart pour ne pas le mêler à mes enroules. Max voyageait souvent pour nos affaires et on se voyait une fois par semaine.

On me voyait de plus en plus souvent avec une nouvelle tête, Guylain dit « le Français », propriétaire de machines à sous en France et spécialiste du carrousel à la TVA en Belgique. J'avais investi avec lui dans des voitures qui partaient toujours pour l'étranger. Pour parfaire ma façade, on sponsorisait une équipe de foot. Je gagnais mes galons de pointure et je m'enfonçais dans ce que j'appelle aujourd'hui mon délire. À vingt-deux ans, je pouvais tout me permettre et je gagnais plus d'argent qu'un coffre-fort peut en contenir.

Le pouvoir et la réussite faisaient de moi un homme envié et respecté, mais je vivais mes plus grands moments de solitude. Je pouvais presque toucher ma vengeance du bout des doigts, mais je devais me rendre à l'évidence, elle ne soulageait pas ma peine. Et je ne pouvais plus changer.

Une partie de moi pourtant restait lucide, et souvent je rêvais du temps où j'étais un petit garçon qui ne vivait que pour s'entraîner, au code de l'honneur que mon Senseï m'avait inculqué et à une philosophie de la vie qui m'apportait la paix intérieure. Je n'étais rien mais j'avais tout. Maintenant, j'étais quelqu'un mais je n'avais plus rien. L'argent ne peut pas tout acheter, encore moins remplacer l'essentiel.

J'avais un pouvoir énorme et pourtant je n'étais qu'une merde qui faisait semblant d'être incassable. Ce n'est pas ça, la vie. Je peux en parler puisque je l'ai connue mais aussi perdue. J'avais trouvé ma vengeance mais je m'étais perdu, moi. J'aurais peut-être dû rester en prison ?

Je dormais avec un calibre sous l'oreiller et, pendant la journée, mon 357 ne me quittait jamais, même dans les restaurants. Je finis par me trouver une nana, puis une autre et encore une autre. Je les quittais car, dans des moments de lucidité, je repensais à mon rayon de soleil. Pendant des mois, j'ai plongé dans l'inimaginable, et pourtant je ne buvais pas et ne me droguais pas.

Au-dessus de l'établissement vivait une famille toute gentille dont le plus grand des fils, Fouad, prenait le chemin de la rue. À plusieurs reprises j'ai tenté de lui ouvrir les yeux, mais difficile de faire la leçon quand on est soi-même en plein dedans. Quelques mois plus tard, il fera son premier braquage et verra son pote prendre une balle dans la tête. Il sera pris au piège en déposant son ami devant l'hôpital. Il n'avait pas voulu l'abandonner.

Personne ne se doutait de ce que je faisais, et des flics commençaient à fréquenter notre café. Marc, avec sa tronche de bon père de famille, tenait l'établissement de plus en plus souvent et s'en sortait très bien, ce qui me laissait les mains libres pour mon bizness. Max avait trouvé un logement à Nice et nos affaires tournaient à merveille. Guylain et moi, on ne se quittait que pour dormir ou quand il consacrait quelques jours à sa femme et ses enfants. Tout était en place pour mon plus gros coup.

On ne parlait plus de millions, mais de centaines de millions. Un coup énorme, monté par un gestionnaire de capitaux. Impossible de connaître le montant exact, mais la source des infos était de qualité. Je ne devais que buter deux caves qui transportaient des fonds au noir pour une banque. Qu'est-ce que j'en avais à foutre de ces deux cons puisque, de toute façon, ils étaient aussi honnêtes que nous ? Je tenais ma vengeance... enfin. La société m'avait pris deux vies, maintenant j'allais me rembourser. Après, je pourrais crever avec le sourire ou faire deux cents ans de prison.

Quelques jours plus tard, j'attends Guylain en buvant un café à la terrasse de notre café. Je regarde le ciel pour passer le temps, quand une voix me demande : « Puis-je prendre la chaise, s'il vous plaît ? » Je suis saisi, tant cette voix est douce. Je l'ai déjà entendue il y a quelques années. J'ai peur de regarder, on dirait qu'une main serre mon cœur tellement il me fait mal.

Mon regard vient de croiser celui d'un ange. Elle est là, devant moi. Belle comme le soleil et tellement simple. Je ne sais plus où je suis. Le temps vient de s'arrêter. Pendant quelques secondes, nous restons immobiles sans pouvoir détacher notre regard l'un de l'autre. Son sourire et ses yeux font battre mon cœur une nouvelle fois. Je le croyais desséché, et le voilà qui rebat la chamade. J'ai peur de ce qui se passe... et de ce que je ressens. Je n'ose rien dire tellement je suis mal à l'aise et surtout parce que je ne sais pas comment l'aborder. Elle est magnifique par sa simplicité, elle est comme une tulipe dans un champ de roses. Elle n'a pas d'épines car sa douceur la protège de tout. Personne ne voudrait lui faire du mal.

Je ne dois plus aimer car j'en connais les risques... Mais mon cœur vient d'en décider autrement. C'est elle ma nouvelle chance de tout recommencer, je le sais, je le sens. J'ai soudain honte d'être habillé comme un voyou, j'espère qu'elle n'a pas vu mon calibre. Je me sens minable et je me dis qu'elle est trop bien pour moi. On ne mélange pas les torchons avec les serviettes. Marc vient de prendre sa commande et, visiblement, il la connaît. Je la regarde discrètement, nos regards se croisent... Comme un gosse pris sur le fait et pour m'excuser, je lui souris. Je pourrais jouer le caïd ou le seigneur des lieux, mais je veux qu'elle me voie comme quelqu'un de banal.

Guylain vient d'arriver et je ne le remarque même pas. Je n'ai pas envie de partir mais je le dois.

J'ai trop attendu pour ma vengeance et rien ne doit m'en écarter. Que dois-je faire, bordel de merde ? Et si je ne la revois plus ? Mais Guylain m'attend pour les derniers repérages et je l'insulterais si je le faisais attendre. Je pars, sans oser lui parler et plein de regrets dans le cœur.

En ouvrant la portière de la voiture, j'ai hésité et marqué un temps d'arrêt, je pouvais encore la rejoindre et lui parler de la pluie et du beau temps, lui demander son nom... Mais ma soif de vengeance a pris le dessus, et je suis parti. Nos repérages étaient trop importants, il fallait prévoir plusieurs itinéraires de cavale, au cas où, et trouver les emplacements pour garer les voitures de réserve. Ma notoriété s'était construite sur mon indifférence quel que soit l'événement, et l'idée de tuer ne me choquait pas. Je faisais peur car je n'avais pas de limite.

Un jour, un bon client de notre établissement m'avait demandé un coup de main car les huissiers allaient venir saisir ses meubles et jeter sa famille à la rue. Il lui fallait dare-dare cinquante mille francs pour stopper la procédure. Pour me convaincre de son honorabilité, il m'exhiba une carte d'Interpol. Je me suis dit à ce moment-là que je pouvais m'acheter un flic et que ça pouvait toujours servir. Je lui ai donc prêté la somme au tarif habituel. Trois semaines plus tard, plus d'Interpol en vue. Deux mois encore et toujours aucun signe de vie... Sans réfléchir, j'ai débarqué dans les bureaux d'Interpol où j'ai demandé à voir un certain M. Papillon — on l'appelait comme ça car il ne portait que des nœuds papillon —, je savais que c'était le grand patron et, sans me présenter, je suis entré dans son bureau. L'homme fut très surpris et, dans un premier temps, nia connaître le flic à qui j'avais prêté l'argent. Avec un calme inconscient, je lui dis : « Je lui donne quarante-huit heures pour me payer ou on s'arrange à la voyou. » Vingt-quatre heures plus tard, j'avais mon argent. Je ne sais pas si j'étais fou ou inconscient, mais j'étais dans mon droit, flic ou pas flic, il fallait qu'il me rembourse. J'ai risqué la prison pour menace mais je n'avais pas l'habitude de baisser mon pantalon.

Pour bloquer la voiture sur l'autoroute, on avait imaginé jeter des clous, ce qui aurait bloqué toute la circulation et permis de les braquer à l'aise, mais surtout de retarder les gendarmes. Guylain m'attendrait sur le pont d'autoroute où, pour bluffer tout le monde, on changerait de voiture deux cents mètres plus loin, puis en revenant sur nos pas, donc une sortie avant, on se planquerait dans les embouteillages. La première chose que font les flics, c'est la circulation, pendant que tout le monde cherche les braqueurs loin devant. Personne ne penserait à nous chercher sur place. L'argent partirait dans une camionnette qui, censée proposer de la glace, s'arrêterait tous les cent mètres. Tout était prêt et calculé à la seconde. La veille du braquage, les voitures seraient en place, c'était le job de Guylain. Encore cinq jours et, bingo, je serais peut-être un assassin mais au moins la société m'aurait remboursé la dette qu'elle me devait.

Cinq jours où tout le monde doit se tenir à carreau et être le plus discret possible. Je ne sors pas la nuit et je fais le mort. Pour passer le temps, je reste au café et Marc en profite pour bouger un peu. Assis à la terrasse, je profite d'un moment de calme pour regarder le ciel, quand tout bascule. Mon ange est là, devant moi. « Bonjour », me dit-elle en s'asseyant à une table voisine. Je pensais ne jamais la revoir. Je ne sais pas où j'ai trouvé le courage, mais nous avons discuté de tout et de rien. Venue en Belgique pour travailler, elle vivait seule, ses parents étaient restés au Portugal et la rejoindraient peut-être plus tard. Ironie du hasard, elle travaillait juste en face, chez un grossiste en alimentation italienne. Elle avait vingt-deux ans et était plus belle que le soleil quand il se lève.

La fin d'après-midi amenait la fraîcheur et je lui ai proposé de la raccompagner en se promenant. Ce qu'elle a accepté, après un moment d'hésitation. Nous avons marché jusqu'à deux heures du matin et nous sommes passés cinq fois devant sa porte sans trouver la volonté de nous y arrêter. Nous partagions des fous rires et nous étions comme des gosses revenant de l'école. Mon cœur s'emballait et inconsciemment ma haine disparaissait. Je voulais tout savoir d'elle et ne plus me cacher, mais comment lui dire ce que j'étais ? Je me rendais compte que j'allais devoir lui mentir pour ne pas lui faire peur et ne pas la perdre. La fatigue m'a sauvé des questions pour cette fois, et lui dire bonsoir cette nuit-là m'a demandé beaucoup de courage.

Sur le chemin du retour, mes pieds ne touchaient plus terre et j'avais à nouveau le sourire de mes dix-huit ans. Aucun médicament, aucune thérapie ne procure un tel résultat. Quand on croit que c'est la fin, la vie intervient sans s'annoncer. Il n'y a que nos actes ou nos choix qui font pencher la balance, d'un côté les regrets, de l'autre l'espoir. La vie trouve toujours un chemin, voilà une réalité que je dois admettre aujourd'hui. L'amour donne le pouvoir de tout recommencer et surtout d'y croire. Notre avenir, en tant qu'adultes, se décide dans nos résolutions, encore faut-il que ce soient les bonnes. Prenez deux cahiers, dans l'un vous écrivez celles décidées sous l'emprise de la colère, dans l'autre, celles générées par la volonté. Les négatives, liées à la colère, rempliront des pages entières, et les positives, issues de la volonté, quelques lignes, malheureusement. Il faut des couilles en acier pour comprendre ses erreurs et essayer de les réparer, mais parfois on est allé trop loin et là, la sentence est immédiate et surtout irrévocable. J'allais en faire l'expérience.

Morphée m'a boudé toute la nuit, laissant la place aux questions qui font naître les doutes. « La nuit porte conseil », dit-on, sauf lorsque l'amour s'en mêle. Essentiel à l'existence il demeure cependant inhibiteur de logique et de raison. Ma plus grande crainte était de construire sur des sables mouvants. Et si tout cela n'était qu'illusion ? Peut-être qu'il ne se passerait jamais rien ? Et si mon cœur ne se trompe pas, que vais-je faire dans trois jours ? Comment dire à celle que je connais à peine que je vais m'absenter quelques heures pour buter deux hommes et prendre leurs biens parce que j'attends cela depuis presque trois ans ? Dois-je tout arrêter maintenant et croire en elle plus qu'en ma vengeance ? Ce serait renier tout ce que j'ai vécu et mon rayon de soleil. Mais peut-être que c'est elle ma deuxième chance, et ne pas choisir une vie à deux, ce serait la punir aussi. Peut-être que tout simplement c'est mon rayon de soleil qui me l'envoie ? Comment réagirait un samouraï ? J'ai tellement envie de me laisser vivre et de la rendre heureuse.

Je peux choisir d'être égoïste et ne penser qu'à ma chance de bonheur, mais mon code de l'honneur est la seule chose concrète qui me reste. Je n'ai pas atteint mon objectif, même si je commence à comprendre qu'il ne me mènera à rien. Dans moins de soixante heures, je vais franchir le pas qui me tatouera à vie.

Je n'ai pas pris de décision cette nuit-là. Demain est un autre jour.

Le jour se lève, il me semble différent. Il va se passer quelque chose. Je le sens. J'ai envie qu'elle soit là, pour la réveiller avec tendresse et câlin. Il me faudra attendre la fin de journée pour la revoir. Pourtant il me suffirait de traverser la rue. Mais ce n'est pas un objet ni ma chose, j'ai toujours le respect que m'a enseigné mon Senseï et cela ne changera jamais.

Ma patience est récompensée car je la vois traverser, je la rejoins et, sans réfléchir aux conséquences, je lui dis : « J'ai envie de t'embrasser. » Elle me regarde et saute dans mes bras. J'ai envie de hurler de joie en la soulevant du sol. Je viens de franchir le pas.

Au revoir mon rayon de soleil, quoi qu'il arrive, je ne t'oublierai jamais. Tu as été la plus belle chose qui soit, mais avec elle, je me sens revivre, ne m'en veux pas. Je t'aime.

La fin de journée fut magique et je ne pensais plus à rien. J'avais oublié que j'étais un gangster et que dans cinquante heures j'aurais des engagements à tenir. Les choses allèrent très vite car nous en avions envie... Elle m'invita à entrer chez elle et je me suis réveillé dans son lit. Elle dormait encore et avait un sourire de bonheur sur le visage. La sonnerie du réveil me fit sursauter. Comme un ange, elle ouvrit les yeux. Notre nuit d'amour avait tout gommé en moi, je me sentais heureux et libre. Le petit déjeuner fut rapide car elle devait aller travailler. Seul dans l'appartement, je me suis couché sur le lit pour prolonger, en pensée, notre nuit remplie de tendresse et de complicité. Il me restait la journée et la nuit pour en profiter.

Ce qui devait être une journée de bonheur allait tourner au véritable dilemme. Mon cœur ne s'était pas trompé, elle était bien ma seconde chance. J'en avais la certitude. Ce soir, je lui parle de mon vécu et si elle me comprend, j'arrête tout... Je ne sais pas comment je l'expliquerai à Guylain et Max, mais on verra bien.

La journée passe comme un éclair et je décide d'appeler Max. Il entend à ma voix qu'il faut que l'on se voie et, une demi-heure plus tard, il arrive à mon appartement. Il faut que je lui en parle. On ne se cache rien et je sais qu'il peut me comprendre.

Notre vécu a fait de nous des jumeaux de cœur. Je ne trouve pas les mots mais il comprend et me dit :

« Tu l'aimes ?

— Oui... je crois.

— Qu'est-ce que tu veux faire ?

— Je ne sais pas.

— Tu es comme mon frère. Si tu crois qu'avec elle tu vas trouver la paix, alors vas-y. »

Je ne sais pas quoi dire car il compte autant pour moi que mon ange. J'ai déjà abandonné Gino, Vincent et mon Senseï. Je ne veux pas le laisser lui aussi. Je ne peux pas faire ça... Je me lève de mon fauteuil et je crie : « Je deviens con ou quoi ! Viens, Max, on va faire ce bizness et on cavale au soleil. » Il n'y a plus un bruit dans la pièce, Max me regarde et fronce les sourcils. Il vient de prendre son calibre et le pose sur la table. Maintenant, il me regarde et me dit : « J'ai aussi envie d'arrêter. C'est toi qui décides pour nous deux. »

Je m'attendais à tout, mais pas à ce que mon ami mette sa vie dans mes mains. Je ne pouvais pas lui en vouloir de poser cet ultimatum et, plus fort que mon ange ou mon rayon de soleil, je l'ai serré dans mes bras. Cette fois, rien ne nous empêcherait de recommencer une nouvelle vie.

Max allait s'occuper de prévenir tout le monde et annoncer à sa compagne qu'il arrêtait le bizness... Et, cadeau suprême, lui demander de lui faire un fils.

Moi, pendant que j'irai chercher mon ange, je réfléchirai à la manière de lui dire ce que je suis et pourquoi j'arrête tout, pour vivre avec elle. J'ai suffisamment d'argent pour lui offrir une vie tranquille et lui faire la surprise de rapatrier ses parents en Belgique. Je ne la connais que depuis trois jours, et pourtant...

Assis à la terrasse, je la regarde traverser la rue et je comprends que j'ai fait le bon choix, avec elle je vais enfin vivre... Et peut-être, pourquoi pas, avoir des enfants. Sa douceur fera d'elle la meilleure maman du monde. Je le sais. Il ne peut en être autrement.

Elle me sent mal à l'aise et m'en fait la remarque. Je ne sais pas comment lui dire, je ne trouve pas les mots qu'il faut. Les heures passent et notre complicité fait sûrement croire aux gens que l'on se connaît depuis des années. Tout me paraît tellement simple avec elle.

Elle ne sait pas où j'habite et je trouve excellente l'idée de l'y inviter. Je profiterai de la tranquillité des lieux pour lui parler. Sur le trajet qui nous mène à mon domicile, je cherche toujours la manière adéquate pour lui dire la vérité. Je n'ai pas le droit de lui mentir ou de lui cacher certaines choses, ce serait un manque de respect. À l'appartement, je prépare l'ambiance avec une musique calme et plein de coussins sur le divan. Elle ne fait pas le tour des pièces et ne s'attarde pas sur un objet en particulier. Je devine qu'elle n'est là que pour moi et n'attache pas d'importance au reste. Ce sera donc plus facile que je le croyais.

Notre envie de câlins prend très vite le dessus. Je suis sur une autre planète tellement je me sens bien et je finis par oublier pourquoi nous sommes là. On ne prendra pas le temps d'ouvrir le lit et de plonger sous les draps. Je suis avec la femme que j'aime plus que tout et j'oublie qu'à trente centimètres de nous se trouve un objet qui va briser ma vie une seconde fois.

Je me lève pour prendre une douche et mon ange glisse sous les draps. Je suis dans la salle de bains et je lui demande si elle veut un peignoir. Elle ne répond pas. « Mon ange, tu veux un peignoir ? » Pourquoi ne répond-elle pas ? Je ne me doute de rien car je suis sur mon nuage. Je reviens vers la chambre. Et je la vois assise sur le bord du lit. Elle vient de trouver mon calibre sous l'oreiller. Je ne sais pas quoi dire, elle me regarde, mais dans ses yeux je vois maintenant de la peur et de l'incompréhension. « Qui es-tu ? » Je ne sais pas quoi lui dire, je me sens pris au piège.

Je vais m'asseoir dans le salon et quelques minutes plus tard, je la regarde partir. Je n'ai pas tenté de la retenir. Je n'ai plus de haine, elle est remplacée par du dégoût. Je ne pleure pas et je ne m'effondre pas. J'en ai plus rien à foutre. Je n'ai que ce que je mérite. Je paie le prix de mes choix, même s'ils sont justifiables ou excusables. Je ne me rends pas compte que je me parle, je viens de perdre toute lucidité et je penche doucement vers la folie. Cette nouvelle claque me pousse dans un monde de déraison. Je ris aussi fort que j'ai d'air dans mes poumons.

9

J'étais parti à la guerre sans connaître l'ennemi

Trois jours durant, je suis resté prostré dans un coin du salon. Soixante-douze heures dont je n'ai aucun souvenir, puis je me suis relevé, comme si rien ne s'était passé. Mon vécu et mon caractère m'ont sauvé la vie, la douleur m'a rendu plus fort. Dorénavant, je pourrai gérer mes sentiments et mes émotions. J'ai acquis un doctorat en insensibilité.

Alors que j'allais prendre ma douche, on sonna à la porte. La voix de Max me ramena à la réalité. Son regard me fit comprendre qu'il savait déjà. Aucun de nous deux n'osa aborder le sujet. La peine dans ses yeux était visible mais, comme moi, il savait que les mots étaient inutiles. Bien plus tard, j'ai appris que pendant ces trois jours, il avait mis des garçons devant mon domicile pour éviter que l'on me dérange.

Nos affaires allaient très mal, et notre désistement avait sérieusement ébranlé notre réputation. Comme le veut la coutume, on était « à l'amende », terme utilisé pour le remboursement des frais et du manque à gagner. On ne contestait pas le fait, mais le montant était trop élevé. Trois solutions étaient possibles :

1. On paie et on négocie le montant ;

2. On ne paie pas et on se retrouve avec un contrat sur nos têtes ;

3. On les bute et on se casse.

Ma dette était presque égale au capital que j'avais planqué et Max assurait aussi. Payer nous ramènerait à la case départ tous les deux, encore fallait-il que tout se passe bien. La famille voyait cela d'un mauvais œil mais ne se mêlait pas des dettes d'honneur et, surtout, Max calma le jeu. Nous étions responsables de la situation, à nous de résoudre le problème. Guylain était hors du coup et donc à l'abri, mais il se sentait concerné. Il serait notre joker au cas où. Je voulais en finir très vite avec tout ça et prendre du recul, j'étais fatigué de me battre. Je n'avais plus ma place parmi eux car je représentais un danger pour Max et Guylain. Dans ma tête, je ne faisais plus la différence entre le délire et la réalité, tout le monde devenait un ennemi potentiel. Je ne voulais plus d'amis, de famille, car, de toute façon, il était clair qu'un jour ou l'autre j'allais les perdre. Autant prendre les devants sur ma peine, ce serait déjà ça de gagné.

Max et moi avons payé sans discuter et, à contrecœur, je lui ai expliqué que nos chemins se séparaient là. Il m'a compris et n'a plus caché sa peine. Nous nous sommes quittés sur une phrase : « À bientôt... peut-être ! »

Je n'aurai pas le temps de le revoir, il mourra en

prison comme un chien, pourri par l'alcool et la came. Longtemps je m'en sentirai coupable et, aujourd'hui encore, je le revois marcher, gamin, vers son lit. Ensemble, nous avions connu le pire du pire, et avoir cru qu'une fois sortis de là-bas tout était terminé a été notre plus grande erreur. Finalement, je commence à croire qu'il est plus facile de vivre comme coupable que comme victime. Penser qu'il est peut-être mieux là où il est ne remplit pas le vide qu'il laisse dans mon cœur.

Tu sais, Max, si tu me vois ou si tu m'entends, sache que j'aurais préféré te mettre une balle dans la tête plutôt que de te laisser mourir comme tu l'as fait. Je te demande pardon d'avoir cru que tu étais plus fort que moi et de t'avoir abandonné avec nos souvenirs d'enfance. Je connais les cauchemars que tu faisais toutes les nuits, comme tous les gosses qui sont passés là-bas. Je suis sûr qu'il doit y avoir un paradis pour les gosses comme nous.

Garde-moi une place près de toi. TU ME MANQUES.

Je ne voulais plus parler aux gens car ils auraient pu croire que l'on deviendrait amis. Je vivais dans ma tête comme si toute la population avait été décimée par la connerie. Un regard, une parole, déclenchait ma colère et les coups tombaient sans pitié. À plusieurs reprises, Marc m'a empêché de tuer quelqu'un. Je n'avais plus aucune limite. Je voulais qu'on me laisse tranquille.

Pour échapper à la civilisation, je me suis amusé à courir et, petit à petit, j'ai recommencé à m'entraîner. Je retrouvais des gestes familiers et il m'est arrivé de m'entraîner huit à dix heures par jour. Des voitures abandonnées le long du canal me servaient de défouloir, et souvent je rentrais les mains et les pieds en sang. La douleur me faisait sourire et devenait ma plus fidèle compagne. Je savais où et quand la trouver et jamais Elle ne m'a laissé tomber. Elle s'en fout de savoir qui vous êtes et d'où vous venez. Petit à petit, je devenais plus fort qu'elle et j'étais persuadé que je finirais par l'abattre. Un jour elle n'est plus venue, j'ai eu beau l'appeler, je l'avais vaincue.

Victoire... Je gueulais ma joie comme on brandit un trophée. Je m'étais vaincu, j'avais mis K.-O. tout ce qui faisait de moi un être humain. Va chier, sentiment ! Crevez, douleur, faiblesse et pitié ! Je suis vivant et protégé de tout. On ne peut plus rien me faire. Maintenant, je peux recommencer à vivre.

Je m'inscris dans une salle de boxe anglaise à Anderlecht, et trois fois par semaine je m'entraîne aussi à la boxe thaïe. Je ne vis que pour le combat et je ne pense à rien d'autre. Je suis aussi riche qu'un clochard, mais notre établissement paie mon loyer et remplit le frigo. Je n'ai besoin de rien de plus.

La honte m'empêche toujours de retourner au dojo. Pourtant, revoir mon Senseï serait un vrai bonheur. Je suis comme un gosse en fugue qui a peur de revenir à la maison. Je ne parle toujours pas aux gens, et mes coups de colère, suivis en général par une descente de flics, commencent à faire du tort à notre établissement. Il va falloir que je m'en aille... Maman, Marc, Sylvia et Xavier, le dernier-né, dépendent des recettes. Mais où aller ? Je n'ai que mes gants de boxe, mon kimono et quelques vêtements. Ça fait plus de six mois que je suis hors bizness, donc honnête. Il faut que je me trouve un job où on parle très peu aux gens, inutile de penser à l'usine ou un truc comme ça. Videur dans une boîte de nuit... voilà un truc sympa. Mon gabarit et ma tronche me donnent le profil du métier. Évidemment, c'est la nuit et je vais sûrement rencontrer des gens que je connais. Mais à chacun sa vie.

Une semaine plus tard, j'apprends qu'un voyou en col blanc cherche deux garçons pour sa protection. Et me voilà, ou plutôt, me revoilà dans le monde de la nuit. Mais cette fois avec l'intention de ne pas toucher à des choses illégales ni d'en faire.

Patron d'établissement à Deauville et à Bruxelles, Monsieur Serge avait quelques problèmes avec l'étranger. Premier fournisseur de faux en tout genre (Cartier, Lacoste, Rolex, etc.) en Belgique, il se faisait autant d'argent que s'il avait vendu de la came. Fort en gueule mais pipeau à la castagne, il savait s'entourer de « bonnes » relations. La frime (il en avait les moyens) était son panache, mais on le craignait à cause de ses hommes de main et porte-flingues.

Au début, mon job consistait à l'accompagner dans tous ses déplacements, souvent à l'étranger. Que ce soit à Bruxelles, à Paris ou sur la Côte d'Azur, j'ai fréquenté les endroits les plus chics et les plus chers. Il dépensait parfois jusqu'à 300 000 francs belges (environ 7 450 euros) dans une soirée. On était en 1983. Doucement, la confiance s'installait entre nous, sans que pour autant nous devenions amis. Il me payait bien et me respectait.

Des camions entiers arrivaient d'Italie et, en une demi-heure, tout était vendu. Des montres achetées là-bas 1 500 francs belges (38 euros) se vendaient ici 10 000 francs belges (250 euros). Des pilotes de ligne de grandes compagnies étaient dans la combine et rapportaient de Thaïlande des rouleaux d'écussons Lacoste que l'on faisait coudre sur des polos achetés en Tunisie. Ce bizness était comme une gigantesque pyramide : peignoirs, montres, polos, sacs à main, etc. : tout passait par nous. Mais toute réussite crée de la jalousie et, plusieurs fois, j'ai dû assurer avec une équipe de garçons triés sur le volet. Jamais personne n'a su que je ne portais pas d'arme. Je m'occupais à nouveau des mauvais payeurs !

Tout roulait comme sur du velours. Monsieur Serge m'a appris à négocier et, petit à petit, il m'a traité comme son bras droit.

J'avais de nouveau un peu d'argent de côté, et une rencontre accidentelle avec Guylain me fit investir dans l'import-export de voitures haut de gamme. Je ne prétends pas que nous avions les papiers de toutes les caisses qui passaient la frontière, mais je ne m'en occupais pas. Par imprudence, ou par inconscience, Guylain commença à marcher sur les plates-bandes des familles de l'Est, et le bouche-à-oreille fit remonter l'information jusqu'à moi. Ma réputation calma les choses dans un premier temps, mais Guylain n'écoutait pas mes conseils et son manque de prudence finit par provoquer une confrontation entre voyous.

Moment de prédilection quand je pouvais déchaîner ma haine sans compromis. Même Guylain avait une peur bleue quand je mettais les pendules à l'heure. Il m'est arrivé de rentrer seul dans un bistrot rempli de voyous et d'exploser la tronche d'un frimeur qui nous avait manqué de respect. Tout ce qui me tombait sous la main me servait à l'achever. Une autre fois, je suis tombé sur un voyou armé et, plutôt que de me calmer, j'ai collé ma tête contre son arme en lui faisant un sourire... Le mec était tellement scié qu'il s'est excusé. J'aurais tellement voulu qu'il appuie pour qu'on en finisse. Comment aurait-il pu savoir qu'il m'aurait rendu service ?

On ne peut tuer quelqu'un qui est déjà mort !

Dans mon désarroi intérieur, le suicide ne m'a jamais traversé l'esprit ; et pourtant, je n'avais pas peur de mourir.

La philosophie asiatique vous apprend certaines choses que les Occidentaux ne peuvent pas admettre. Il faut plus de courage pour vivre que pour mourir.

Les mois passaient et, de temps en temps, je rencontrais des nanas qui semblaient gentilles, mais, au moment où les choses devenaient plus intimes, je disparaissais et ne donnais plus de nouvelles. Nos conversations se limitaient à l'essentiel car je ne savais pas de quoi leur parler. On faisait vite le tour des choses positives, et après... Je crois qu'elles étaient là pour le pouvoir que je représentais, mais surtout parce que Monsieur Serge le leur avait demandé. Je me méfiais plus des femmes que des flics.

Début 1984, le réveillon a brillé de mille feux pour des familles unies, et moi, comme d'habitude, je l'ai passé seul. Pourtant je me sentais bien, mon instinct me disait que quelque chose se préparait, mais rien de plus. Le lendemain, je devais récupérer une ardoise du côté d'Anderlecht. Je me dirigeais tout droit vers mon passé et vers quelqu'un qui me manquait énormément. Quelqu'un qui avait attendu, sans jamais douter, le retour de son fils.

Mon lieu de rendez-vous se trouve juste en face du dojo. Je gare ma voiture, au même endroit qu'il y a quatre ans. J'ai l'impression que c'était hier.

Je sais ce que je dois faire, mais je ne sais pas comment. Si la vie m'a conduit jusqu'ici, c'est pour une bonne raison, mais laquelle ? Serait-ce la fin de mon pain noir ? Quelqu'un ou quelque chose vient peut-être de tirer le rideau sur un spectacle désastreux dont j'étais le seul acteur.

Je dois rentrer, le reste n'a pas d'importance. Plus rien n'a d'importance.

Je suis habillé comme un voyou, mais je n'y pense plus.

Il va voir ce que je suis devenu et comprendra sans que je le lui explique. Je devrais avoir honte, mais un père ne doit pas juger son enfant.

Je suis dans le hall, devant les portes où je lui avais dit au revoir. J'inspire aussi fort que mes poumons peuvent engouffrer d'air. Derrière cette porte se trouve mon père, celui qui m'a appris à vivre et fait renaître. Celui que j'ai voulu protéger de la peine et de ma souffrance en choisissant la fuite. Il ne faut pas que je pense. Je dois entrer et retrouver les gestes qu'il m'a enseignés.

J'enlève mes santiags puis ouvre la porte. J'ai peur de le voir car devant lui je ne peux rien cacher. Le dojo est vide, je m'installe à l'extrême gauche du tatami et j'attends. Rien n'a changé : ici, le temps n'a pas cours. Je regarde devant moi comme on me l'a appris, et soudain je le vois. Il a la démarche sûre et donne toujours la même impression de force. Il porte le kimono que l'on met pour honorer un visiteur. Et soudain, j'ai un doute. Peut-être attend-il des invités ?

Il ne monte pas sur le tatami mais le contourne, il agit comme s'il y avait un étranger. Je ne peux et ne dois pas rester sur le tatami, je viens de comprendre que je suis exclu de mon droit, comme le veulent nos traditions. Je comprends et je respecte, car ce sont mes racines. Jamais je ne les trahirai.

Il se retrouve face à moi et son visage ne montre aucune émotion, il ne me juge pas mais me dit une phrase tranchante comme un sabre : « Bonjour, monsieur, je voudrais parler à mon fils. » J'aurais préféré qu'il me frappe, cela aurait fait moins mal.

Face à lui, je n'avais pas d'échappatoire, et lui mentir aurait constitué un manque de respect qui m'aurait irrémédiablement exclu de sa vie. On ne ment pas à ceux que l'on aime et que l'on respecte, ce serait comme leur cracher à la figure.

« Je n'ai pas d'excuse, seulement du regret.

— Je sais, mais tu n'as fait que te punir... alors que tu n'es pas coupable.

— J'ai vaincu ma peine et enterré mes souffrances.

— Tu n'as rien vaincu, tu n'as fait que te cacher de toi-même. Mon fils est plus fort que toi. »

Ces vérités me blessent comme des couteaux. Ma bêtise a rejoint celle des gens et je ne m'en suis même pas rendu compte. Elle a eu le dessus. J'ai tout faux.

Je ne dis plus un mot, de toute façon que pourrais-je répondre ? Il a raison.

La sagesse d'un vieux monsieur vient de mettre à genoux un gangster craint et dangereux par sa soif de vengeance. J'ai tellement honte de ma connerie et de l'avoir déçu que je veux sortir du dojo. Mes pieds se dérobent et je m'affale comme un torchon. Il vient de me faire un croche-pied et me regarde.

« Mon fils ne tournerait pas les talons devant une difficulté, c'est le meilleur combattant que je connaisse. »

Maintenant, je suis en colère et il le voit. D'un geste de la main, il m'indique le centre du tatami. Je ne garde que mon jean et le rejoins.

« Je ne veux pas me confronter à mon fils, mais je voudrais me battre contre sa haine. »

Je n'arrive pas à le toucher, il frappe pour me faire mal et m'humilier. Je sens la colère venir. Mais je le respecte trop pour que cela se produise, quand soudain il me dit : « Pense à ton rayon de soleil. »

Le bouchon vient de sauter, je libère ma colère

et j'avance pour détruire. Il ne me porte que deux coups et je ne peux plus tenir debout. Il m'a frappé à hauteur des genoux pour m'immobiliser et éviter d'aller trop loin. Je suis comme un animal blessé, je ne peux me relever et je suis humilié. Ce n'est pas lui qui m'a vaincu, mais ma colère.

« Réfléchis à tes erreurs. »

Il m'a laissé seul face à moi-même et à mes réflexions. Que voulait-il ?

« Oui, j'ai merdé. Oui, je me suis trompé. Je le reconnais. Mais j'ai tout fait pour rester en vie et ne pas sombrer.

— C'est exact, tu n'as pas sombré, tu t'es noyé, c'est pire. On ne traverse pas un fleuve à pied sans au préalable connaître sa profondeur ! »

Quatre mille ans d'âge et pourtant toujours d'actualité, cette phrase remplie d'enseignement résumait mon erreur. J'étais parti à la guerre sans connaître l'ennemi.

L'ennemi vit en nous, la colère, l'impatience et la fougue font partie de notre code génétique. Un caractère se construit depuis l'enfance, et les événements de la vie le façonnent avec une précision chirurgicale.

« Donnez une boule de terre glaise à trois personnes différentes. La première fera une poterie, la deuxième un personnage, et la dernière se demandera à quoi cela sert ! »

« Ce que nous vivons chaque jour détermine ce que nous serons demain. »

« Libre à nous de changer. Encore faut-il le vouloir. »

« Il faut plus de patience pour faire pousser une fleur que pour la laisser mourir. »

« Reviens quand tu veux, ici ce sera toujours chez toi. »

Il est sorti du dojo en me laissant avec ces vérités dans ma tête. Je me suis rhabillé et j'ai quitté mon père pour la seconde fois.

Je croyais qu'il voulait me punir. Bien au contraire, il voulait me protéger de mes choix sans pour autant les accepter.

Jamais il ne pourrait être d'accord, mais il préférait ne rien m'imposer et espérait que je retrouve mon chemin avec mon expérience comme bagage.

J'ai traversé la rue en boitant et je suis allé encaisser l'argent que l'on nous devait.

Sur la route du retour, j'ai analysé les phrases qu'il m'avait dites et j'ai mieux compris mes erreurs.

J'allais dire à Monsieur Serge que je me retirais et que je m'engageais à trouver un remplaçant.

Il me proposa de doubler mon salaire et de toucher un pourcentage sur le bizness, mais l'argent n'était pas ma priorité. De toute façon, j'allais toucher le gros lot avec Guylain, et lui était mon ami. Il m'a fallu trois mois pour trouver quelqu'un de bien. Pendant cette période, j'ai recommencé à vivre plus le jour que la nuit et, de temps en temps, je cherchais un emploi. Comme tout le monde. Je recommençais à croire à un avenir meilleur et les phrases de mon Senseï résonnaient toujours dans ma tête.

Guylain et moi étions de nouveau inséparables et notre trafic de voitures prenait doucement de l'ampleur. La quasi-totalité des bénéfices repartait dans des voitures de plus en plus chères, et on était très loin de mourir de faim. Guylain aimait afficher sa réussite et venait de s'offrir une Cadillac Seville, juste ce qu'il faut pour se faire remarquer par la maison Poulaga. Mais cela lui procurait un tel plaisir que je ne lui en fis pas la remarque, il était le seul ami qui me restait.

Je ne pensais pas aux nanas et pourtant, en passant chez Marc prendre des nouvelles, une fille blonde attira mon attention.

Anne, fille de bonne famille et très jolie, me semblait différente. Elle avait un petit garçon de quelques mois et était maltraitée par l'homme avec qui elle vivait. J'ai jeté ce cave dehors et je me suis installé chez elle. On s'entendait bien et elle ne me posait pas de questions. Le gamin était adorable et, peu à peu, je m'en suis occupé comme si c'était le mien. Anne ne remplacerait jamais mon rayon de soleil ou mon ange, mais elle m'offrait le sentiment d'avoir une famille et donc des responsabilités. Les événements adoucissaient ma vie et, petit à petit, j'oubliais.

Quatre mois de calme, voilà ce que la vie a daigné m'octroyer. Mon semblant de vie de famille me faisait oublier les principes élémentaires d'un voyou : savoir dire non.

Une ou deux fois par semaine, je passais chez Monsieur Serge voir si tout allait bien. Un soir, au moment de partir, une vieille connaissance débarqua dans l'établissement. Un ancien porte-flingue de la famille, qui avait repris mon activité de receleur, voulait absolument me voir. À contrecœur, mais par respect, je l'ai écouté. Il avait un lot de vestes en cuir (haute couture) fraîchement volées dans un magasin de l'avenue Louise. Il se sentait surveillé et me demanda de garder une partie de la marchandise jusqu'au lendemain. J'aurais dû dire non. Mais voilà... Il était dans la merde et j'ai voulu lui rendre service. Je n'ai pas eu le temps de terminer ma nuit de sommeil, les poulets ont débarqué sans le petit déjeuner et ont trouvé les vestes tout de suite. Comment ont-ils su ? Je ne le saurai jamais. Je venais d'être réengagé comme détenu involontaire. Mon silence a augmenté la note, mais cela ne me faisait ni chaud ni froid.

La prison n'avait pas changé, et certaines des têtes que je connaissais étaient déjà au courant. Je n'avais ni peine ni rancœur et, de toute façon, il fallait que j'attende ma libération.

Ma compagne découvrit un monde qu'elle ne connaissait qu'à travers le cinéma et ce n'est qu'à ce moment-là que je compris l'étendue des dégâts. Elle avait trop de classe pour cet endroit et la tristesse sur son visage était pour moi une punition pire que la prison. J'ai essayé de lui faire comprendre que j'allais en prendre pour un bout de temps et que, si elle le désirait, je lui donnais carte blanche pour refaire sa vie. Je croyais que ses parents me jugeraient, à tort, et je ne voulais pas qu'elle se fâche avec eux.

Finalement, la prison ressemble au système scolaire : j'avais réussi le primaire et maintenant je commençais le secondaire. L'école du crime allait me libérer avec une maîtrise de banditisme. Les jours passaient et j'avais retrouvé mes marques.

La came était devenue le principal bizness et il était plus facile d'en trouver ici qu'à l'extérieur. Un ex-champion de Belgique de tennis venait d'emménager dans la cellule voisine, et devinez pourquoi il était tombé ? La came. Il ne sortait jamais de sa cale et à sa libération, on a dû la désinfecter tellement il était sale. Dehors, il était idolâtré, ici, on l'a vu tel qu'il était. La prison a cet avantage. En deux ou trois jours, on comprend qui vous êtes vraiment.

La différence entre lui et nous est immonde. Selon mes principes et mon éducation, il est coupable plus que d'autres, car des gosses le prennent comme référence.

Une star sera excusée, la presse parlera de l'enfer de la prison et, un an plus tard, tout le monde aura oublié. Et pour les autres, ceux qui ne savent pas jouer au tennis ou au foot ? On appelle cela le vedettariat, ou l'impunité. Je n'ai pas la réponse.

Les semaines et les mois défilaient. Je ne comptais plus les jours car l'habitude avait pris le dessus. Certains événements créaient des doutes dans ma tête, comme la fois où, en revenant de la visite, j'ai vu un maton collé contre la porte d'une cellule, qui regardait un détenu à travers l'œilleton. Je n'ai pas compris tout de suite qu'il se branlait en matant. Gros porc qui fut surpris de ma présence et qui, pour acheter mon silence, me laissa quelques libertés...

Heureusement, tous n'étaient pas comme lui. Certains matons avaient le cœur sur la main et, quelquefois, ils prenaient le temps de discuter avec nous. Comme par hasard, il n'y avait jamais de problème sur leur section quand ils étaient de service...

Je me souviens d'un jour où, pour des raisons de place, on m'imposa un colocataire. Une vraie loque humaine qui clamait son innocence à tout-va. Je n'aurai pas le temps de le connaître, car la peur de la prison le poussera au geste final et, le lendemain matin, je le retrouverai pendu aux barreaux de la fenêtre. À l'âge où les jeunes déconnent dans des virées nocturnes, moi, je dors avec un pendu et découvre que la première chose que l'on fait en crevant est de se chier et de se pisser dessus.

Guylain passait régulièrement à la maison pour s'assurer que tout allait bien et prendre de mes nouvelles... De temps en temps, il aidait Anne financièrement.

Mon bavard me promettait à chaque passage devant la Chambre des mises en accusation que tout allait bien se passer, et chaque fois me soulageait de vingt-cinq mille francs pour avance sur les frais. De son côté, le juge attendait toujours les noms de mes complices et moi je répétais toujours la même chose : « J'ai trouvé ces vestes sur la poubelle en rentrant chez moi », ce qui déclenchait la colère de la justice.

Et vint le jour de ma libération provisoire.

Mon bavard, dans un élan d'ingéniosité, avait persuadé la justice de l'inutilité de me garder en détention jusqu'au procès. Il est vrai que seuls des faits de recel m'étaient reprochés.

J'étais libre mais indifférent. Quels motifs avais-je de me réjouir de sortir ? Le gamin m'avait manqué. Son jeune âge m'évita d'expliquer les raisons de mon absence.

Guylain avait merdé pendant mon séjour en prison, et de grosses pointures l'avaient mauvaise contre lui. Le propriétaire des vestes ne s'était pas manifesté pendant ma détention, et aucune enveloppe de soutien n'avait atterri dans ma boîte aux lettres. Le temps de mettre les pendules à l'heure avait sonné.

Première chose à faire, acheter un calibre ou même deux, on ne sait jamais. Et s'occuper du problème de Guylain. Un chargement complet de voitures avait disparu dans la nature, ainsi que le pognon que j'avais avancé, et, pour couronner le tout, un acompte important de la part de l'acheteur également. On était tous les deux fauchés mais, comme par hasard, Guylain venait de s'acheter une villa dans un quartier cossu. Je commençais à avoir de gros doutes sur lui, même si notre amitié passait avant tout.

Ma compagne, qui m'avait attendu pendant ma détention, comprit que j'étais en colère et me demanda de ne rien faire qui pourrait me renvoyer en prison. Peut-être avait-elle raison, il est vrai qu'avec elle je me sentais bien, alors pourquoi pas ?

Un coup de téléphone de Guylain eut pour effet de remettre mes bonnes résolutions à plus tard. Elle connaissait mon caractère et moi, j'avais oublié les phrases de mon Senseï. J'aimais Guylain comme un frère et sa version des faits, vraie ou fausse, était pour moi comme la sainte Bible.

Le monde des voyous était très agité, car une bande de malades tuait à tout-va devant les grandes surfaces. On les appelait « les tueurs du Brabant wallon ».

Toute la flicaille du pays était sur le qui-vive et faisait descente sur descente chez les braqueurs potentiellement coupables. Difficile, dans ces conditions, de trouver des porte-flingues pour un coup de main.

Guylain me demanda de le laisser arranger ce problème tout seul. C'était étrange de sa part, mais je me suis dit que sa fierté était en jeu, j'ai donc accepté de patienter.

Mon second problème était l'argent. Il fallait que je trouve très vite une solution car les réserves étaient vides. Après plusieurs semaines, je dus admettre que trouver un boulot honnête était aussi dur que de ne jamais aller en prison. Pourtant, ma volonté de marcher droit était ma priorité. Je voulais le faire pour le petit et surtout pour ma compagne, qui avait cru en moi. Finalement ses parents m'avaient accepté, avec réticence mais sans me juger. Tout en les respectant, je sentais que ma place n'était pas parmi eux. Maladroitement, j'essayais de vivre comme tout le monde, mais je dois reconnaître que la tasse de café du dimanche après-midi chez les beaux-parents n'était pas ma tasse de thé.

L'argent commençait à manquer et Guylain n'avait toujours pas récupéré un sou. Je n'avais d'autre choix que de retourner dans le monde de la nuit. Ma décision fut prise quand ma compagne m'avoua que ses parents lui avançaient de l'argent. J'aurais tout accepté mais pas ça. C'était mon rôle de subvenir aux besoins du ménage et, quitte à retourner en prison, j'assumerais toujours. À contrecœur, j'ai trouvé une place comme portier dans un club privé situé avenue Louise. Blazer cravate, habillé comme un pingouin, j'ouvrais la porte et tendais la main à des tronches qui se prenaient pour les rois de la nuit. Le pire, c'était les anciennes connaissances. Ils me regardaient, j'étais gêné de tendre la main pour un pourboire. La première semaine, j'ai failli laisser tomber à plusieurs reprises, mais à la maison, deux personnes comptaient sur moi.

Mes responsabilités sont plus importantes que ma fierté, et ma fierté, c'est d'assumer mes responsabilités.

J'allais découvrir une autre face du monde, celle de la débauche, de la perversité et de l'exploitation des tabous.

10

« No future », « No limit »

Les premiers jours, j'avais tellement honte de réclamer un pourboire que les pièces de monnaie suffisaient juste à remplir nos assiettes. Comble de malchance, notre voiture rendit l'âme.

Je n'osais pas regarder ma compagne dans les yeux car, depuis qu'elle me connaissait, elle était passée du statut de bourgeoise à celui de clocharde. J'avais connu le luxe sans limites et maintenant j'allais travailler en mobylette pourrie. Il me fallait une heure pour arriver, et j'ai connu la pluie et la neige en costume.

En quelques mois, j'ai compris le truc, et la demande de pourboire s'est presque transformée en racket. Mario, un portier reconnu dans le monde de la nuit, passait souvent me dire bonsoir. Il était portier au Show Point, le seul cabaret de Bruxelles. Ma réputation de frappeur avait vite fait le tour de la nuit et plusieurs patrons de boîte commençaient à me solliciter.

Un vrai boss de la nuit vint me voir un soir. J.-J., dit Jeannot, m'expliqua qu'il ouvrait une boîte, le Baby Scotch, et qu'il me voulait comme videur.

Le salaire me semblait correct, j'ai accepté son offre. Je passais de la boîte des peigne-culs au club des grosses pointures.

D'abord se faire respecter, priorité absolue dans une rue remplie d'autres établissements. Les autres portiers m'ont accepté sans que j'aie besoin de m'imposer. Il faut reconnaître que les dérouillées que je distribuais devant la porte ont contribué à ma notoriété.

Le Baby devenait une référence de la nuit et un passage obligé pour qui ne voulait pas rentrer seul. Juste à côté se trouvait le Play Night, ouvert pour concurrencer le Show Point, mais qui n'a jamais trouvé ses lettres de noblesse. Deux ou trois fois dans la nuit, j'y faisais ma ronde et, forcément, je passais par le vestiaire des filles. La vue de toutes ces nanas nues ne me choquait plus, le pire était dans la salle.

Je n'ai pas de mots pour vous expliquer à quel point l'homme peut se rabaisser quand il s'agit de sexe. Avocat, ouvrier, notable et même flic... tous se mélangeaient durant la nuit.

Des jeunes tatouent « No future » sur leur front, mais ceux que je voyais ici pouvaient écrire « No limit ». Que ce soit le mec qui marchait à quatre pattes tenu en laisse par sa maîtresse ou celui qui payait pour avoir la petite culotte de la strip-teaseuse pour se branler dans les toilettes, tous payaient pour assouvir leurs perversités.

Le peu d'illusions que j'aurais pu sauver de mon parcours resta ici. Le dégoût allait s'associer à la haine.

Les semaines et les mois passaient, et je m'enfonçais de plus en plus dans ce monde d'illusions et de faux rêves. Le jour n'existait plus et je ne vivais que pour la nuit. Ma compagne me regardait m'enfoncer et me détacher de la réalité. J'avais maintenant toute la rue sous ma coupe, et Mario et moi espérions prendre le contrôle de tout le quartier. Les macs et les filles indépendantes nous payaient un droit de travail et, en contrepartie, on s'occupait de leur sécurité. Même les taxis payaient le droit de prendre nos clients. Je ne buvais toujours pas et, bien que la came tournât autour de moi, je n'y touchais pas.

Un soir comme les autres où Mario m'avait rejoint, deux caves se présentèrent devant la porte. Leur tenue vestimentaire ne correspondait pas aux critères de la maison, donc je leur interdis l'entrée. Vexés par mon refus, ils me menacèrent. Mario leur demanda gentiment d'aller jouer ailleurs. Insultes et manque de patience de ma part ont fait que je les ai allongés tous les deux.

Seulement, voilà... Au bout d'un quart d'heure, Mario et moi, nous nous sommes rendu compte que l'un des deux restait allongé. La peur d'avoir été trop loin m'a envahi. Mario a pris un seau de glace et a tenté de le ranimer. Je ne sais pas pourquoi, mais quelqu'un a fait ses poches. À ce moment-là, j'ai compris que j'étais dans la merde. Le cave étendu sur le sol était un flic de la BSR (Brigade spéciale de recherche). J'avais un cadavre de flic sur les bras.

Mario me regardait comme s'il me disait au revoir.

J'avais trouvé ce que j'étais venu chercher. Ma vengeance. Œil pour œil, dent pour dent, voilà le résultat de vingt-cinq ans de galère. Ma vengeance m'avait rattrapé et dépassé. Mon trophée était à mes pieds et maintenant j'attendais quelque chose. Quoi ? Je n'en savais rien. Alors quoi ?

Je devrais me sentir mieux ou soulagé, puisque j'ai ce dont j'ai rêvé depuis si longtemps. Putain de merde... Il va bien se passer quelque chose ! Je regarde les étoiles comme si mon dû allait arriver. Je ne comprends pas ce qu'il se passe. Il n'y a plus de bruit autour de moi. Je ne vois pas mon rayon de soleil revenir et je comprends que j'ai fait tout cela pour rien. La vengeance qui devait me sauver de mes fantômes n'existe pas. On ne fait pas revenir les êtres absents quand ils sont partis. Je ne me suis pas vengé, je me suis juste perdu.

Soudain, le flic s'est réveillé. Quelqu'un ou quelque chose venait de me donner une leçon, ou une nouvelle chance.

Il ne comprenait pas ce qui venait de se passer, et Mario et moi avons éclaté d'un fou rire de soulagement. Je venais de passer à côté de la perpétuité et on en rigolait. On était des dieux.

J'avais pris un train sans en connaître la destination. Je croyais conduire la locomotive de la nuit, mais ce train à vapeur allait tout droit vers une autre de mes plus grandes souffrances.

Avec une partie de mon argent gagné en travaillant et une enveloppe de ses parents, ma compagne ouvrit un magasin de vêtements pour femmes.

J'étais fier pour elle et, doucement, on changeait de statut. Le jour, j'étais patron de magasin et la nuit, patron de mon délire.

Ne pas se fier aux apparences... J'en étais la preuve vivante.

Guylain me faisait mariner, mais comme les finances remontaient, je ne m'en souciais pas trop. Pourtant, quelques semaines plus tard, un orage s'annonça. Une fois de plus, il me demanda du liquide pour soi-disant racheter quelques caisses. J'étais convaincu qu'il me faisait une enroule, mais, comme au poker, j'ai payé pour voir. J'attendrais quarante-huit heures pour demander à voir les voitures. Désagréable, le doute de la trahison, surtout de la part de ceux que l'on aime.

« L'amitié s'arrête où l'argent commence », adage que je trouve juste aujourd'hui encore, mais qui ne s'est pas fait avoir ?

Je resterai avec le doute toute ma vie et je ne reverrai jamais mon frangin vivant. On le retrouvera dans un champ à cent kilomètres de son domicile, exécuté de cinq balles en pleine tête. Mon délire nocturne m'avait fait oublier ses problèmes, et lui, par fierté, ne m'en avait plus reparlé. En cherchant mes fantômes, je perdais les vivants. Le souvenir de Max, de Vincent et de Gino m'enfonçait encore plus dans le désespoir. Tous ceux que j'aimais étaient morts ou absents.

J'étais le suspect numéro un. Pendant mon interrogatoire et pour ajouter à ma douleur, la BSR s'est fait un plaisir de me montrer des photos de mon ami presque décapité. J'aurais préféré qu'ils me crèvent les yeux. J'ai refusé d'aller à l'enterrement car je n'avais plus le courage de regarder la caisse en bois descendre dans le trou.

Règlement de comptes qui resta impuni puisque je n'avais aucun nom ni aucune piste pour chercher les responsables. C'est peut-être mieux ainsi.

« Ne t'accroche à rien ni à personne, ou un jour tu en souffriras. » Je le savais déjà, mais je n'y avais pas cru.

À vingt-cinq ans, j'avais suffisamment de raisons de baisser les bras ou d'en finir, tout simplement. Mais rester debout demande plus de courage que se coucher. Je n'avais pas oublié les mots de mon Senseï. La vie m'avait appris à accepter les choses telles qu'elles sont et, avec le temps, je devenais insensible aux émotions... Je n'ai pas pleuré pour Guylain et je ne le ferai jamais.

Je n'aurais pas dû reprendre la nuit, mais que faire d'autre ? J'étais persuadé que je ne pouvais faire que ça. Les nuits s'enchaînaient et n'en finissaient pas, je frappais, sans motif, tous ceux qui m'en donnaient l'occasion. Et je me sentais de plus en plus seul. Je n'avais plus envie de rentrer chez moi.

Je finis par quitter le Baby pour une autre boîte appelée le Fashion Club, tenue par deux frères libanais. Je retrouvais des têtes connues et j'appliquais les mêmes règles que j'avais imposées dans les autres établissements : « Pas d'arme dans la boîte. » Tous ceux que je savais calibrés me remettaient leur flingue et le récupéraient à la sortie. Cela supposait une confiance énorme entre nous. En cas de descente de flics, je fermais les portes et donnais l'alerte. Les pourboires étaient gigantesques et je me souviens d'une nuit où j'ai pris cent mille francs en six heures de boulot. Mario venait toujours régulièrement me dire bonjour et c'étaient mes moments préférés. Nos fous rires étaient somptueux et, grâce à lui, j'oubliais le reste. Je me souviens d'un soir où un fou l'a agressé avec une paire de ciseaux et a coupé son blazer sans, heureusement, le blesser. Mario l'a explosé et l'ambulance a servi de taxi à l'inconscient.

Notre salaire était à la hauteur des risques de notre métier. Mais valait-il une vie ?

Mon parcours de la nuit touchait à sa fin. Un événement allait précipiter mon départ.

Les samedis étaient les jours les plus lucratifs, mais aussi les plus longs. L'affluence massive nous maintenait sur le qui-vive constamment.

Vers trois heures du matin, un couple assez jeune se présenta à l'entrée. Malheureusement, l'homme portait des baskets, interdites dans l'établissement. Avec gentillesse, je lui ai fait comprendre que je ne pouvais le laisser entrer. Comme il était accompagné de sa femme, il était résolu à me faire fléchir. Seulement, un portier est là pour trier et sélectionner, pas pour discuter. Au bout d'un moment et après beaucoup d'insistance, il a compris que je ne changerais pas d'avis. Furieux et vexé, il a tourné les talons et m'a dit : « Va te faire enculer ! » J'ai entendu mais n'ai pas réagi, car les gens entraient et sortaient en masse... Soudain, quelqu'un a crié et j'ai vu l'homme avec un couteau de chasse. Il venait de m'érafler.

J'ai frappé par peur, pas pour le calmer ou le blesser, mais pour le tuer ! Je me suis acharné, il allait payer pour tout. Les gens me suppliaient d'arrêter car je prenais sa tête pour un ballon de foot. Je ne réfléchissais plus, j'étais quelqu'un d'autre.

Il ne bougeait plus, mais je frappais encore et encore. À trois heures et quinze minutes de ce samedi comme les autres, j'ai basculé dans la folie meurtrière. Soudain, les gens n'ont plus crié et le silence a amplifié le bruit de mes coups. Je voulais que sa tête éclate comme celle de Guylain, je voulais qu'il crève de douleur comme Max, je voulais qu'il emporte dans sa mort toute la peine que j'avais en moi et que je n'arrivais pas à exorciser. Je voulais simplement pleurer. Je n'y suis pas parvenu.

La vue du sang sur le mur m'a fait revenir à la réalité. J'étais exténué et ma tête tournait, je me tenais contre le mur et je ne comprenais pas pourquoi tous ces gens me regardaient, je ne savais pas ce que je faisais là.

La voix de Mario résonnait dans ma tête quand j'ai réalisé que j'étais à deux cents mètres de ma porte. Je marchais en titubant et ne me souvenais de rien. Je ne sais plus combien de temps nous sommes restés assis sur ce bord de trottoir, mais je me souviens des sirènes qui hurlaient en se rapprochant de nous. Plus de trente fractures, voilà ce que j'avais fait. Mais il n'était pas mort. Le couteau resté sur place convainquit la justice qu'il s'agissait de légitime défense.

Je connaissais les coups pour tuer rapidement, et pourtant, j'avais pris mon temps. Que s'était-il passé dans ma tête pour que je joue avec lui comme un chat le ferait avec une pelote de laine ? Je n'avais fait que me défendre. Et si lui m'avait tué le premier ? Pour une paire de baskets, deux vies auraient pu s'arrêter.

Dans la chronique des faits divers, on aurait pu lire deux versions différentes des événements : « Un portier se fait tuer par un client, c'était un homme sans problème, qui avait l'amour de son métier et qui, pour protéger les clients, a préféré donner sa vie. » « Un portier tue un client pour une paire de baskets. Cet ancien truand bien connu de la justice a tué froidement un jeune homme qui ne demandait qu'à vivre. »

Dans les deux cas, je ne trouve aucune vérité. Une fois de plus, on m'aurait jugé sans me connaître, imbécillité de notre société qui se satisfait de deux lignes pour vous condamner ou vous vénérer. Dois-je croire que l'on peut tout faire et qu'il suffit d'aider une vieille dame à traverser la rue pour devenir quelqu'un de bien ? Ce n'est pas cela que m'a appris mon Senseï. Mon règne nocturne s'acheva sur ce bord de trottoir.

Salut à toi, Mario ! Que mon amitié te protège.

Ma compagne n'a jamais su ce que représentait ma veste de kimono et je ne lui ai jamais parlé de tout cela. J'ai essayé de la protéger et de lui faire vivre un semblant de vie normale.

Je vivais avec elle, mais nos rapports étaient plus ceux d'un frère et d'une sœur que ceux d'un couple. Le gamin était fantastique et je crois avoir été un bon père. Je lui ai donné une éducation dure mais très complice. Comme je ne travaillais plus, les finances dégringolaient à nouveau. J'avais définitivement fait une croix sur la nuit et toute sa merde, et j'étais convaincu qu'il devait y avoir une autre solution. Les factures s'accumulaient plus vite que l'argent ne rentrait, et on espérait la période de fin d'année pour remonter la pente. Le magasin nous faisait vivre, mais cela ne dura qu'un temps. À force de prendre la caisse pour une tirelire, on achetait moins de marchandise et, forcément, le chiffre d'affaires plongeait. Je ne voulais pas admettre la situation et j'étais persuadé que mon honnêteté finirait par payer.

Pour m'éviter de replonger, et parce qu'elle croyait en moi, ma compagne demanda un coup de main financier à ses parents. J'étais contre, mais avais-je le choix ? Mon amour-propre avait du mal à l'admettre et je repensais à faire des enroules. Il fallait que je tienne bon. Je finirais par trouver une solution. Elle se présenta sous la forme de Bruno le Gitan, jeune braqueur fraîchement évadé du placard.

Il avait connu Guylain et, pendant sa détention, était resté en contact avec lui par courrier. J'étais très étonné que Guylain ne m'en ait jamais parlé et donc je restais prudent. Mon premier contact avec Bruno fut des plus froids car il débarqua dans le magasin comme un fanfaron qui allait faire le braquage du siècle. Il ne savait rien de moi, et l'écouter raconter ses exploits de voyou me fit sourire.

La femme de Guylain l'hébergeait provisoirement, le temps qu'il trouve des papiers d'identité et, bien sûr, c'est à moi que l'on avait pensé. Cela faisait presque deux ans que je n'avais plus de contact régulier avec la famille, et je me voyais mal débarquer pour demander un faux passeport. Avec sagesse, j'ai donc refusé de me mêler de son problème. Je ne voulais plus toucher à quoi que ce soit qui risquerait de m'envoyer au placard, encore moins pour un inconnu et d'autant plus que le gamin n'aurait pas compris mon absence et je ne voulais pas qu'il découvre le plaisir de la file d'attente pour le parloir. J'avais su le protéger jusqu'à maintenant, et le regarder grandir était un vrai bonheur. J'avais rêvé souvent de son premier jour d'école, où je l'accompagnerais avec la fierté d'un père. C'était la seule faveur que j'avais demandée à la vie. Mais elle ne tiendra pas compte de ma demande, et avec son je-m'en-foutisme habituel, elle me mettra face à un choix qui me ramènera à la case départ.

L'argent avancé par les parents de ma compagne nous offrait un gros ballon d'oxygène mais, malheureusement, il fut bouffé par les factures en retard. On n'avait pas d'autre choix, c'était ça ou la fermeture du magasin. J'étais démuni face à son désespoir et je me sentais coupable. Les mots que j'aurais pu dire n'auraient rien changé, et je me souviendrai toute ma vie du regard qu'elle a eu ce jour-là. Elle devenait aussi dure que moi.

Je l'ai prise dans mes bras, et moi seul savais que je lui disais adieu.

Le code d'honneur du samouraï dit : « Donne ta vie pour ton empereur et ta famille. »

Tout en étant contre le choix que je venais de faire, j'irais jusqu'au bout de mon code d'honneur sans regrets, sauf peut-être celui de ne pas être mort plus tôt. Je pouvais racheter mes fautes et lui donner une vie meilleure, une vie à laquelle elle avait droit. J'en avais le pouvoir.

Il me fallait vingt-quatre heures pour tout mettre en place.

Comme associé, je vais prendre Bruno, on verra bien si, avec tout son bla-bla, il a vraiment des couilles en acier. Première chose à faire, prendre contact avec la famille. Il me faut des voitures, des calibres et tout le matériel pour un gros braquage. Mais cette fois, je ne veux pas en sortir vivant. Mon choix est fait et rien ne pourra m'en dissuader. Je ne veux blesser ni tuer qui que ce soit, je vais enfin rejoindre Max et Guylain.

La famille a reçu mon message et m'attend à l'endroit habituel. Ils me proposent un coup de main, mais quand je leur explique mon idée, ils essaient de me faire changer d'avis. Une phrase sort de ma bouche : « Je veux revoir Max. »

Par respect, ils me fourniront tout ce que je demande.

Nos adieux sont pleins d'une émotion bien dissimulée et, au moment de partir, le garçon à qui j'avais donné une leçon en jouant pour la première fois à la roulette russe s'approche de moi et me dit : « Tu as tout mon respect... et mon amitié. » Un peu tard pour s'excuser. Je lui réponds : « Je ne pardonne jamais. » Il n'a qu'à s'en prendre à lui-même.

C'est la dernière fois que je les verrai, certains mourront abattus, d'autres terminent leur vie dans des prisons étrangères. À ce jour, je ne connais aucun voyou qui soit mort riche et dans son lit. Sauf, peut-être, les cols blancs.

Bruno était à l'heure au rendez-vous, il semblait moins à l'aise en écoutant mes projets. Il est vrai que je mettais la barre très haut, mais avec tout ce qu'il m'avait raconté, cela n'aurait pas dû l'impressionner. Tout devait être terminé en quarante-huit heures.

Alors que nous étions à la recherche d'un troisième homme qui nous servirait de chauffeur, nous avons abouti dans une taverne du haut de la ville pour y rencontrer un candidat. C'était une petite frappe sans envergure. J'ai donc refusé de le prendre avec nous. Pendant notre conversation, un homme au bar n'arrêtait pas de nous dévisager. Soudain, Bruno s'est levé et a collé son calibre sur la tête du mec : « Qu'est-ce que t'as à nous mater comme ça ? » J'ai juste eu le temps de repousser sa main. Bruno était incontrôlable, donc très dangereux. Excellente chose pour l'objectif que je m'étais fixé. Il serait le détonateur pour mon final.

Pour mettre toutes les chances de réussite de mon côté, j'avais choisi une bijouterie juste en face d'un bureau de police. Que ce soit une banque, une poste ou un fourgon blindé, mon choix aurait été le même. Je voulais les flics en face de moi. J'allais braquer pour l'argent, mais surtout pour la confrontation. En aucun cas je ne voulais que quelqu'un soit blessé et surtout pas le bijoutier. J'ai répété plusieurs fois à Bruno que tout devait se faire proprement, mais ce qu'il ne savait pas et ne saurait jamais... c'est que nos armes seraient vides !

Voilà ce que j'avais choisi comme pirouette pour tirer ma révérence. L'argent du braquage sauverait ma compagne, et moi, je ne retournerais jamais en prison. Le bijoutier était assuré, donc tout le monde y trouverait son compte.

Dix-neuf heures. Les voitures sont en place. La bijouterie s'apprête à fermer. Je regarde Bruno et je lui souris. Il ne se doute de rien, et encore moins que ma vie va s'arrêter ici, sur ce trottoir. Allez, c'est parti.

On sort de la voiture, les gens nous regardent et comprennent tout de suite. J'entre le premier dans la bijouterie et Bruno me suit de près, une cliente et trois personnes sont présentes. Je braque tout le monde sans crier et ils coopèrent instantanément. Les vitrines sont restées ouvertes et on se sert comme dans une grande surface. Pour une raison que je ne saurai jamais, Bruno envoie un coup de crosse sur la tête du bijoutier. J'ai envie de le massacrer mais j'ai trop besoin de lui. L'alarme du magasin hurle depuis quelques minutes et toujours aucun flic à l'horizon. Putain, ils sont juste en face. Le sac de sport est rempli et toutes les vitrines sont vides. « O.K., on se casse ! » En sortant du magasin, je marque un temps d'arrêt. Ni flic ni gendarme, encore moins de sirène, à part celle du magasin. Pourquoi ne viennent-ils pas ?

« La vie me refuse aussi le droit de mourir debout. Si quelqu'un ou quelque chose écoute, je vous en prie, ayez pitié et acceptez ma requête. Mettez un terme à tout cela et laissez-moi rejoindre Max. » Je ne me suicide pas, je donne simplement ma vie pour en sauver deux autres et je préfère crever ici que de retourner au placard. Ma compagne pourra refaire sa vie avec quelqu'un de bien au lieu de faire la queue pour la visite.

On démarre en trombe, Bruno a un fou rire et moi je ne comprends pas ce que je fais là. Quatre cents mètres plus loin se trouve une des voitures relais, et toujours pas un flic à l'horizon. Maintenant, on est loin et en sécurité. Arrivés dans notre planque, on vide le sac sur la table et, à ce moment-là seulement, on se rend compte de la tirelire qu'on a ramassée. Ce n'est pas du cash mais, à la refourgue, il y en a pour dix millions. Première chose à faire, séparer les pierres des montures et jeter tout ce qui est en argent dans le canal.

J'ai réussi mieux que je ne l'espérais. Ma compagne et le petit n'auront plus de problèmes d'argent, et moi je suis toujours vivant. Il ne me reste qu'à mettre les pendules à l'heure avec cet enculé de Bruno qui a frappé pour rien. D'abord, faire ce qui était prévu, contacter le fourgue pour négocier la marchandise. Moi, comme si de rien n'était, je retourne au magasin. En me voyant, ma compagne a compris et me prend dans ses bras. Je crois d'abord qu'elle est contente mais, très vite, je comprends qu'elle a plus de regret que de joie. Une fois de plus, j'ai tout faux. C'était ma solution, pas la sienne.

Je contacte qui de droit pour les rassurer et pour prévenir de l'envoi du colis. Les heures qui suivent sont interminables, je prends de plus en plus conscience de mes actes, mais je ne les regrette pas. Ma vie vaut moins que celle de ceux que je protège, même si cela n'excuse pas mes choix.

La société n'a plus de responsabilité dans mes décisions, pourtant elle ne récolte que ce qu'elle a semé.

Je n'ai pas agi avec honneur mais seulement avec fierté, voilà toute la différence. Je crois que je deviens un homme, mais en fait, je ne suis devenu que l'opposé de moi-même : un gangster.

Je viens de cracher sur tout ce que mon Senseï m'a enseigné. Le monde que je croyais dominer a déteint sur moi. Les responsables de mes débuts ont gagné une seconde fois car je viens de leur donner raison. Il ne pouvait rien m'arriver de pire.

Trop tard et trop facile d'avoir des remords, il fallait y penser avant.

Cela fait plus de douze heures que je n'ai pas de nouvelles de Bruno, mais là où il est, je n'ai aucune crainte à avoir. Seulement voilà, qui de droit me prévient que le colis n'est toujours pas arrivé...

« Fils de p... », il essaie de me faire marron ! Ça

ne sert à rien de chercher, il peut être n'importe où. Je contacte tous les fourgues que je connais, et toujours la même réponse : que dalle. Il est inscrit aux abonnés absents.

Je veux le tuer, doucement, je veux le martyriser et le faire souffrir. Je veux tuer toute sa famille, son chien, et raser la maison où il a grandi.

Je suis aussi calme qu'une statue de marbre et, dans mon cas, cela veut dire que plus rien ne va m'arrêter.

Fin d'après-midi, je quitte le magasin. J'embrasse ma compagne pour la dernière fois. Je vais ouvrir la porte qui donne sur la rue et la refermer sur ma vie de voyou.

Je n'ai pas le temps de comprendre. Les chasseurs ont repéré leur gibier, je suis le trophée de chasse tant convoité. Ils sont tous là, impossible de les voir, cachés sur les toits, dans les magasins. Le quartier est bouclé à cent mètres à la ronde, ils sont à l'affût et attendent le bon moment. Je suis maintenant sur le trottoir, un couple vient face à moi et un homme seul traverse la rue. Leur stratégie est parfaite car je me retrouve couché sur le sol avec le canon d'une arme sur la nuque. Tout est allé très vite. Leur synchronisation est parfaite, ils sont sortis de partout en même temps. Je compte quatre voitures banalisées de la BSR et plusieurs véhicules que je ne reconnais pas. Il y a au moins vingt personnes qui s'agitent, plus des hommes de la brigade spéciale. J'ai envie de leur dire qu'ils ont seize heures de retard, mais on vient de me mettre un sac sur la tête.

Il m'aura fallu cinq ans pour en arriver là. Cinq

années pour être soupçonné de meurtre, de braquage, de règlement de comptes, et tout le reste. Au total, cinquante-deux raisons de me mettre à l'ombre à vie. Je fais partie du grand banditisme, mais ce n'est pas le final que j'espérais. Putain d'enculé de Bruno...

Comme un bon salarié, je viens de recevoir mes congés payés et j'en ai rien à foutre. Je connais bien l'endroit où ils m'emmènent, alors pourquoi aurais-je des craintes ? Qu'est-ce que je vais prendre ? Dix, quinze, vingt ans ? De toute façon, j'ai déjà tout perdu, alors...

Maintenant, on fait attention à moi, on envoie un escadron entier pour m'arrêter. Mais quand les surveillants prenaient nos culs de gosses pour des poupées gonflables, je ne me souviens pas avoir vu quelqu'un bouger le petit doigt. Personne ne m'a jamais demandé pendant que j'étais là-bas si tout allait bien. Il faudrait penser à créer un service d'inspection scolaire. Suis-je bête, cela existe déjà.

Je croyais devenir le comte de Monte-Cristo. Je n'étais que le comte de mes conneries. Je n'ai même plus de nom, je deviens un numéro dans le système judiciaire et pénitentiaire.

À quelques jours de Noël, je vais définitivement tourner la page et arrêter de croire que je peux me rembourser de tout. Ma vengeance ne m'a apporté que punition et déchéance, pas de solution. Je ne suis pas l'exécuteur de ma vengeance mais celui qui la subit. Je vais avoir des années pour y réfléchir.

J'ai cru tout le monde coupable et j'admets seulement à vingt-cinq ans que j'ai puni par mes choix des gens qui peut-être ne me voulaient que du bien. Je n'ai pas assez de cran pour leur demander pardon. J'ai des états d'âme non pas parce que je retourne en prison, mais parce que je pense au gamin qui se réveillera un matin en attendant que je l'accompagne pour son premier jour d'école. Je lui avais donné ma parole d'honneur. Le seul rendez-vous que je ne pouvais et ne devais pas manquer, je l'ai raté. Mon envie de vengeance fait de lui un gosse sans père comme je l'ai été, et j'en suis seul coupable. Je commence à prendre peur. Peut-être que dans quelques années, il voudra se venger de ce qui m'est arrivé et deviendra un voyou. On l'enfermera alors, dans un beau domaine avec une allée bordée d'arbres. Je tenais une vie dans la main et je l'ai laissée tomber en voulant trop bien faire.

La lune s'est levée pour la seconde fois, et mon interrogatoire n'est pas près de s'arrêter.

« D'où viennent les armes ? Qui a fourni les voitures ? À qui doit-on fourguer la marchandise ? Qui sont tes complices ? » Des questions que je connais déjà par cœur, puisque ce n'est pas la première fois qu'on me les pose. Apparemment, toujours pas de nouvelles de Bruno.

Les poulets n'ont contre moi que des on-dit, je continue à nier et je les énerve de plus en plus. Pour la vingt-cinquième fois, ils reviennent me chercher au cachot. Ils ont l'air très sûrs d'eux, comme s'ils savaient quelque chose que j'ignore. Arrivé dans leur bureau, je comprends.

Ma compagne est là, en pleurs. Elle a cédé au classique : « Raconte ou tu vas en prison et ton fils sera placé en famille d'accueil. » Tout est couché sur un papier que le flic qui me travaille depuis des lunes brandit du bout des doigts. Il a le sourire victorieux d'un combat mal commencé pour moi. Je n'en veux pas à ma compagne car, pour les protéger, elle et le petit, je lui avais fait promettre de le faire, au cas où.

Je ne nie plus l'évidence, mais je reste muet sur les noms. Ils me montrent des photos qui datent de ma vie nocturne. Putain, je découvre qu'ils me surveillent depuis plus d'un an. Des photos ne prouvent rien et je le sais. Je continue à nier, mais ils ne s'énervent plus. J'attends le coup du gentil et du méchant flic, mais ils ont compris que cela ne sert plus à rien. Pour me déstabiliser, ils me parlent de dossier. Je tombe des nues. Dans les tueurs du Brabant wallon, on recherche un géant et, comme je mesure un mètre quatre-vingt-dix pour cent kilos, on me pose des questions. Maintenant, c'est moi qui m'énerve. Je ne veux pas devenir le conteneur de service pour les dossiers non résolus. J'assume ce que j'ai fait, un point c'est tout.

On me présente devant le juge d'instruction Véronique Paulus de Châtelet. Elle est correcte et signe mon billet d'écrou sans trop de questions. Mon dossier vient de passer à l'instruction. Elle ne saura jamais que la signature sur ma déposition n'est pas la mienne. Elle me condamne pour mes actes, pas pour leurs raisons. Comment pourrait-elle savoir ? De toute façon, ce n'est pas son rôle, elle ne fait que partie d'une chaîne que l'on appelle la justice.

Mon statut de gros braqueur renforce ma notoriété en prison. J'embarque dans ce paquebot de solitude avec un ticket de première classe. Quand la porte se referme derrière moi, je suis presque soulagé. Je sais que je ne dois pas compter les jours, mais les années. Autre avantage de la détention, les grosses peines ont la certitude de n'avoir plus rien à perdre. Tuer en prison coûte six mois de plus, pour autant qu'il y ait procès.

Contrairement à ce que l'on croit, les grosses peines sont les plus calmes en prison. Les matons le savent et certains nous respectent. Ils préfèrent ne pas être nos ennemis car, en cas de problème, une émeute par exemple, ils sont protégés.

Je sors de quatre jours de ce que l'on appelle la mise au secret. Système inventé pour éviter de communiquer avec l'extérieur, mais le bouche-à-oreille m'a dit tout ce que je voulais savoir. Pendant cette mise au secret de Polichinelle, on a retrouvé Bruno. Assis sur un banc, exécuté d'une balle dans la nuque, le calibre et les bijoux à côté de lui. La prison me donne un alibi en béton. Que s'est-il passé ? On ne le saura jamais. Je n'ai pas de peine, il a joué, il a perdu. Sa mort va accélérer mon dossier judiciaire et je serai renvoyé plus vite devant le tribunal.

Pendant des semaines, je voyage entre la prison et les bureaux de la P.J. Parfois, je reste des jours entiers dans le cachot et le soir, on me ramène au placard sans m'avoir auditionné. Un jour, alors qu'une fois de plus on m'a extrait du placard, je rentre dans l'un des cachots de la P.J. Je ne vois pas la masse inerte recroquevillée dans un coin. Je m'énerve, comme d'habitude, contre les gendarmes en les insultant car je dois pisser. Je mets des coups de latte dans la lourde quand deux gendarmes apparaissent. Ils viennent pour la baston. D'accord. Je recule pour avoir une plus grande liberté de mouvement quand je trébuche sur le bazar qui traîne. Merde, c'est un homme ! Ou plutôt, une épave ! Putain ! ils m'ont mis avec un clochard. Les gendarmes ouvrent la porte et me regardent. Ils n'ont pas envie de se battre. Je vais pisser avec désinvolture et les nargue du regard. Si je les frappe, qu'est-ce que je risque ? D'aller en prison ? Laissez-moi rire. Je réintègre mon domicile temporaire sans histoire, mais avec toujours autant de désinvolture.

Au moment où je rentre dans le cachot, le clochard me regarde. La peur dans son regard me touche énormément. Pourquoi croit-il que je pourrais lui faire du mal ? Dans son état, il ne mérite pas de rajouter la peur à sa situation. Merde... Je redeviens sensible. Je m'approche de lui et, par réflexe, il protège sa tête.

« Bonjour, m'sieur.

— Pourquoi vous êtes là ? »

Il est tétanisé et, avec la voix de quelqu'un qui va mourir, me dit : « Je m'appelle Georges. » Sa détresse me casse en mille morceaux, j'ai envie de prendre les gendarmes en otage pour qu'on le libère. Sa place n'est pas ici. Empaffée de justice... ils ne respectent rien !

Quelque chose se passe entre le clochard et le voyou, mais qui peut l'expliquer ? Il a au moins soixante ans et un visage marqué par la fatigue. Depuis combien de temps est-il là ? Il m'explique qu'il a peur d'aller en prison et je comprends qu'il préfère mourir. Je ne sais pas s'il a de la famille ou des amis, mais je lui donne des noms de personnes à contacter de ma part en prison. Je ne peux rien faire de plus, car la porte du cachot vient de s'ouvrir. Les gendarmes viennent le chercher et le traitent comme une merde, j'ai l'impression de perdre un ami alors que je le connais si peu.

Il ne faut pas que je me tracasse, car il y a de grandes chances qu'avant le lever du jour il se soit pendu, sauf s'il utilise les noms que je lui ai donnés. Alors, il a une chance.

Ce vieux monsieur resta plusieurs jours dans ma tête, juste le temps d'apprendre qu'il allait bien et qu'il avait suivi mes conseils.

Les semaines passent et les habitudes s'installent. Chaque jour ressemble au précédent et on finit par perdre toute notion de temps. Le bruit des clés nous indique les mouvements dans la prison et le calme annonce le changement de matons. Moment propice pour le bizness. Un maton sympa me garde tous les journaux et me les refile en douce. Moment d'évasion vers l'extérieur que je ne raterais à aucun prix.

Installé à la table fixée contre le mur, j'ouvre la gazette du jour. Un gros titre attire mon attention :

« Le roi de l'aviation privée a été libéré aujourd'hui. » La photo qui accompagne l'article me met sur le cul. Le clochard du cachot est en fait un propriétaire d'aérodrome et d'une flotte d'avions !

Acquitté, après avoir été injustement dénoncé par une employée licenciée, mon clochard a retrouvé la liberté après un mois de détention. J'étais content qu'il soit en vie et, sans arrière-pensée, je lui fis parvenir un petit mot. J'étais convaincu que son statut social lui interdirait de me répondre. De toute façon, je n'attendais rien de lui. Deux jours plus tard, il venait à la visite. Personnage humble et fragile, Georges me parla comme si les différences entre nous n'existaient pas.

Sa gentillesse était déroutante et me mettait mal à l'aise. À aucun moment il n'a demandé pourquoi j'étais là, et notre conversation, bien que limitée, arrêta le temps. Jamais il n'a voulu savoir pourquoi je l'avais aidé, mais sa façon de me dire au revoir ce jour-là fut comme un merci d'être en vie.

Il venait me voir une fois par semaine et, un jour, son épouse a pris la relève. Chabichou, diminutif réservé aux intimes, est la mère que tout enfant devrait avoir. Dans l'ombre d'un géant, elle était la douceur personnifiée. Femme sans méchanceté, elle avait le pouvoir de pardonner ou d'excuser les erreurs des autres.

Au début, leur gentillesse me faisait plus de mal que de bien. Personne ne caresse un chien qui mord. Mais on s'habitue plus vite à la gentillesse qu'à la méchanceté.

Les mois défilaient et j'étais comme une vache dans un champ, qui regarde passer les trains.

Les regrets nous pourrissent de l'intérieur, car ils sont des vérités que l'on ne peut renier, même si certains ont la faculté de se mentir pour y échapper. Ils ne sont que la preuve de notre incompétence.

La pièce de théâtre dans laquelle je joue depuis vingt-cinq ans vient de baisser le rideau sur le deuxième acte. L'enfance à la Charles Dickens et la folie à la William Shakespeare vont passer la main aux *Misérables* de Victor Hugo. Pour le troisième acte et le final, il sera le scénariste et moi, une fois de plus, l'exécutant. Je n'ai pas droit à un entracte, car, même dans les coulisses, la pièce continue.

Je croyais, enfin, avoir payé le droit au bonheur comme chacun l'espère, mais, comme l'a dit mon Senseï : « Les épreuves de la vie sont les examens de la connaissance de soi. »

TROISIÈME MARCHE

JE DEVIENS ENFIN CE QUE JE SUIS

11

Dans le bureau d'un flic qui s'occupe de ÇA

Cela fait maintenant des mois que la P.J. me laisse tranquille.

Les jours qui passaient faisaient de nous des qualifiés en fainéantise, et, pour tuer le temps, je m'amusais à deviner qui serait mort le lendemain. Entre le suicide, l'overdose et les règlements de comptes, la Grande Faucheuse recrutait au hasard parmi les faibles.

La came avait pris le pouvoir, et je ne compte plus le nombre de voyous qui sont devenus toxicomanes en prison. J'ai connu le temps où l'on se battait pour un fruit ou un œuf frais mais aujourd'hui, on tue pour un gramme de poudre, souvent mélangée avec du plâtre gratté sur les murs. La corruption est devenue vitale en prison et elle est facilitée par les salaires médiocres des gardiens. Généraliser serait insulter la grosse majorité de matons corrects qui subissent aussi une hiérarchie souvent dépassée par un système archaïque.

Bien connaître les règles est une nécessité pour rester en vie, et malheur aux insoumis, car personne n'est assez fort pour s'en sortir intact. J'en sais quelque chose.

Je ne vous parlerai pas du cachot, car d'autres l'ont fait avant moi et, de toute façon, vous ne voudriez pas le croire. Mais pour vous permettre de juger, je vous dirai simplement que je préfère de loin l'école du cul défoncé.

Mon bavard, toujours le même depuis mes débuts, commence à me prendre la tête. Il me parle souvent d'un magot que j'aurais planqué et me fait comprendre que je peux lui faire confiance. J'ai beau lui expliquer que rien n'existe, il insiste. Il est ma boîte aux lettres avec l'extérieur, j'ai donc besoin de lui. Avocat pourri jusqu'à l'os, il me proposera de braquer, à ma sortie, un lieu connu où il vient d'être nommé administrateur. Il y en a pour des centaines de millions en bijoux et objets divers. Il me fournirait les plans et les horaires des gardiens. Enfant de salope. Il me fait comprendre que si on est associés, il a un truc pour que je sois condamné au minimum...

Il revient régulièrement à la charge. Je lui dis que je dois y réfléchir. Il faut que je le tire en longueur jusqu'au procès. Après, je pourrai l'envoyer chier. Tel est pris qui croyait prendre.

Sept heures du matin, le maton ouvre ma porte et me dit : « Palais », ce qui veut dire que je dois remettre mes vêtements civils et me tenir prêt au transfert. Que me veulent-ils ? Appréhension classique d'une instruction judiciaire. Ont-ils de nouveaux éléments contre moi ? Quelqu'un a-t-il balancé ? Bien que je n'aie plus rien à perdre, le stress de l'inconnu me donne des crampes au ventre.

Me revoilà dans les cachots de la P.J. Cette fois-ci, je n'attends qu'un quart d'heure pour voir arriver deux inspecteurs. Merde, s'ils viennent si vite, ça ne sent pas bon ! En prenant l'ascenseur, tout me passe par la tête. Et puis merde, on verra bien !

Je retrouve un bureau que je commence à connaître par cœur, et mes Starsky et Hutch de service sont présents. Le sourire qu'ils affichent est rempli de fierté, comme s'ils avaient résolu l'affaire du siècle. Il faut que je la joue comme au poker, de toute façon, ce sont eux qui distribuent les cartes.

En croisant les bras, celui qui semble le plus intelligent des deux me dit : « Quelqu'un t'a reconnu sur photo, il était présent pendant un règlement de comptes dans un établissement le soir du... »

Maintenant je suis fixé, je suis là pour faire l'épouvantail devant un miroir sans tain. Je ne me rappelle pas avoir été présent pour ce règlement de comptes, et donc cette mascarade ne me fait pas peur. Seulement voilà... Je suis reconnu formellement ! J'ai beau réfléchir, tout cela ne me dit absolument rien. Dans le doute, je ne sais quoi répondre. Soudain, je redemande la date des faits. J'ai envie de sourire mais, comme au poker, je reste de marbre. Ils ne savent pas que ce jour-là j'étais en prison ! Je vais attendre un peu, juste de quoi me marrer et me foutre de leur gueule. Ils sont tellement sûrs d'eux qu'ils s'énervent.

Un troisième inspecteur entre en trombe dans le bureau, les appelle. C'est la cohue générale. Je comprends qu'ils partent pour un flag. Dans leur départ précipité, ils ne prennent pas le temps de me redescendre au cachot et ils m'installent dans un bureau voisin. Le flic à qui on vient de m'imposer mesure à tout casser un mètre soixante et pèse dans les quarante kilos. Il a une tête de gosse et est sapé comme s'il partait pour un Paris-Dakar. Pierre-Bernard Velge, inspecteur à la Brigade des mineurs.

Les murs sont tapissés de photos de vacances et, sur son bureau, les dossiers s'entassent comme pour reproduire une pyramide.

Je me demande vraiment ce que je fous là. J'ai l'impression d'être dans un jardin d'enfants. Je me sens presque humilié car mon statut me donne droit au respect et au jeu du chat et de la souris. Je suis loin de me douter que dans quelques instants les démons de mon enfance vont réapparaître et me briser une nouvelle fois !

Le flic me dit bonjour, comme si j'étais quelqu'un de normal. Flic de merde... J'en ai rien à foutre de ton bonjour ! On ne lui a sûrement pas dit qui j'étais. Les minutes passent sans un mot, et je ne veux pas lui dire que mes menottes me serrent tellement que mes mains deviennent bleues. Il semble m'ignorer, mais je sais qu'il m'observe.

Le silence est interrompu par la sonnerie du téléphone. Je devine qu'il parle à l'un de ses enfants et je me dis que, malgré son métier, c'est un bon père car la façon qu'il a de lui parler prouve que son môme a de la chance de l'avoir comme papa. Finalement, je me suis peut-être trompé. Il a l'air différent.

Surtout ne pas oublier que c'est un poulet donc, forcément, mon ennemi ! Les minutes continuent à défiler et, pour passer le temps, j'essaie de voler des infos du coin de l'œil dans les dossiers entrouverts qui traînent devant moi. On ne sait jamais, avec de la chance, je connais peut-être la personne concernée.

Soudain, il se lève. Il vient vers moi et m'enlève ces putains de menottes. Quel con. Automatiquement, je réfléchis à une tactique pour cavaler. Avec son gabarit, je pourrais l'accrocher au portemanteau. Pourtant, son geste me dérange. Dois-je comprendre qu'il me fait confiance, ou alors tout cela n'est-il qu'un bateau pour me piéger ? Pourquoi un flic me ferait-il confiance ? Je pourrais le casser en mille morceaux et il le sait, pourtant il entre dans la cage aux lions.

Voyou ou pas, je ne trahis jamais la confiance que l'on m'octroie, même si elle vient d'un flic. Avant tout, je suis un homme d'honneur et, par mon geste, je peux lui prouver que, même chez les voyous, il y a des gens bien. De toute façon, cela ne m'engage à rien et cela ne m'oblige pas à lui parler. C'est hors de question.

Je veux savoir jusqu'où il peut aller, et un jeu dangereux pour lui va naître entre nous deux. Je lui dis : « Je dois pisser. » Il me regarde et me répond : « En sortant, c'est la porte de gauche. » Je me lève car je ne comprends pas ce qu'il vient de me dire.

« Tu me laisses y aller tout seul ?

— Oui, si j'ai ta parole que tu reviens ! »

Je suis sur mon cul.

Je ne peux donner ma parole à un flic, c'est contraire à tous les principes des mondes qui nous séparent. Pourtant, il y a quelques instants, en m'enlevant les menottes, il m'a fait confiance sans contrepartie. L'illogique de la situation crée un doute dans ma culture de voyou car je ne maîtrise pas la situation. Il est flic et moi voyou, nous sommes donc deux opposés, mais il est vrai que pour marcher il faut un pied gauche et un pied droit. La logique de mon Senseï reprend le dessus et, après un moment d'hésitation, je lui dis : « Ça roule... Tu as ma parole. » Je sais qu'à la dernière seconde il va me dire qu'il blaguait.

J'ai ouvert la porte, je suis allé pisser et je suis revenu. Il n'y avait personne dans les couloirs et la tentation fut grande, mais j'avais donné ma parole. Au lieu de me filer des claques dans la gueule, comme le veut le protocole judiciaire, il ne m'a distribué que sa confiance. Attitude déroutante de la part d'un flic. Peut-être dois-je lui laisser une chance.

Je me rassois sur ma chaise et il ne me remet pas les menottes. Ça me dérange qu'il me fasse confiance, j'ai l'impression de lui devoir quelque chose ! Soudain, je le regarde ouvrir un dossier. Malgré la distance d'un bureau qui nous sépare, mes yeux viennent d'entr'apercevoir une photo qui me ramène dix-huit ans en arrière. J'essaie de me convaincre que je me suis trompé mais, au fond de moi, je sais ce que j'ai vu. Je n'ose pas demander qu'il me montre cette photo, j'ai peur de voir... et de comprendre. Le fantôme de Max vient de traverser la pièce et une odeur de vomi flotte autour de nous. Le flic ne se doute de rien, il ne sait pas que son bureau vient de se transformer en dortoir.

J'ai peur que le surveillant ouvre la porte et me choisisse pour s'offrir quelques heures de pédophilie appliquée. J'ai envie de gueuler, mais il est trop tard, de toute façon, qui va m'aider ? Tous se cachent sous leur couverture et aucun n'ose regarder. Où es-tu, Max ? Je ne te vois plus... Tu m'avais promis de tous les tuer, alors pourquoi sont-ils encore là ? Ne me laisse pas tomber, j'ai besoin de toi, maintenant...

Je suis à nouveau dans le bureau. Je ne comprends pas ce qu'il vient de se passer, mais il faut que je regarde cette photo. Je me croyais immunisé et blindé vis-à-vis de tout. Je me trompais. Au moment où je vais trouver le courage de le questionner, le flic se lève et sort du bureau. J'attends quelques instants, puis je m'avance pour ouvrir le dossier... Je n'ai pas de mots pour expliquer ce que je vois. Mais j'ai envie de pleurer. Le gosse que je vois sur la photo est lui aussi passé par l'école du cul défoncé, et son regard est comme un appel au secours mélangé à la souffrance.

Je suis dans le bureau d'un flic qui s'occupe de ça. Je savais qu'il était différent. J'ouvre un autre dossier, puis un autre. Tout ce que je vois me rappelle ce que j'ai vécu. Maintenant je suis assis à la place du flic. Devant moi trônent des centaines de dossiers, donc autant d'enfants. Le mot « cassés » est le plus juste pour parler de ces mômes et de ce qu'ils ont subi. Je prends dans la gueule des images que j'avais enfouies au fond de mon âme et je voudrais monter sur le toit du monde pour lâcher un cri de guerre qui dirait au revoir et bonjour en même temps. Je veux que la Terre entière m'entende la mettre en garde contre ÇA. Je ne comprends pas que l'on puisse brûler un gosse ou lui coudre les yeux pour le plaisir. C'est donc ça, la civilisation dans laquelle je dois m'intégrer ? Pourquoi appelle-t-on les tortionnaires des malades ? Aucun médicament, aucun traitement ne peut les arrêter, sauf la mort. Un malade veut guérir, pas eux.

La Terre entière s'est soulevée pour arrêter la boucherie des camps de concentration et des millions d'hommes sont morts par conviction en défendant une cause honorable. Mais pour moi, et pour les gosses qui subissent ça et qui en meurent à petit feu, qui bouge ?

Je crache sur la facilité et la façon dont vous tournez la tête pour ne pas voir. De quoi avez-vous peur ? De vous reconnaître ? De savoir ? Les camps de concentration étaient dans des lieux circonscrits, mais le mal qui détruit nos enfants est partout dans nos villes. Regardez ce que j'ai vécu et ce que je suis devenu à cause de l'indifférence du système.

Le flic vient de me surprendre. Je le regarde dans les yeux, mais je ne sais quoi lui dire. Le code des voyous me dit que c'est un sale flic de merde, mais dans mon cœur, je sais maintenant que c'est un homme de bien. Je reprends ma place en laissant un dossier ouvert. Il ne sait rien de moi et de mon histoire et je ne sais rien de la sienne, mais j'ai en face de moi celui qui va me faire prendre conscience de ce que je suis... et de ce que j'ai à faire.

Il a l'intelligence de m'adresser la parole le premier et me demande : « C'est quoi ton nom ? »

Je ne dois pas et ne veux pas parler à un flic, mais je dois lui laisser une chance.

« Rocky.

— Moi, c'est Pierre-Bernard. »

Notre conversation a été exemplaire de simplicité car je n'arrivais pas à le voir autrement qu'en flic. Je n'oubliais pas le jour où ses collègues ont brisé ma vie alors que je n'avais que vingt ans.

Quelques heures plus tard, mon taxi de retour était annoncé et, en sortant de son bureau, je lui ai serré la main. Je voulais qu'il sache que, malgré l'opposition de nos mondes, il avait mon respect. Aucun de nous deux ne savait que nos routes allaient à nouveau se croiser.

Plusieurs jours plus tard, mon avocat demanda à la P.J. de contrôler les dates de mes détentions, et plus jamais on ne me parla de ce témoin oculaire qui jurait sur la tête de ses enfants qu'il m'avait formellement reconnu. Pauvre con.

Cela fait presque un an que je traîne les pieds dans ma cellule, et Georges vient me voir régulièrement. Mon empafé de bavard vient de m'apprendre que l'instruction est close. Je vais donc passer devant la dernière chambre du Conseil. Le procès n'est plus très loin.

Mon transfert au palais de justice me semble différent car les précautions d'usage sont renforcées. Il me faudra entendre une phrase du juge d'instruction pour comprendre : « Vous êtes plus dangereux que vous ne laissez paraître, mais je ne peux rien prouver. »

De cinquante-deux chefs d'inculpation, je suis redescendu à huit. Mais le tarif risque d'être cher. J'ai de la chance, la presse ne parle pas trop de moi et l'exécution de Bruno n'a fait qu'une colonne sans photo. L'anonymat paie devant les tribunaux. Mon juge d'instruction a le nez fin, mais ses sbires ne trouvent aucun élément pour confirmer des bruits de couloir, des soupçons fondés sur des photos de filatures, qui confirment mes fréquentations ou amitiés. De toute façon, je ne me fais pas d'illusions. Je vais prendre plus d'années qu'il n'y a de doigts sur les deux mains.

Les jours qui suivent annoncent mon deuxième Noël au placard.

Pour la majorité des détenus, l'extérieur n'existe plus. La routine prend le dessus et quelques émeutes spectaculaires nous rappellent que nous sommes toujours vivants.

Il est plus ou moins quatorze heures et le maton vient d'ouvrir ma cellule. Il tient dans sa main mes vêtements civils. Putain ! ça recommence. Je n'ai pas envie de rater la promenade, donc je refuse. Quelques instants plus tard, il réapparaît : « Parloir. »

Et merde, tout le monde a décidé de me faire chier aujourd'hui !

En suivant le maton, je repense à ce qu'il m'a dit : « Parloir », et non « visite ». En franchissant les grilles, on prend la direction du parloir avocat, donc c'est les poulets. J'en ai ma dose de leurs questions à la con, et je vais leur dire à la façon voyou que l'on me condamne et qu'ils m'oublient. Je suis furax et déterminé. J'ouvre la porte du parloir et... mon flic est là, assis. J'hésite à lui tendre la main, surtout qu'ici c'est très mal vu. Je prends place en face de lui, l'air victorieux car, ici, il est dans mon monde. Il a l'air tracassé et je me demande ce qu'il fout là.

« J'ai besoin d'un coup de main. »

Je n'en crois pas mes oreilles. De quoi, comment ? Il est fou, ce mec, ou inconscient ? J'ai envie de rire et de me lever. Je rêve ou quoi ?

« J'ai besoin de toi pour sauver des gosses... »

Là, je ne ris plus. Je lui rappelle qu'il est flic et moi voyou. Son regard reste le même. Je me sens insulté par sa demande, mais le mot « gosses » pèse lourd dans la balance, surtout que le mot « sauver » le précède. Ma vie contre celle d'un môme ? Il faut que j'y réfléchisse. Je lui demande trois jours de réflexion et le quitte en lui serrant la main.

En marchant dans les couloirs et en franchissant les grilles, je me demande pourquoi la justice demande l'aide d'un voyou. Pourtant, c'est elle qui me montre du doigt et me condamne. Le lendemain, Georges vient à la visite habituelle et je lui fais suffisamment confiance pour lui en parler. Il connaît les règles de la prison, et par conséquent les risques que cela engendre. Il ne me dit rien, ni oui ni non, et me laisse seul juge.

Et si c'était ce à quoi mon Senseï m'avait préparé et éduqué ? Mourir dans un règlement de comptes n'a rien de glorieux, mais donner sa vie pour en sauver d'autres, n'est-ce pas le plus grand des honneurs ? Je viens de trouver ma réponse.

Le lendemain, Pierre-Bernard m'extrait du placard. Il ne connaît pas ma réponse et, avant de la lui donner, je veux le tester car, à la moindre erreur, je suis foutu. Je veux m'assurer qu'il est fiable et surtout savoir où je mets les pieds. La confiance est la clé de la réussite, et je veux voir si lui aussi donnerait tout ce qu'il a pour sauver un gosse.

Dans son bureau, le climat est tendu car la vie de trois enfants dépend de ma réponse. Il m'explique dans les détails la situation et je comprends que depuis trois ans les enfants ont été enlevés par une secte avec la complicité du père. Toutes les tentatives légales ont échoué et je suis la dernière solution. Comment moi, de ma prison, alors que toutes les polices du monde sont impuissantes, je vais retrouver ces gosses ? La famille... Je n'ai pas d'autre solution. Sans rentrer dans les détails, je sais qu'ils vont m'aider.

Je n'ai toujours pas posé de question, mais j'écoute attentivement et je réfléchis aussi vite qu'il me raconte.

« Il faut que je téléphone. Mais d'un endroit neutre et sans que personne le sache. »

Soudain, je regarde P.-B. et lui dis : « J'ai faim, laisse-moi aller au fast-food du coin... tout seul. Tu as ma parole que je reviens. » Je viens de le piéger. C'est le moment de vérité. Tout se décide maintenant. Il devient tout blanc et me regarde. Si je ne reviens pas, il va au placard à ma place. La balle est dans son camp.

« Cela veut dire que tu acceptes de m'aider ?

— Je n'aide pas un flic, que ce soit clair entre nous. J'aide des enfants en danger. »

Dans un petit bureau de la police judiciaire, un après-midi comme les autres, deux ennemis jurés disposent de la vie de l'autre pour la cause la plus noble qui soit. Il a plus à perdre que moi, trois enfants et une femme fantastiques. Moi, je ne mets que ma vie en jeu. S'il accepte le deal, il aura ma confiance à vie et, flic ou pas, je pourrai alors donner ma vie pour sauver la sienne.

Il m'accompagne jusqu'à la porte qui donne sur la rue et, forcément, sur ma liberté convoitée, et me regarde partir. Je me demande toujours ce qu'il a pensé à ce moment précis, mais je ne lui ai jamais posé la question. Avait-il suffisamment confiance pour n'avoir aucun doute ?

Je suis au milieu de la place Louise, seul, sans menottes, et je suppose que des yeux m'observent. Je suis libre de faire un choix qui ne se représentera plus jamais. Devant moi, la liberté et, dans mon dos, peut-être quinze années de prison. N'ai-je pas le droit de vivre et de profiter de cette chance pour tout recommencer ? Je tiens mon dû entre les mains, ils m'ont tout pris à vingt ans, pourquoi ne pas me rembourser maintenant ? On ne pourrait même pas m'inculper d'évasion et, avec un très bon bavard, j'aurais des chances de rester libre ! Alors pourquoi j'hésite ? « Bouge, pauvre con, cours aussi vite que tu le peux et ne te retourne pas. Tu ne leur dois rien... »

Ma parole d'honneur est la seule chose qui me reste et elle vaut plus que quinze ans de prison, et la liberté de trois gosses que je ne connais même pas dépend de ma décision. Mon Senseï m'a dit un jour : « Tu es le *tsuba* (garde) de nos principes et de ce que je t'ai appris, ne l'oublie jamais. » Vingt-cinq minutes plus tard, et après avoir appelé la famille, je me suis assis dans le bureau de mon ami l'inspecteur P.-B. Velge. Je suis presque sûr que s'il avait eu le pouvoir de me libérer ce jour-là, il l'aurait fait. Pendant mon absence, les collègues de P.-B. l'avaient traité de fou et d'inconscient. À mon retour, il ne leur fit qu'un sourire de victoire... sans commentaires.

Pour me faciliter la tâche, Georges serait le lien et la boîte aux lettres.

Avec une facilité déconcertante, il réussit à se faire passer pour un membre de la P.J. alors qu'il accompagnait P.-B. Nos rencontres avaient lieu dorénavant au parloir avocat. Pour mes contacts avec l'extérieur et l'organisation des recherches, Georges me donna pour 10 000 francs belges (environ 250 euros) de cartes téléphoniques et des plages entières de timbres. Il fallait payer les matons pour que je puisse avoir accès au téléphone trois ou quatre fois par jour.

La première journée fut réservée au contact avec la famille, qui crut que je négociais ma libération. Mais la cause en jeu était plus importante que tout.

Les premiers renseignements positifs arrivèrent le lendemain, un contact dans la ville d'Anvers avait bien bossé et deux pistes se précisaient. L'une vers Israël, l'autre vers les États-Unis. Rentrer dans les détails sur les moyens et le nombre de voyous impliqués n'a aucune importance, mais quatre jours plus tard... Bingo !

Les enfants sont dans une secte aux États-Unis et vont dans une école très connue de la côte Est. Pour confirmer les infos, je demande que l'on m'envoie des photos des mômes.

Entre-temps, P.-B. prévient sa hiérarchie et sa patronne. De ma prison, j'ai réussi l'impossible !

Pour les photos, il faudra une ou deux semaines de patience, mais Georges ne peut s'empêcher d'exploser de joie. Nous sommes convaincus tous les deux que la maman des enfants doit savoir avant tout le monde et donc Georges fait passer l'info. Il ne donne pas le lieu mais confirme le contact visuel. Grosse erreur de notre part. Le grand-père, étrange personnage, intervient comme le sauveur et chef des opérations. P.-B. organise une rencontre avec la mère, le grand-père et moi, pour préparer le rapatriement des enfants et connaître mes exigences. Ils sont très surpris d'entendre que je ne veux rien (ni remise de peine, ni faveur particulière) quand, soudain, je sens le grand-père mettre mes infos en doute. Je ne comprends pas à quoi il joue et je vois la maman désemparée par les événements. Mettre ma parole en doute était la dernière chose à faire et, pour cette raison, je viens de lui demander cinq cent mille francs belges à payer quand les enfants seront dans les bras de leur maman. Fier du rôle qu'il s'est donné, il accepte. La réunion se termine là et je vois nettement l'embarras de P.-B. Il se sent redevable envers moi et ne comprend pas que je ne demande rien en échange de l'exploit accompli. Sur le chemin du retour, je devine qu'il a de la peine à me ramener en prison. Il a compris que ce n'est pas ma place, bien qu'il ne sache toujours rien de mon parcours.

Une amitié sincère s'installe entre nous, mais nos deux mondes sont incompatibles. Pourtant, j'ai une faveur à lui demander ou, plus exactement, un cadeau à faire à un autre enfant. Un gosse à qui j'avais promis d'être là le jour de la rentrée des classes.

À deux jours du réveillon, je lui demande de m'extraire du placard le jour de Noël et de me lâcher dans la nature jusqu'au soir. Je voudrais me faire pardonner aux yeux du petit et lui montrer que je pense à lui. Notre amitié et beaucoup de risques pour lui ont offert un moment magique à un gosse merveilleux, un soir de Noël. Pour ce gosse dont je ne suis pas le père génétique, j'ai vendu la veste en cuir que je portais et j'ai acheté un cadeau de Noël.

J'ai appris bien des années plus tard que, ce jour-là, P.-B. avait demandé à sa femme si elle pourrait vivre et s'occuper des enfants avec un seul salaire. Son épouse, surprise par sa demande et connaissant le loustic, demanda des explications. Quand elle eut la réponse, elle lui dit alors qu'elle aurait fait la même chose. Treize ans plus tard, on se téléphone toujours et je l'appelle « ma petite sœur ».

Début janvier 1988. La prison maintient son rythme de croisière. J'attends les photos avec impatience car je veux fermer la gueule au grand-père.

Coup de théâtre ! Le grand-père revient de l'adresse que je lui ai donnée aux États-Unis et prétend qu'elle est bidon. Quant aux photos, elles disparaissent en arrivant en prison. Georges, malgré son calme légendaire, est vert de rage. Il sent comme moi que tout cela pue l'enroule de premier choix. J'ai un doute sur les collègues de P.-B. et de la justice qui l'emploie. Mais je ne peux rien faire sans risquer de lui nuire. Georges sait de quoi je suis capable et me demande de laisser tomber, il ne veut qu'une seule et unique chose, que je sorte d'ici en vie.

Tous les garçons qui ont remué ciel et terre pour retrouver les mômes sont vexés, mais déçus pour moi. P.-B., qui se sent mal à l'aise vu la tournure des événements, me promet de négocier une prison convenable pour terminer mes années de détention.

Anecdote amusante, au moment d'assumer une promesse faite, la patronne de Pierre-Bernard lui dira cette phrase exemplaire : « Mais enfin, monsieur Velge, il est hors de question que l'on respecte une parole donnée à un voyou. »

Deux ans plus tard, un flic exceptionnel (je le pense sincèrement), Jean Dooms, retrouvera les mômes après une collaboration avec le FBI. Il est amusant de savoir qu'ils étaient à l'adresse que j'avais indiquée deux ans plus tôt. Libre à chacun de faire des suppositions sur les dessous de cette affaire. L'important pour moi est de savoir que les enfants ont retrouvé leur maman et que les cinq cent mille francs n'ont jamais quitté la poche du grand-père.

Depuis ce jour, Pierrot, comme je l'appelle, et moi sommes devenus amis.

12

Aux oubliettes de la société

Irrémédiablement, et avec sa lenteur habituelle, la justice suivait son cours. Je venais d'être condamné et je me sentais soulagé, car être fixé sur son sort offre une certitude sur les jours à décompter. Mille cent quatre-vingt-neuf petites barres viendront s'accumuler en rang d'oignons sur le mur de ma cellule avant que je revoie le ciel de la liberté.

Les jours, ou plutôt les minutes, continuent à passer aussi vite que court un escargot, surtout depuis que mon transfert dans ma prison d'attache m'a été annoncé.

Quatre semaines d'attente, et mon déplacement s'effectue. Malgré une insensibilité protectrice, mes potes et moi dissimulons très mal la peine que nous cause cette séparation quasi définitive. Des années à se côtoyer finissent par donner l'illusion d'avoir une famille. Une fois de plus, on me l'enlève. Putain de prison.

Ma nouvelle résidence ne compte que soixante cellules réparties dans deux ailes, et les habitants des lieux sont en majorité des perpètes ou des condamnés à mort. J'ai l'impression de découvrir un lieu où le temps s'est arrêté tellement tout est calme. Dans la cellule en face de la mienne loge Michel, ex-ennemi public numéro un, incarcéré depuis onze ans. À sa droite, Didier, terroriste condamné à perpète, et, à sa gauche, Sergio, condamné à mort. Je me trouve dans la prison des exclus définitifs et, contrairement aux préjugés qui courent sur leur compte, leur solidarité est à toute épreuve.

Les premiers jours, je remarque des détenus qui longent les murs à toute vitesse. De quoi ont-ils peur ? Ce sont des pédophiles !

Mes trois jours d'observation viennent de se terminer et je peux circuler à mon aise. Je découvre avec bonheur qu'ici il y a une salle de boxe, une de body-building, et surtout que les cellules restent ouvertes le soir pendant trois heures. La buanderie est le lieu de rendez-vous pour acheter ou vendre tout ce qui est illégal. Pour le légal, il y a un bureau tenu par un comptable-détenu. Le choix de la cantine ressemble à celui d'une grande surface et vous pouvez presque tout y commander.

Il ne me faut que quelques heures pour comprendre les règles et, surtout, pour savoir qui dirige quoi. Un certain Louis S. (un braqueur) joue les gros bras et je n'aime pas sa façon de me regarder. Je comprends vite qu'il veut me tester. Dommage pour lui. Deux jours plus tard, il me fait une remarque et, dans la buanderie, je lui explose la tronche devant tout le monde. Je viens d'être accepté.

Les matons et la direction sont au courant mais ne m'infligent aucune sanction. Bien au contraire, ils me demandent si je veux prendre la place de servant, c'est-à-dire celui qui distribue la bouffe, poste qui donne accès à tout mais surtout qui laisse porte ouverte toute la journée.

J'accepte, bien que cela implique des tâches ingrates, comme nettoyer les couloirs et se lever à cinq heures quarante-cinq du matin pour distribuer le petit déjeuner.

Petit à petit, j'impose une certaine discipline, et la propreté commence à se voir à tous les niveaux. On respecte mon travail et j'oblige les matons à frotter leurs pieds avant de marcher là où je viens de nettoyer.

Les semaines passent. Malgré notre aptitude à cacher nos émotions, des moments de détresse viennent sournoisement nous pourrir certaines journées et, bien que la prison soit un lieu de réflexion permettant une remise en question sur nos actes antisociaux (le bien-fondé de la chose reste à prouver), elle met tout en œuvre pour nous aider dans notre quête de réinsertion. Pour cette raison, il existe la bibliothèque. Quel soulagement d'y trouver *Le Parrain* et *Le Comte de Monte-Cristo* ! Alexandre Dumas a été mon compagnon durant les nuits d'insomnie et les journées interminables qui caractérisent un état végétatif.

Tous les mardis, Georges vient me voir. Il s'arrange avec Pierrot et ils créent un roulement entre eux. Moments que j'affectionne car ils me rappellent la réalité d'une existence à l'extérieur. Je découvre ainsi que Pierrot s'occupe d'une association à but non lucratif baptisée *Flic et voyou*, qui permet à des jeunes de se prouver qu'ils sont capables d'autre chose que d'agresser des personnes âgées.

Cela fait deux ans que je suis dans les oubliettes de la société et le hasard va réveiller des démons chloroformés par ma raison.

Dans un coin de la prison se trouvent quatre pédophiles notoires et, malheureusement pour eux, c'est moi qui donne la bouffe. Il m'arrive souvent d'avoir la main malheureuse et de laisser tomber leur gamelle devant leur porte. Le maton se voit donc dans l'obligation de faire un rapport disciplinaire à leur sujet et de les mettre au cachot. Personne ne leur parle et j'attends la moindre occasion pour être enfermé avec eux dans une pièce.

Ils sont très protégés par le système pénitentiaire, les occasions de les massacrer sont rares et cher payées. Pourtant, la chance va tourner à mon avantage. La grille qui sépare les deux ailes vient de s'ouvrir et un maton gueule : « Entrant ! », terme annonçant l'arrivée d'un nouveau détenu. Perché sur ma galerie du troisième niveau, je regarde la scène. Les matons ont l'air nerveux. Le tam-tam va très vite et j'apprends qu'un nouveau pédophile nous honore de sa présence. J'ai envie de gerber quand je les vois, et mon regard noir a déjà indiqué à tout le monde que j'attends le feu vert pour les crever.

Un maton, que l'on surnomme Luc la Main froide, vient de prendre son service et, comme à son habitude, vient me saluer. Il m'explique que le pointeur (violeur) est une saloperie de première, sans me donner de détails.

Il remarque mon attitude et me dit : « Il faudrait quelqu'un pour lui couper les couilles. » Pourquoi me dit-il cela ? Veut-il me pousser à la faute ou me faire comprendre que si je le tue il regardera ailleurs ? Il termine en disant : « Quand je pense que c'est un surveillant dans un pensionnat, Dieu sait combien de gosses il a massacrés ! »

Je fais celui qui n'a rien entendu et réintègre ma cellule. J'ai le feu dans la tête, et la haine m'empêche de rester tranquille. Je tourne en rond comme un lion en cage et je sens que je vais exploser. Malgré l'heure tardive, je demande qu'exceptionnellement on me laisse l'accès à la salle de boxe. Les matons commencent à me connaître et savent que ma demande a une réelle nécessité. Au moment de m'ouvrir la porte, un maton me dit à l'oreille : « Il faut que je te parle ! »

Mais je n'écoute plus personne, ma haine m'isole.

Je ne sais pourquoi je me déshabille, je pète les plombs, je frappe le sac de cuir avec la conviction de tuer quelqu'un. Vingt ans de patience et en voilà un, juste à portée de main.

Il est le premier sur la liste de tout ce que je hais et qui me ronge depuis des années, et je vais lui faire l'honneur de le tuer avec mes mains. Je m'en tape des conséquences et de l'après, ma paix intérieure passe par sa mort. La prison tout entière résonne de mes cris de colère et, par solidarité, mes compagnons de galère font silence. Je frappe tellement fort que je déchire le sac en cuir, et soudain mes jambes m'abandonnent. Allongé sur le sol, je souris, car je viens de voir le fantôme de Max. Il me regarde avec des larmes dans les yeux ! Comme un gosse, je tends les bras vers lui en espérant qu'il puisse m'emmener avec lui.

La porte de la salle s'ouvre et le maton me parle sans me regarder : « Allez, mon gars, calme-toi. » Instantanément, je réintègre le monde des lucides comme si de rien n'était.

En sortant, je me suis retourné, espérant voir Max.

Pas un bruit ne se fait entendre dans la prison. Ici, la détresse d'un seul est ressentie et partagée par tous. Je me souviens d'un jour où pas un mot ne fut prononcé par respect pour un garçon qui avait perdu sa maman... Notre solidarité était notre façon de montrer à la direction que tout rapport de force aurait des conséquences désastreuses.

Je réintègre ma cellule et ferme la porte. Allongé sur mon lit, j'essaie de faire la part des choses et de prendre du recul. Soudain, ma porte s'ouvre. Le maton qui m'a parlé à l'oreille entre. Il est respecté car correct ; on sait peu de chose sur lui. Avec un ton grave, il me dit : « Le pointeur qui vient d'arriver a violé une gamine de dix ans. Et je la connais très bien car elle va dans la même école que ma fille. »

Je m'assois sur le bord du lit. Je le regarde en fronçant les sourcils. Que veut-il me faire comprendre ? C'est le deuxième maton de la journée qui me fait des sous-entendus.

« Qu'est-ce que vous attendez de moi ?

— Rien, mais s'il lui arrive un accident, cela ne ferait pleurer personne.

— Vous me donnez le feu vert pour remplacer la justice !

— ... »

Il ne dit rien de plus et sort de ma cellule en me faisant un sourire.

Je ne comprends plus rien, je suis en prison car j'ai merdé et voilà que l'on me donne un passe-droit pour tuer ! Je l'aurais fait de toute façon, quel qu'en soit le prix à payer, mais le fait que l'interdit devienne un service public me dérange. Toute ma logique est chamboulée. Cela veut-il dire que la justice a deux tarifs ? Les gardiens, comme leur nom l'indique, gardent des gens comme nous pour protéger la société de nos actes, et maintenant, on me demande de faire une chose pour laquelle, à l'extérieur, je passerais aux assises ?

Je devrais être heureux de pouvoir me venger sans en subir les conséquences, mais justement, ça ne colle pas. Dans le mot vengeance, il y a l'odeur de l'interdit, et l'autoriser ressemble à vouloir faire manger végétarien à un carnivore. À quoi sert la vengeance si elle ne s'accompagne pas de la satisfaction ? Pourtant je devrais être guéri, ou dégoûté !

Pendant que je cogite, je ne me rends pas compte que j'aiguise un pointeau, une pièce de métal qui ressemble à un pic à glace.

Je ne dois pas réfléchir, je dois le tuer maintenant. Je ne peux rater cette occasion que ma patience sollicite depuis vingt ans.

Je sors de ma cellule et j'interpelle le maton. Mon regard lui parle suffisamment et ma détermination fait de moi un être inconscient. On oublie avec une telle facilité les résolutions prises après les expériences passées que cela en devient presque indécent.

Les mains dans les poches, je cache la pointe d'acier qui va me servir de perforatrice. Je pourrais le piquer à la gorge, mais sa mort serait trop rapide. Je préfère le piquer au ventre. Là, je suis sûr qu'il va mettre vingt minutes pour crever dans des douleurs atroces. Je veux croiser son regard quand je lui prendrai la vie car je veux savoir s'il sera aussi victorieux que quand il nous obligeait à le sucer. Encore un niveau à descendre, et ma patience pourra se mettre à table. Vingt années de cuisson pour un plat qui se mange en tête à tête et sans chandelles. Le maître d'hôtel m'a réservé une table à l'abri des regards et, comme de vieilles complices, la vengeance sera l'invitée de la Grande Faucheuse. Pour payer l'addition, une seule phrase fera l'affaire. « Pour solde de tout compte... » Encore quelques pas.

Je regarde la porte derrière laquelle se trouve celui qui va mourir. Le maton marque un temps d'arrêt, regarde autour de lui et enfonce la clé dans la serrure. Je suis aussi nerveux qu'une statue trônant sur une pierre tombale, pourtant je suis devant la porte de sortie du labyrinthe de douleur dans lequel je me promène depuis l'enfance. La porte est maintenant entrouverte, j'écarte le maton et sors mon pointeau. Avec le pied, je pousse la porte sans violence. Le maton est le seul spectateur, mais j'ai l'impression d'entendre des voix de gosses qui m'encouragent. Je ne veux pas me dépêcher, je veux moi aussi abuser, mais du moment, et savourer l'instant.

J'entre dans l'antre du mal et de la perversion, je m'attends à voir un démon debout et arrogant. Je ne vois qu'un déchet paniqué et recroquevillé dans un coin. Je referme la porte derrière moi car je ne veux pas partager mon festin. Il croit que se mettre en boule va le protéger. Pauvre connard. Moi et mes potes on l'a cru aussi en son temps, et pourtant... Maintenant, je suis aussi calme qu'il était excité à ce moment-là. « Tu as pris ma vie, je viens prendre ta mort. » Lui dire cette phrase me libère de je ne sais quoi.

Je m'approche de lui car je veux qu'il me regarde. Je suis à un mètre et je lui murmure : « Je vais t'enculer, et après je te crève. » Ses bras recouvrent sa tête et je n'arrive pas à voir ses yeux. « Regarde-moi. Je suis celui que toi et tes potes avez massacré dans son âme. »

Il ne réagit pas et je crois entendre des pleurs. Il découvre petit à petit ce que nous ressentions. Ses pleurs m'énervent et déclenchent ma colère. Je veux qu'il me regarde.

« Regarde-moi. » Ma voix vient de changer et annonce le début du repas. Je viens de lui mettre un coup de pied dans les côtes, suivi d'un coup de talon sur la tête. Le souffle coupé l'empêche de gueuler. J'ai envie de danser comme les Indiens le font autour du feu, pour appeler tous les gosses martyrisés et morts de sévices sexuels. Mes yeux cherchent l'endroit parfait pour le blesser sans le tuer. Il faut qu'il sente rentrer mon pointeau dans son corps comme ON les sentait rentrer en nous.

« Regarde-moi. » Il ne réagit toujours pas. Je suis debout et j'ouvre ma braguette, je lui pisse dessus pour lui rappeler combien de fois mes potes et moi l'avons fait sur nous par peur de subir encore leurs perversions. Il n'a aucune fierté. Il est vrai que c'est plus facile avec un gosse. Maintenant, je me déchaîne. Ce n'est pas de la colère mais de la haine. Je le frappe aussi fort que je le peux. Coups de pied, coups de poing, coups de genou. Je le tire par les cheveux pour lui enlever les bras qui m'empêchent de croiser son regard. Sans cela, je ne pourrais pas le tuer.

Soudain, j'entends « Pitié... »

« Quoi ? Qu'est-ce que tu as dit ? » Ni mes potes ni moi n'avons jamais dit ce mot, et voilà que lui l'utilise ! Nous, on demandait pardon car on se croyait coupables de quelque chose. Je ne comprends pas ce qu'il me demande car je ne sais pas ce que c'est. Dans notre dictionnaire, je n'ai jamais trouvé trace de ce mot. Que veut dire « pitié » dans sa bouche ? « Tuez-moi s'il vous plaît », ou « Je vous demande pardon » ?

Je n'ai plus envie de réfléchir, comme un gladiateur, j'attends le geste décideur. Ma haine vient de mettre le pouce vers le bas. Je dois et peux le tuer maintenant. Au moment de porter le coup final, quelque chose retient ma main. Ma main gauche tient toujours ses cheveux et ma main droite, dans laquelle j'ai mon pointeau, s'est arrêtée à un centimètre de sa nuque.

C'est trop facile, le tuer maintenant, c'est presque comme si je lui rendais service. Il ne mérite pas de mourir comme un combattant, avec honneur.

Savoir que je l'ai à ma merci me rassasie à moitié mais ne me soulage pas. Il faut qu'il comprenne ce que nous avons vécu et subi.

Je rapproche ma bouche de son oreille et lui dis : « Je ne vais pas te tuer maintenant, je vais revenir dans une heure, un jour ou une semaine. Chaque fois que la porte va s'ouvrir, je me trouverai derrière. Tu vas voir comme c'est amusant. » Avant de ressortir, je lui refile un dernier coup de talon sur la tête, et il tombe comme une masse inerte.

Je viens de remarquer que Max est présent et je crois deviner un sourire sur son visage. Sourire qui me confirme le bon choix. Maintenant, il peut partir en paix. Promesse tenue...

Je viens de larguer les amarres de la haine qui me retenaient à quai. Je ne l'ai pas tué physiquement mais moralement. C'est pire !

Je sors de cette cellule, victorieux. J'ai vaincu la bête en lui laissant la vie. Son calvaire, qui commence, sera mon dessert. Le maton a un sourire de soulagement et de satisfaction.

Je réintègre ma cellule. Je ressens une très forte douleur dans la main droite. J'ai frappé tellement fort que je me suis cassé deux doigts. La moitié de mon annulaire est rentré dans ma chair et a brisé des os de la main. La vie m'a appris à ne pas me plaindre, c'est un signe de faiblesse. La douleur devient plus forte, à la limite du supportable. Il faut que je réagisse. Mon Senseï me l'a appris. Je cherche un objet en bois. Assis sur le bord de mon lit, je mords le dossier de ma chaise et prends mon doigt avec la main gauche. Il faut que je tire un seul coup sec. Je n'ai pas hésité, et je suis tombé en syncope.

Le lendemain matin, le maton a ouvert ma porte pour distribuer le petit déjeuner. Il a été surpris de me voir allongé sur mon lit tout habillé. Ma main avait triplé de volume, mais mon doigt était à la bonne place. Surtout ne pas me plaindre. Ce serait mal vu.

Quand je suis arrivé dans la cuisine, mes potes ont remarqué ma main. Ils savaient déjà. Ici, le tam-tam va très vite. J'ai plongé ma main dans le congélateur et les – 20 °C ont calmé la douleur. Pendant dix jours, je me suis battu contre elle et j'en suis sorti vainqueur.

Cela ne m'a pas empêché de m'amuser avec mon pointeur, car rien que pour lui, je n'ai pas raté un jour de travail. Souvent, pour la bouffe de midi, on oubliait sa cellule et tous mes potes frappaient sur sa porte à chaque occasion.

Quelques semaines plus tard, j'ai retrouvé l'usage normal de ma main et j'étais prêt pour recommencer à frapper.

Les autres pointeurs ne sortaient plus de leur cellule, même pour aller à la douche, et un calme routinier régnait dans la prison. Les mois défilaient avec une telle discrétion qu'ils réussissaient presque à se faire oublier. Il n'y a rien de pire que la routine, même si elle a un côté rassurant. Le samedi était le jour le plus difficile. Deux heures de visite par semaine où on peut se toucher et, pour certains, prendre ses enfants dans les bras. Les voir revenir de la visite en traînant leurs regrets et leurs sentiments comme un gosse tire derrière lui un petit chariot à roulettes me faisait toujours beaucoup de peine. Pour la seconde fois de ma vie, j'étais content de passer mon tour, car la solitude me rendait visite tellement souvent qu'elle avait fini par devenir ma maîtresse.

Georges et Pierrot venaient toujours me voir un mardi sur deux. Lors d'une de ces visites, Pierrot me parla plus en détail de son association *Flic et voyou*.

Inconscient petit bonhomme qui emmenait soixante gosses, exclus de la société, dans des voyages à la découverte d'eux-mêmes. Je l'écoutais raconter leurs voyages comme s'il lisait un livre, et les anecdotes de certains exploits nous faisaient éclater de rire. Ses yeux brillaient de bonheur et j'étais fasciné de découvrir la joie que peut procurer un moment d'attention à un gosse abandonné... Il n'était ni psychologue, ni assistant social, c'était juste un flic.

Un autre mardi, je vis Pierrot la tronche déconfite, ou plutôt déçu. Il m'expliqua qu'il voulait traverser le désert tunisien à pied avec les gosses. Il voulait que tout le monde soit largué d'un avion en plein désert, et donc saute en parachute ! Sa mine déconfite venait du fait que le premier désert à traverser était celui du compte bancaire de l'association. Que pouvais-je faire de ma prison ? La justice m'avait tout pris, et ici il n'y avait pas de fourgon ou de banque. Demander à la famille ? Hors de question, ils avaient toujours en travers de la gorge l'histoire des enfants. Je repenserais à tout ça à ma libération.

Un nouveau détenu était annoncé. La cinquantaine bien sonnée, il venait d'être écroué pour fraude fiscale et, comme c'était l'habitude, il était mis pour trois jours au secret.

En distribuant la bouffe du soir, j'ai constaté la fragilité du personnage et, comme le veut la coutume, je lui ai demandé s'il avait besoin d'être dépanné avec quelque chose. Il était tellement paniqué qu'il me regardait sans dire un mot. Au premier coup d'œil, on pouvait comprendre qu'il n'avait rien d'un voyou et que le ciel lui tombait sur la tête. Mais la justice est ainsi faite, et pour des devoirs d'enquête on vous met en enfer, quelles qu'en soient les conséquences. Le doute est le passeport pour un voyage de non-retour car, que ce soit pour une heure, un jour ou un mois, en sortant de prison, on a changé.

Certains crieront au scandale et diront que la critique est facile, mais ma réponse sera sans équivoque : « Je ne critique pas, je constate. »

Quand je suis sorti de sa cellule, j'ai vu ses yeux qui gueulaient « à l'aide », mais que pouvais-je faire ? Je ne veux pas le connaître, encore moins devenir son ami. Sa faiblesse fait de lui un condamné à mort, et me tenir loin de lui est la meilleure façon d'éviter d'avoir de la peine. Je signale au maton de faire attention, mais, sans un rapport médical, il ne peut rien faire. Il y a presque une heure que j'ai distribué la bouffe et, tel un corbeau, je reprends ma place sur mon perchoir du troisième niveau. Mes années de prison m'ont appris à me détacher de tout sentiment, mais mon attitude avec le nouveau détenu me donne des remords.

J'essaie pourtant de me convaincre que je dois avant tout me protéger. Je sais que je me rends service, même si c'est égoïste. La prison est calme. Les matons parlent entre eux et il n'y a aucun mouvement de détenu. Ça pue la mort à plein nez. Mes yeux fixent toujours la porte du nouveau et soudain, j'ai un pressentiment.

Je connais ce calme. Il annonce de mauvaises choses. La Grande Faucheuse est parmi nous, elle vient chercher sa pitance habituelle. Merde... Je viens de comprendre où elle va se servir !

Je cours vers les escaliers et regarde les matons. Luc la Main froide comprend qu'il se passe quelque chose. J'ai trois niveaux à descendre et, quand j'arrive au rez-de-chaussée, le maton a déjà franchi les grilles. Il me regarde sans poser de question et je lui dis : « Le nouveau. » Il me fait confiance et réagit instantanément. Arrivés devant sa porte, on ne pense pas à regarder par l'œilleton. La porte de la cellule est maintenant ouverte. Le maton est figé, j'essaie de me battre contre le temps en soulevant le monsieur qui s'est pendu à la fenêtre. Pourtant, je devrais comprendre qu'il est trop tard. J'ai envie de gueuler car je me sens coupable. Son regard entre dans le mien et je crois voir la mort qui me sourit. En moins de six heures, la prison l'a tué et a fait de moi un assassin.

Pour éviter d'avoir de la peine, j'ai préféré tourner la tête, comme la plupart d'entre nous le font chaque jour avec ceux qui nous entourent.

Son geste venait de rajouter une pierre au mur que je construisais contre le monde extérieur et surtout contre moi-même. J'avais vingt-neuf ans.

Les jours qui suivirent furent les plus longs de ma détention car cet événement remettait tout en question. Je ne me sentais pas coupable mais responsable. J'avais des dizaines de raisons d'être mort et des centaines pour la mériter. Mais cette chance-là aussi m'était refusée. Comme si d'autres payaient à ma place. Mon album photos ressemblait à un cimetière et je commençais à croire que j'étais le racoleur de la Grande Faucheuse.

Il ne faut plus que je parle aux gens, c'est la seule façon de les protéger !

Je me déconnecte de tout ce qui m'entoure et je consacre tout mon temps à m'entraîner. Chaque jour qui passe me donne l'impression de sauver une vie et me confirme que ma route est balisée. Quand les cellules sont fermées, je retrouve une attitude que je connais bien. Debout devant la fenêtre, je regarde le mur d'enceinte. Depuis des années, je compte les briques de ce mur qui me sert de rideau. De temps en temps, un oiseau vient me saluer quelques instants et repart, comme pour me narguer.

L'isolement que j'ai créé dans ma tête ressemble au cachot de mes débuts et me rassure. Bien que physiquement et psychologiquement j'en porte les traces, cela me donne envie de sourire.

Souvent, dans ma tête, je refais les combats avec mon Senseï et je me rappelle tout ce qu'il m'a appris. Pendant des heures, je m'évade et me retrouve avec lui. J'ai l'impression d'être caché dans un coin du dojo et de nous observer. Je me revois, petit garçon, avec l'émerveillement dans les yeux. J'étais cassé et lui m'a reconstruit, avec patience et amour.

Il ne faut pas que je pleure. Mais j'en ai tellement envie.

Je ne pleure pas parce que je déprime, mais parce qu'ils me manquent. Lui, Max, Guylain, mon rayon de soleil et mon ange.

J'en suis à huit cents jours de prison, et pourquoi suis-je là ? Je n'ai de positif que mon éducation et mes principes. Tout le reste, je l'ai perdu. Mes potes de galère et les matons me respectent, et certains me considèrent comme un dieu. Mais je ne suis toujours que le petit garçon qui ne demande qu'à découvrir l'essentiel. Moi aussi, je veux déconner et faire les choses simples de la vie. À vingt-neuf ans, j'ai le vécu de cinq vies, mais à quoi cela me sert-il ? La normalité me semble être un luxe inaccessible. Je voudrais que mon rayon de soleil soit là pour me prendre dans ses bras.

Je ne sais pas si, de là où vous êtes, vous pouvez m'entendre, mais sachez que je regrette de ne pas avoir su quoi faire pour vous garder près de moi.

Des semaines se sont écoulées depuis le suicide de l'inconnu, et je ne parle toujours à personne. Je deviens le Robinson Crusoé du système carcéral et je n'ai aucune envie de construire un radeau pour m'évader. Bien au contraire, je m'intègre à mon île de solitude et aux bases primaires nécessaires à la survie. Mes pensées deviennent mon Vendredi. J'analyse chaque chose, comme si je cherchais des réponses à tout. Pourquoi n'y a-t-il pas une école de la vie ou sur la vie ? Pourquoi faut-il tout découvrir par soi-même, avec le risque de faire des amalgames ou des généralités ?

Les rares fois où je fais attention aux autres, c'est quand je les frappe. Les coups deviennent mon langage et la certitude d'une certaine tranquillité. Je frappe même quand je ne suis pas concerné, car c'est ma façon de protéger ceux que je respecte. Sergio, Michel et Tekine.

La crainte que je génère me donne un tel pouvoir que je deviens l'anti-Patrick H. Je tue à petit feu mes principes, ma culture et ce que j'étais. Le système pénitentiaire agit sur moi comme la mérule détruit la charpente d'une bâtisse pourtant très solide. Doucement, mais sûrement.

Maintenant, mes compagnons de galère m'évitent comme la peste, car je suis devenu imprévisible et, surtout, incontrôlable. Je n'ai plus de respect pour qui que ce soit et je ne me rends même pas compte que je méprise tout et tout le monde. Les matons commencent à avoir peur d'ouvrir les portes pour distribuer la bouffe aux pointeurs car, pour moi, cela devient du vice. Je les frappe et les martyrise à la limite de la jouissance. Je connais tellement bien l'anatomie humaine que je sais où frapper pour faire des dégâts irréparables.

J'envie les Indiens qui, rituellement, scalpaient

leurs proies pour garder un trophée. J'en ai tellement envie.

Pendant des semaines, je sombre, sans limites, dans l'opposé de ce qui m'a tenu en vie pendant vingt-huit ans.

La vie m'a massacré, la prison et ma soif de vengeance vont m'achever. J'étais tellement convaincu que la vengeance était la meilleure thérapie et mon exutoire, que je lui ai laissé le pouvoir sur mes principes et ma culture. Tout ce que mes yeux ont vu et que mon corps a subi pendant trois cent quarante-huit mois remonte maintenant et fait de moi le spéléologue de mon âme. Je mets les pieds là où personne ne doit jamais aller, au plus profond du noir absolu, lieu secret dans ce que l'on appelle la mémoire négative.

Toutes les nuits, quand je m'endors enfin, je me promène dans les couloirs de l'école du cul défoncé en espérant y croiser un surveillant. Max m'y accompagne et nous devenons les gardiens du sommeil de nos compagnons de dortoir. Je réinvente un monde où, enfin, je sers à autre chose qu'à subir. Je finis par croire que le vrai monde est celui de mon sommeil et pas celui de mon éveil. La nuit, je retrouve tous ceux qui me manquent.

Le jour, la haine remplace le sang dans mes veines, mais le rouge reste de mise. Je suis devenu autiste volontaire au peu de choses qui faisaient de moi quelqu'un de bien.

Je me souviens d'un soir où une rage de dents commençait à attirer la douleur et, par peur de me sentir vivant, donc faible, j'ai utilisé une cuillère à café pour m'arracher deux dents. J'encule la douleur et tout ce qu'elle représente. Je ne suis plus rien, je suis donc intouchable.

Je me croyais tellement dans mon droit que je l'ai outrepassé.

Comment ai-je laissé la vie m'entraîner si loin ? Je n'avais de ticket pour rien, mais j'avais un passeport pour tout. Mon voyage involontaire m'emmenait avec désinvolture aux quatre points cardinaux de ce que l'on appelle une société : la malchance, la bêtise humaine, la souffrance et l'indifférence.

Je ne me drogue toujours pas, mais je me came à la haine du genre humain. Pourtant, un événement va me réveiller, me sauver de moi-même.

13

Il n'y a pas d'âge pour commencer à vivre

Perché sur le troisième niveau, j'observe mon royaume. Le calme me rassure et j'ai la conviction que j'y finirai mes jours. Rien d'autre n'existe. Ici, je suis chez moi.

Le maton ferme les portes une à une pour la nuit. Les télévisions s'allument dans certaines cellules, pour meubler la solitude. Sur le troisième niveau, on ferme nos portes nous-mêmes car cela nous permet d'exorciser ce sentiment d'enfermement obligatoire. On décide, nous, et pas eux.

Je ne sais pourquoi j'allume, moi aussi, ma télévision. J'ai peur de prendre la vérité dans la gueule et de devoir admettre que, dehors, il y a une autre vie. Comme le disent les civilisés, je zappe de chaîne en chaîne quand, soudain, je m'arrête sur une émission de TF1, *Tous à la Une,* présentée par Patrick Sabatier. Avec sa tronche de premier de la classe, il me donne l'impression d'être honnête et, surtout, sincère. Son émission a pour but de mettre à l'honneur des gens exceptionnels par leur courage ou leur volonté. Je découvre ainsi par cette petite fenêtre sur le monde extérieur qu'il y a d'autres gens qui galèrent et qui pourtant construisent une vie remplie de bonheur. Chaque personne qui passe dans l'émission a vécu une chose difficile mais l'a surmontée. Il y a aussi un monsieur qui a sauvé une famille de la mort en risquant sa vie sans hésiter.

Dans un premier temps, j'ai regardé tout cela avec dédain en me disant que c'était bien joli, mais qu'aucun n'avait vécu le tiers de la moitié de mon parcours. Cela me faisait presque sourire.

Je ne faisais que me mentir, car l'émotion commençait à empester ma cellule. J'enviais ce monsieur qui avait sauvé cette famille de la mort, car moi, je n'y étais pas parvenu. Tout doucement, je me réveillais. En fin d'émission, le générique me soulagea, car admettre des vérités est souvent plus dur que de se les cacher.

Trois heures du matin. Je me réveille pour je ne sais quelle raison. Je pense à Pierrot et ses jeunes. J'ai quelque chose à faire, mais quoi ? Le vrai Patrick H. vient de reprendre le dessus. Et si j'écrivais à TF1 pour parler de ce que fait Pierrot ? Le sentiment de faire le bien vient de me sauver du monde de fausses illusions dans lequel je me promenais.

Putain... Je suis vivant...

Je regarde mes mains comme si elles étaient responsables de ma déchéance, j'essaie de me trouver des excuses, mais y en a-t-il ? Être un homme, c'est assumer ses choix et ses responsabilités. Vérité que mon Senseï m'a apprise il y a quatorze ans. Il m'a préparé à chaque épreuve de ma vie. Je comprends trop tard qu'il m'avait enseigné la théorie et que je devais découvrir par moi-même la pratique.

Il me reste deux heures pour réfléchir avant que le maton n'ouvre ma porte pour distribuer le petit déjeuner. Cent vingt minutes pour redevenir le *tsuba* de moi-même et de ma culture, en acceptant ce que je suis et surtout en respectant mes convictions. À vingt-neuf ans, je comprends que je suis un homme d'honneur. Tout simplement.

Pour me prouver ce que j'étais, j'ai écrit ce jour-là à Patrick Sabatier, alors que je savais que je me condamnais à mort dans le monde des voyous et surtout de la prison, car le code interdit de parler à un flic ou de devenir ami avec lui. Mais mon geste me donnait l'impression de payer pour mes fautes et de rendre honneur à ceux que j'avais perdus par incompétence. Je savais que Max et mon rayon de soleil seraient fiers de moi et comprendraient mon choix. De toute façon, donner ma vie pour sauver celle d'enfants est la plus honorable des morts, alors pourquoi m'en priver ? La vie m'accorderait-elle encore cette faveur ? Combien y avait-il de chances que la lettre d'un braqueur belge arrive dans les mains d'une star de la télévision française ? Aucune. L'important, pour moi, était d'essayer.

Je n'avais rien dit à Pierrot pour ne pas lui donner de faux espoirs, mais j'en avais parlé à Georges qui trouvait l'idée excellente, sans avoir conscience du prix à payer !

Tout le monde avait remarqué mon changement,

bien que je n'aie pas fait de bonds de joie sur les galeries. Mais j'inspirais toujours la crainte.

Dix jours plus tard, on m'appela au greffe pour une communication téléphonique urgente. La terre s'écroulait à nouveau sous mes pieds car j'avais peur de découvrir ce que la vie m'avait préparé comme nouvelle saloperie. Quand je suis arrivé devant le téléphone, tout le monde me regardait comme si la troisième guerre mondiale venait d'être déclarée. Pendant un instant, j'ai hésité, mais un homme d'honneur doit faire face à tout. J'ai dit « allô », et une voix douce m'a répondu :

« Bonjour. Vous êtes Patrick H. ?

— Oui. C'est moi.

— Je suis l'assistante de Patrick Sabatier et je vous téléphone car votre lettre nous a énormément émus.

— Et alors ?

— Êtes-vous d'accord pour une interview et passer à la télévision ?

— Mais je suis en prison !

— Oui, je sais... Mais on a déjà reçu l'accord du ministre de la Justice belge.

— Heu... O.K. ! »

Je suis sur le cul et ne réalise pas ce qui se passe. Je viens de me condamner à mort.

Toute la prison est en émoi, mais personne ne sait de quoi je vais parler.

Je peux encore faire marche arrière et sauver ma vie car, une minute après l'émission, je serai l'homme à abattre. J'aurai autant de valeur qu'une sale balance ou un pointeur.

Je regrette juste de ne pas avoir près de moi la veste de kimono que m'a offerte mon Senseï. J'aurais été tellement fier de la porter pour mourir. Ma mort aura la droiture que la vie m'a enlevée. Les vivants m'oublieront très vite, mais les mômes que j'aurai sauvés seront ma plus belle revanche. Paradoxe incroyable, un voyou va mourir pour aider un flic. Je vis maintenant dans le couloir de la mort et, bien que la peine capitale soit abolie en Belgique, je découvre ce que ressentent ceux qui vivent dans son attente dans les pays où elle est encore exécutée. Je n'ai aucune peur, car mon amitié et le respect que j'ai pour Pierrot valent bien ma vie. Lui aussi a sacrifié la sienne pour sauver et donner une seconde chance à des mômes donnés perdants dès leur naissance.

Quinze jours plus tard, la télévision débarque dans la prison. Pour des raisons de sécurité, tous les détenus restent enfermés en cellule. Je constate que tous les matons sont passés par le pressing et tirés à quatre épingles... L'adjudant-chef me demande de ranger certaines choses, mais je refuse car je n'ai pas honte de là où je vis. Je n'ai pas de photo de nana à poil sur les murs et la propreté règne, alors...

Pendant plus de deux heures, la caméra me fixera sans que personne ne se doute que ce sera à titre posthume. Je terminerai l'interview par une phrase qui résume mon état d'esprit et la seule façon que j'ai trouvée pour dire au revoir à Pierrot : « Tu es un petit bonhomme par la taille, mais un grand monsieur par ce que tu fais. »

Un mois plus tard, à la date annoncée par TF1, toute la prison est devant son poste de télévision. Anne Sinclair est l'invitée d'honneur au côté de Patrick Sabatier, quand soudain elle se lève. Elle se déplace dans les allées du studio et s'arrête à hauteur de Pierrot, qui ne se doute absolument de rien. Toute l'équipe avait travaillé en sous-marin avec la complicité de Véro, son épouse. Je ne sais pas combien de millions de personnes regardent à ce moment-là, mais personne ne se doute que je vais mourir demain, quand les portes vont s'ouvrir.

Pierrot donne l'impression de prendre le ciel sur la tête et ne réalise pas tout de suite ce qui lui arrive. Sabatier commence alors à détailler la vie de Pierrot et, en l'écoutant, je suis encore plus fier de donner ma vie pour lui. Soudain, Sabatier interrompt Anne Sinclair, qui en bonne journaliste assaille Pierrot de questions, et dit : « Vous ne vous demandez pas comment et pourquoi vous êtes ici ? Regardez qui vous a dénoncé... » Ma voix résonne dans la télévision et soudain mon visage apparaît. Pierrot essaie de retenir son émotion car il vient de comprendre. Moi, le voyou, le soi-disant déchet de la société, je mets à l'honneur un flic devant la France et la Belgique entières. Je parle de lui avec mes mots et je m'offre ma revanche.

Après mon intervention, le cameraman zoome sur le public présent dans le studio. Personne n'applaudit. Je suppose qu'ils n'en croient pas leurs yeux et encore moins leurs oreilles. Anne Sinclair réagit et brise ce calme de stupéfaction en interpellant Pierrot qui, lui, reprend son souffle. Il a compris à ce moment-là le prix que je vais payer pour le cadeau que je viens de lui faire, et ses premières phrases seront remplies de modération, comme pour faire passer un message aux autres détenus. Souvent, je repense à son visage qui dissimulait très mal son émotion... C'était mon ami.

Mon geste permettra à cinquante jeunes de traverser le désert de Tunisie à pied, encadrés par l'armée tunisienne et parachutés par l'armée belge. Un voyou, un flic et des militaires ont offert une seconde chance à des mômes exclus du droit le plus élémentaire : l'affection.

L'émission vient de se terminer. Pas un bruit ne se fait entendre et je comprends que beaucoup viennent de me condamner à mort. Demain, je sortirai avec fierté de ma cellule en connaissance de cause. Je ne me défendrai même pas, car mon honneur en dépend. J'espère seulement que cela ira très vite. Quelques minutes seulement viennent de s'écouler et un bruit brise le silence de la prison. Je devine que cela vient d'une cellule en face de la mienne... Michel, ennemi public numéro un à la fin des années 1970, applaudit de toutes ses forces en criant « bravo ». Maintenant, un autre l'accompagne, puis un troisième, un quatrième... Mes potes de galère, ceux que l'on a jugés et considérés comme asociaux, saluent et honorent mon geste. Ils sont vingt ou trente à exprimer leur sentiment par leurs applaudissements... Oui, ils ont braqué, oui, ils ont volé, mais aucun d'eux n'a jamais violé un enfant.

Je vis l'un des plus beaux moments de ma putain

de vie, et ce sont des voyous qui me l'offrent. Je comprends à ce moment-là la phrase de mon Senseï : « Ce n'est pas forcément le plus bel oiseau qui chante le mieux... »

Ce soir-là, et pour un court instant, nous étions des dieux, ou plus exactement des hommes. Nos sentiments étaient nos faiblesses, mais pour la vie de mômes, on n'en avait rien à foutre de les montrer... Nos corps étaient en prison, pas nos cœurs.

Le lendemain matin, la routine reprit ses droits et personne ne fit de commentaires. Michel, qui arrivait en face de moi sur la galerie, me fit un sourire de congratulations qui exprimait aussi un profond respect. En me croisant il me dit : « Fais attention à toi. »

Je sais ce que veut dire cette phrase, il me met en garde. Les bruits courent très vite et j'apprends que deux braqueurs me traitent de sale balance et, forcément, m'inscrivent au registre des exemples à faire !

Chance pour moi, le maton de service est celui qui m'a donné mon passe-droit pour buter les pointeurs. Je lui demande de fermer et de bloquer la porte des douches lorsque j'y serai entré ! Il ne faut pas lui faire de dessin pour comprendre le but final car son ancienneté fait de lui un expert en protocole pénitentiaire.

Neuf heures du matin. Les douches sont ouvertes. Le maton me fait signe de la présence dans les douches de mes deux cibles. Tout le monde sait ce qui se trame et, comme au théâtre, les détenus se mettent au balcon. Mes cibles ne s'inquiètent apparemment pas d'être seuls dans les douches. Trop tard pour eux, la porte vient de se refermer derrière moi. L'effet de surprise me donne l'avantage, mais un coup de pointeau me traverse la cuisse. Je ressors des douches victorieux, en me promettant que c'est la dernière fois. Le temps est venu pour moi de tourner la page.

L'attitude imbécile de ces deux taulards m'apporta la certitude que ce monde n'était pas le mien. Je m'y étais adapté mais pas intégré. Comme un vieux assis sur un banc public, j'allais attendre la fin de ma détention. Je n'avais plus rien à prouver, mais plein de choses à trouver. J'allais découvrir qu'il n'y a pas d'âge pour commencer à vivre.

Les semaines et les mois s'écoulaient comme un ruisseau déverse l'eau vers l'inconnu. Pierrot et Georges venaient toujours me voir à tour de rôle le mardi, et j'appris que son passage à la télévision avait envoyé Pierrot en conseil de discipline. Sa hiérarchie avait-elle honte de lui ? Il ne me répondra jamais.

Un jour, Georges me posa une drôle de question : « Que feras-tu à ta sortie ? » Merde ! je n'avais pas pensé à ça... De toute façon, ce n'est pas pour demain.

Dehors, je n'ai plus rien. Allongé sur mon lit, j'essaie de trouver des réponses, j'envisage tout et n'importe quoi. Quel que soit l'objectif choisi, je dois admettre que, sans pognon, cela ne restera qu'un projet. Et si je faisais un dernier braquage pour me refaire ? Je pourrais reconstruire une vie ailleurs. Une vie honnête en travaillant pour mon compte ! Je me trouverai une compagne et, avec de la chance, on aura un enfant. Je l'appellerai Maximilien pour ne garder que son diminutif.

Je ferai construire une maison pour avoir mon Senseï près de moi. Il éduquera mon fils pendant que je le regarderai grandir.

Comme un poivrot, je me saoule, mais avec des rêves et des illusions. Je n'ai d'autres repères que ceux laissés par ma vie. Une fois de plus, la buée remplit mes yeux car je réalise que tout ça n'arrivera jamais. Il faut que je l'admette, c'est cela être fort.

Et si tout ne dépendait que de moi ?

Pendant des mois, cette question reste dans un tiroir de ma tête car je sais qu'elle est la clé de quelque chose. Mais de quoi ?

Je viens de passer la barre des mille jours de prison et je ne sais pas qu'il ne m'en reste qu'une centaine à tirer avant de revoir le ciel de liberté.

Je suis devenu le détenu le plus calme de la prison, et je passe le temps à nettoyer les galeries et à m'entraîner. Je ne souris pas, mais je suis en paix avec moi-même. Mon calme déteint sur certains de mes potes, et la prison devient presque aussi calme qu'un home de vieux.

Coup de théâtre ! Michel, après onze années, apprend qu'il est libéré. L'émotion et la joie restent discrètes parmi nous, car on ne réalise pas que demain on ne le verra plus jamais. Je le regarde distribuer les objets qui l'ont accompagné durant toutes ces années et, discrètement, je fais le tour des hommes qui l'ont côtoyé et sont devenus ses amis. Bien que ce soit interdit, nous avons tous du pognon planqué, au cas où... Avec mon magot de l'amitié, je demande à Luc la Main froide de profiter de son heure de table pour acheter une montre chez un bijoutier. Il risque sa place, mais comprend notre geste et accepte.

Nous avons regardé Michel franchir les grilles vers la liberté, la montre au poignet. Pas un bruit, juste un regard pour lui dire au revoir. Sa pudeur lui interdisait de gueuler sa joie car il laissait derrière lui de véritables amis. C'était quelqu'un de bien.

Où que tu sois, j'espère que tu as trouvé ce que tu cherchais.

Chaque libération provoque, chez chacun de nous, le pire des calculs. Encore cinq ans... Encore dix ans... Certains ne savent même plus car ils ont arrêté de compter.

La prison, à juste titre, punit, et je n'en conteste pas l'utilité, mais elle désapprend à vivre car les lois qui la régissent n'ont aucune valeur à l'extérieur. Je ne sais pas lequel des deux mondes est le plus archaïque, mais maintenant j'ai la conviction de n'appartenir à aucun des deux...

L'un est dur, l'autre sournois. Je m'amuse à aligner sur une page blanche les bons et les mauvais côtés que j'ai vécus dans chaque monde. Le constat est surprenant, mais je laisse à votre appréciation le soin de le calculer.

Chacun de nous a un parcours différent, mais certains constats reviennent méthodiquement, comme une maladie chronique. Une très grande majorité des gens qui composent la société n'est faite que de jaloux, d'envieux, d'égoïstes et de médisants.

Novembre 1991. Cela fait longtemps que je ne me suis pas senti aussi bien et calme. L'hiver a déclaré la guerre au beau temps mais, mis à part pour la promenade, cela n'a aucune importance pour nous.

La prison devient presque mon havre de paix.

19 novembre. Pour la mille cent quatre-vingt-neuvième fois, je me lève pour distribuer le petit déjeuner. Une journée comme les autres commence doucement. Rien, aucun signe inhabituel n'annonce que c'est mon jour. Chaque chose est à sa place, et l'automatisme du train-train quotidien est rassurant.

Pourtant, un fax vient d'arriver dans le bureau du greffier. Le maton de service vient me chercher en cellule et me dit : « On t'appelle au greffe. » C'est tellement peu habituel que des crampes au ventre me gagnent. Quand je sors de ma cellule, Sergio me regarde et son visage m'interroge. Il sait comme moi qu'au greffe on n'apprend que de mauvaises nouvelles. Je franchis les grilles avec lenteur, comme si je voulais retarder ce moment. En arrivant devant le bureau, le maton me fait signe d'attendre.

Au même instant, j'entends une phrase que je ne comprends pas : « Henderickx est libéré. » J'ai l'impression que l'on vient de me frapper avec un pied de table sur la tête. Le maton se retourne et me dit : « Tu as entendu ? » Je ne réalise pas le sens de cette phrase, encore moins ce qu'elle implique. J'ai envie de m'asseoir, de pisser, de courir, de gueuler et, surtout, de rire. Putain... j'ai réussi...

14

Les 3 marches

Un bruit sourd vient de résonner derrière moi, semblable à celui d'une antique porte de château. Je quitte un monde de réalité pour entrer dans un monde d'hypothèses. Je laisse derrière moi un tiers de ma vie.

Le ciel gris est joyeux comme une pierre tombale.

Pour la première fois depuis des années, je n'appréhende pas ce qui est derrière moi mais plutôt ce que je vois devant moi. Il est seize heures trente et je m'assois sur ces quelques marches qui séparent ma liberté de la prison.

Seul héritage, seule certitude aussi, un petit carnet qui m'indique et décompte le nombre de jours que je viens de gaspiller dans cet endroit. Mille cent quatre-vingt-neuf jours à ne rien faire, sauf peut-être rester en vie.

Pourquoi ne puis-je penser à rien ? Pourquoi suis-je fait comme un bloc de pierre, imperturbable, froid et tellement fort ? Je voudrais pleurer de joie ou hurler à la victoire, mais rien ne vient. Je me retrouve à la case départ. Le système carcéral a bien fonctionné. Du statut de taulard je passe à celui de SDF.

Que faire ? Dans moins d'un quart d'heure, le jour se couchera, tel un livre qui se referme sur une vie bien remplie et pourtant gâchée. Trente et un ans auront été nécessaires pour que je puisse m'asseoir sur ces trois marches de pierre bleue, aussi froides que l'est mon âme.

Les 3 800 francs belges (environ 90 euros) que je tiens dans la main sont le solde de onze années de banditisme, et le sac plastique que je porte ne contient qu'un jean et deux paires de chaussettes.

Je ferme les yeux et me retrouve dans ma rue au moment où je sors de chez moi. J'ai l'impression que c'était hier. Comme à vingt ans, j'ai à nouveau le choix. Prendre à gauche et reprendre mes activités ou partir à droite vers l'inconnu ? D'un côté la facilité, de l'autre les difficultés.

Apprendre à vivre avec mille euros par mois alors qu'avant je gagnais ça en une heure !

Et si tout ne dépendait que de moi ? Et si j'essayais quand même ? Juste pour voir si j'en suis capable ? Que peut-il m'arriver de pire que les trente années que je viens de vivre ? Rien.

Il y a déjà plus d'une heure que je suis assis sur mes trois marches et j'ai tellement peur de me tromper dans mon choix que j'ai presque envie de retourner en prison.

Je décide de partir tout droit. La route que je choisis de prendre est celle de la volonté de réussir car je ne serai plus jamais un braqueur et je ne veux pas devenir un soumis par obligation. Je crois en moi et surtout en ma volonté pour récupérer toutes ces années gâchées. Je suis obligé de réussir car j'ai la certitude que c'était le souhait de Max avant qu'il ne meure. Toutes ces années, nous avons cru qu'il fallait se battre contre la société, maintenant je comprends que je dois l'utiliser. Je viens de réaliser que la réussite est pire que la vengeance.

Je veux qu'un jour je puisse regarder la société dans les yeux et sourire. Ce sera la plus belle claque que je pourrai lui mettre.

Il faut que j'arrête de réfléchir. Mes craintes naissent non de mon expérience, mais de ma méconnaissance. J'ai mon objectif, maintenant il faut agir.

Personne n'est au courant de ma libération sauf, bien sûr, Georges et Pierrot. J'ai refusé qu'ils viennent me chercher, car je veux les revoir ailleurs que devant cette prison. Je contacte une ex-copine en qui j'ai confiance et, ensemble, nous faisons la route du retour. Elle a la pudeur de ne me poser aucune question et de me laisser respirer. Après toutes ces années, le parfum d'une femme a quelque chose de magique, mais je la respecte trop pour penser à autre chose qu'à notre amitié.

Arrivés à Bruxelles, elle m'a demandé :

« Où dois-je te déposer ?

— Je ne sais pas. »

Sans rien dire ni poser de question, elle m'a hébergé. Elle me connaissait bien et respectait mes longs moments de silence. Sa gentillesse me confirma les sentiments qu'elle avait pour moi et, pour ne pas la blesser ou lui donner de faux espoirs, je suis parti sans dire un mot deux jours plus tard. Pendant ces deux jours, j'ai rendu visite à ma compagne des mauvais jours et j'ai compris qu'elle avait refait sa vie et semblait heureuse. De toute façon, elle méritait mieux que quelqu'un comme moi.

J'ai utilisé ces quarante-huit heures pour passer chez ma mère et chez Georges. Ils s'inquiétaient de ma situation. J'ai menti à chacun d'eux par fierté. Ils ne se doutaient pas que je n'avais aucun endroit où dormir, mais me débrouiller tout seul avec trois mille six cents francs (90 euros) passait par les résolutions que j'avais prises assis sur mes trois marches.

Ma troisième nuit de liberté a fait de moi un squatteur d'immeuble abandonné. La fraîcheur de mes vêtements commençait à entamer mon moral. Je suis retourné chez mon ex-compagne et, par chance ou nostalgie, elle retrouva certains de mes vêtements d'époque et, surtout, me remit ma veste de kimono... la seule et unique, reçue de mon Senseï. Je savais qu'elle voulait me dire ou m'expliquer plein de choses, mais à quoi cela aurait-il servi ?

Quelques années plus tard, elle me racontera la déchéance que lui avait causée mon arrestation. La femme qui était en face de moi n'était plus celle que j'avais connue, la vie l'avait endurcie et ma connerie, massacrée.

J'entame mon cinquième jour de liberté et, pour la deuxième fois, je dors à la belle étoile.

La faim commence à me donner des crampes au

ventre et les trois mille francs (75 euros) qui me restent me disent de m'offrir un gueuleton. Il faut que je bouge... Merde !

Près du centre ville, mes pas m'arrêtent devant un petit magasin spécialisé dans les vestes en cuir. Le nom sur la vitrine est incompréhensible. Normal, c'est en turc ! La vue de toutes ces vestes me rappelle l'époque où elles me faisaient gagner beaucoup d'argent.

Putain de merde... Qu'est-ce que je fous ici, comme un clochard ? Il suffit que je donne un coup de fil et tous mes problèmes sont résolus. Le doute et la facilité embrument ma volonté.

Sur ce bout de trottoir, je découvre les sensations des alcooliques et des drogués qui essaient de décrocher. Je suis comme un aveugle à qui on aurait volé sa canne et son chien, mes repères sont cachés par le noir des doutes et de l'hésitation.

À nouveau je me demande : et si je recommençais tout à zéro ? La vie est mon champ et ma volonté un tracteur, il suffit que j'achète des graines pour que l'association des trois provoque une récolte.

J'entre dans le magasin. Un monsieur m'accueille avec beaucoup de respect. Il ne sait pas que je vais échanger la certitude de cinq jours de bouffe contre une veste en cuir. La qualité de sa marchandise est surprenante, et je découvre son atelier de confection dans le magasin même. Les quelques questions anodines qu'il me pose et ma façon d'examiner son travail lui donnent la confirmation de mon expérience dans le cuir. Sa simplicité m'étonne et je devine un personnage honnête et travailleur. Soudain, je marque un intérêt particulier pour une veste assez classique. Il est très surpris et me fait gentiment remarquer que mon choix se porte sur une taille L alors que mon gabarit m'impose du XXL. Je n'aime toujours pas les remarques et encore moins donner des explications... Mais je comprends que ce n'est pas une critique et que, surtout, il ne me connaît pas. Comment pourrait-il savoir l'idée qui germe dans ma tête ?

Le prix de la veste dépasse largement mon budget et, sans hésiter, je lui dis : « Je n'ai que trois mille francs. » Comme un bon commerçant, il prend un air vexé et me regarde. « Si vous me faites cette faveur, vous ne le regretterez pas ! » Il est très surpris par ma phrase et me regarde d'un air interrogateur. Après quelques secondes, il me sourit et dit : « D'accord. » Voilà comment, à trente et un ans, j'ai tout recommencé avec trois mille francs en poche.

Je suis sorti du magasin avec la veste pendue à un cintre, et dix minutes plus tard, je suis revenu en acheter une autre, puis une autre, et encore une autre... Ce jour-là, j'ai vendu, ou plutôt revendu, six vestes le double du prix dans les bistrots du voisinage. Jamais le monsieur, qui s'appelait Mensur, ne m'a posé de question, et, aujourd'hui encore, il ne doit pas regretter de m'avoir fait cette faveur.

Par peur du lendemain, je m'offre juste un très bon repas et je décide de retourner squatter mon immeuble abandonné. Le lendemain, je recommence mon commerce de la débrouille et je prends le temps de m'acheter plusieurs chemises et pantalons.

Ce jour-là, Georges m'offre le gîte et le couvert. Il profite du moment pour me parler d'un endroit, quasi à l'abandon, qui lui appartient. Cent cinquante hectares de jardin avec un bungalow de deux cent cinquante mètres carrés en plein milieu. D'abord, je pense qu'il se fout de ma gueule. Puis il m'explique qu'il s'agit, en fait, d'un ancien aérodrome laissé à l'abandon. Mon intérêt pour le lieu le pousse à me le faire visiter.

C'est un paradis, magique et grandiose, mais l'abandon des lieux commence à se remarquer. À l'entrée du terrain survit une petite école de pilotage tenue par des amis de Georges.

Anne et Pierre Schoemans. Elle transpire la gentillesse et lui ressemble au vieux chêne qui refuse de plier. Comme dans *Astérix et Obélix,* ils sont les irréductibles Gaulois qui tiennent tête à une administration dénuée de toute logique et responsable de la fermeture des lieux.

Sur la route du retour, Georges m'explique qu'il serait rassuré si quelqu'un habitait l'endroit pour éviter les vols ou le vandalisme. Il sait que ma fierté m'empêche de demander quoi que ce soit, et sa tactique est magistrale car il retourne la situation en service espéré. Je lui dois tellement que c'est avec honneur que j'accepte de m'occuper des lieux. Le soir même, Georges et Chabichou me prêteront un matelas et un édredon pour dormir sur place.

Le sentiment d'avoir un chez-moi me donne presque envie de pleurer, et bien qu'il n'y ait ni salle de bains ni chambre à coucher, cette taverne-école m'apportera les plus beaux moments de tranquillité de ma vie.

Il y a l'eau et l'électricité. Luxe suprême, un feu ouvert trône et sépare en son milieu deux grandes pièces qui, en leur heure de gloire, devaient être le salon et la salle à manger.

Pendant plus d'une semaine, je me suis isolé du monde et j'ai pris le temps de réfléchir au chemin parcouru. Je me suis offert des promenades telles qu'aucun mot ne pourrait vous l'expliquer. Personne ne risquait plus de gueuler « Préau, terminé ! » ou de fermer une porte derrière moi. Le soir venu, j'allumais un feu et, avec le strict minimum pour dormir et manger, je négociais avec moi-même la stratégie à adopter pour réapprendre à vivre.

Un souci majeur fut résolu par Pierrot... Une voiture, voilà l'élément qui m'offrirait l'indépendance totale, car mon refuge se trouvait à trente minutes du centre ville. Les semaines qui suivirent furent partagées entre mon « marché noir » et l'entretien de mon chez-moi.

Mes finances m'avaient permis d'avoir une dizaine de vestes en stock et la 4L prêtée par Pierrot était devenue mon magasin ambulant. Chaque semaine, je me fixais un objectif par ordre de nécessité. Un lit fut mon premier achat avec de l'argent gagné en travaillant.

Une semaine avant Noël, j'ai eu envie d'aller boire un café chez ma mère. Ma surprise a été grande de rencontrer chez elle un oncle que je n'avais pas vu depuis peut-être quinze ans.

Je l'appelais Zio (oncle, en italien). Très peu présent dans mon enfance, car nous étions séparés par cent cinquante kilomètres, il suscitait mon admiration par le calme et la force qu'il dégageait.

Il venait annoncer à sa sœur son divorce après vingt ans de mariage et son intention de venir habiter à Bruxelles. Ce soir-là, je lui ai vendu une veste.

Cela faisait un mois que j'étais sorti de prison et, pour la première fois depuis très longtemps, notre famille était réunie autour d'une table. J'aurais voulu que le temps s'arrête. Pourtant, pour éviter d'y prendre goût, j'ai préféré partir en promettant à Zio de le revoir bientôt.

Bien que ce jour-là ne représente rien pour moi, Noël fut l'excuse pour m'acheter une télévision et une antenne parabolique.

Je vis au jour le jour, en fonction du nombre de vestes vendues. Parfois, plusieurs jours, je rentre bredouille, mais cela n'entame pas mon moral.

Le jour de l'An vient de passer, et les guirlandes qui illuminent les rues et les façades des maisons m'irritent car elles ne tiennent pas compte des gens qui crèvent de faim ou de froid.

Quelques jours passent encore et les traces de mon incarcération commencent à disparaître. Le coup de pointeau reçu dans les douches a cicatrisé, mais des kystes se sont formés aux endroits où j'ai reçu les coups les plus violents... En particulier un à hauteur des reins, souvenir d'une correction gratuite au cachot.

Je redécouvre le vrai goût de la viande et le plaisir de m'offrir une omelette comme petit déjeuner.

Mon assistant de probation, celui qui assure et

contrôle ma bonne conduite, me convoque pour la deuxième fois. Il a un pouvoir énorme car sa signature au bas d'un rapport peut, sans explication, me renvoyer en prison. Je ne m'y suis jamais présenté, car, par téléphone, je lui ai raconté que je travaillais.

Autre petit problème, les papiers d'identité.

J'étais interdit de séjour dans plusieurs communes, et celle qui m'hébergeait traînait les pieds pour m'inscrire sur sa liste. Coup de gueule de ma part et, finalement, je passe du statut de SDF à celui de domicilié. Un domicile fixe me donne le droit de solliciter une aide sociale, mais, convaincu que d'autres en ont plus besoin que moi, je n'en pousserai jamais la porte.

Les semaines et les mois passent. Moins vite qu'en prison. Je n'ai toujours pas envie de parler aux gens car leurs questions me mettent mal à l'aise. À plusieurs reprises, Anne et Pierre m'invitent à boire un café. Leurs deux chiens, devenus mes compagnons de promenade, seront l'excuse pour accepter l'invitation. Un respect et une amitié sincères naîtront de ces quelques moments magiques.

Je vis comme un vieux à la retraite et ne pense plus à rien. Souvent, je reste plusieurs jours sans contact avec le monde extérieur et cela me fait énormément de bien.

Début mars 1992.

Pierrot débarque à la maison, excité comme une puce. Il me dit : « J'ai besoin de toi. Avec mes jeunes, on fait un stage de dix jours chez les paras commando pour sauter en parachute. Ce sont les jeunes qui partent grâce à notre émission sur TF1. »

Je n'ose pas lui dire que je vis au jour le jour et que je n'ai pas les moyens de rester deux semaines sans la débrouille, je ne manque de rien mais je n'ai pas d'argent de réserve. De plus, tout ce que j'ai dans mon nouveau frigo sera bon à jeter !

Il a l'air désolé par mon manque d'enthousiasme, bien que je ne lui aie pas donné ma réponse, et son air de chien battu essaie de me persuader. J'ai peur de me retrouver avec des gosses car je suis convaincu que je ne suis pas un exemple à suivre. Je n'ai d'expérience que la prison et le monde des voyous. Que pourrais-je leur apporter ?

Et si justement c'était cela ma force ? Mon expérience dans le monde qu'ils ont choisi ? Je me surprends à penser positivement, à transformer le négatif en positif. Pourtant, ma logique me dit qu'avant de vouloir aider les autres, il faut d'abord être bien soi- même, car, souvent, les gens s'occupent de la détresse des autres pour se cacher de la leur.

Quelques minutes viennent d'effilocher le temps. Je regarde Pierrot et je le revois dans son petit bureau minable où la lenteur de la justice empile les dossiers comme pour se les cacher. Je repense à mes compagnons de galère qui ont applaudi au lieu de me mettre à mort... Et surtout à tous ces mardis où il est venu me voir plutôt que de faire d'autres choses sûrement plus utiles. Je lui tends la main, comme je l'ai fait avec Max un soir de mes huit ans et, sans un mot, je lui donne mon accord pour le suivre sans limites.

Je ne sais pas dans quoi je m'engage, mais j'ai la conviction de faire quelque chose de bien. Si mon parcours peut arrêter dans son élan un gosse qui a fait le mauvais choix, alors peut-être que j'aurai moins de remords et de regrets pour ceux qui me manquent.

Une semaine plus tard, je me retrouve dans une base militaire, Schaffen, lieu d'entraînement des commandos belges. Je ne sais pas si tout cela arrive à la suite de l'émission, mais l'armée ouvre ses portes à un groupe de drogués, d'assassins, de malades mentaux et de voyous en tout genre. Cinquante jeunes de tous bords, encadrés par des accompagnateurs bénévoles et sans expérience de la rue. J'ai envie de m'enfuir quand je constate l'inexpérience de certains encadrants, mais leur bonne volonté me fait rester. Je commence à comprendre pourquoi Pierrot avait besoin de moi.

La discipline des lieux me rappelle de vieux et mauvais souvenirs, et la vue du dortoir qui va nous héberger me fait faire un pas de recul. Tout est quasi identique. Putain de merde... je suis revenu vingt-cinq ans en arrière, dans une copie parfaite de l'internat !

J'ai peur à chier dans mon froc. L'odeur est la même et, de mémoire, je peux dire où chaque chose se trouve. Il faut que je cavale d'ici, tout de suite. Dans la cohue générale, personne ne remarque ce que je revis, cela m'évite les questions et me laisse respirer. J'essaie de soulever un pied, puis l'autre. Le sol devient comme de la glu. Je veux courir ou plutôt m'enfuir. J'ai une peur de gosse, celle qui vous fige sur place comme une statue.

Soudain, quelqu'un ou quelque chose me tire en arrière. Je ne saurai jamais ce que c'était car il n'y avait que moi dans le couloir...

Quelques instants plus tard, je me retrouve dans le parking extérieur de la base sans réaliser que le garde-barrière a tenté de m'empêcher de sortir. J'ai envie de dégueuler tellement j'ai eu peur. Maintenant, j'ai envie de sourire, pas de joie mais de haine. Je suis à la limite de me pisser dessus. Je ne sais pas depuis combien de temps je suis là, mais mes jambes ont cessé de trembler.

Il faut pourtant que j'y retourne ! Je reprends doucement le contrôle de mes peurs ravivées à l'improviste. Pour m'encourager, je me dis que je ne suis plus le petit garçon qui subit, mais un homme qui se bat sans baisser la tête.

Je suis plus fort que mes souvenirs... Je suis plus fort que mes souvenirs... Je suis plus...

Je me répète cette phrase jusqu'à l'entrée du dortoir et, sans hésiter, je choisis le lit le plus près de la porte. C'est ma façon de protéger les autres au cas où... La première nuit, je n'ai pas dormi car j'ai surveillé la porte sans relâche. La nuit suivante, j'ai bloqué la porte avec une chaise, ce qui m'a permis quelques heures de sommeil très léger.

Mon contact avec les jeunes était au-delà des espérances de Pierrot. Normal, je parlais comme eux et mes années de prison étaient considérées comme une référence... Mes remarques étaient appliquées instantanément, et le respect devenait le mot-clé de chaque nouveau jour.

Dix jours d'entraînement pour arriver au jour fatidique du saut de ballon. Une petite nacelle d'un mètre carré vous élève à trois cents mètres du sol. Je n'ai pas peur, mais la vue est impressionnante. Je répète, dans ma tête, les gestes appris les jours d'avant et, soudain, le militaire me fait signe d'avancer. Je suis au bord du vide et si je fais un pas, mes pieds devront attendre trois cents mètres pour à nouveau toucher quelque chose de dur. Pour m'encourager, le militaire a la mauvaise idée de me toucher l'épaule. Mon regard lui indique clairement que s'il recommençait, nous aurions une conversation gestuelle. Je suis obligé de sauter car en bas, les jeunes regardent et me testent. Et hop ! Me voilà dans le vide...

Trois sauts de ballon pour gagner le droit de sauter d'un avion.

Zaventem, neuf heures du matin. Un Hercule C130 nous attend. Comme des militaires, nous contrôlons l'équipement de celui qui nous précède. Devant moi se trouve Martine, elle est à la limite de la syncope au moment où les moteurs sonnent la cavalerie. Des militaires de carrière profitent de l'avion, rempli à moitié, pour se faire un petit saut gratos.

Vingt-cinq minutes de vol et les portes latérales s'ouvrent. Le changement de couleur d'une ampoule donnera l'ordre de sauter.

Le rouge laisse la place au vert... Bingo ! En file

indienne, je vois les jeunes disparaître par la porte. Chaque seconde, le cul de l'avion largue dans le ciel un paniqué qui gesticule, accroché à un morceau de toile. Encore trois pas et, sans hésiter, je plongerai dans le vide.

Soudain, coup de panique. Mes craintes étaient fondées. Martine bloque devant la porte. Sans hésiter, je la prends par le pantalon et l'éjecte de l'avion en la suivant de très près. De retour sur le plancher des vaches, je sais que j'ai gagné mon diplôme de parachutiste.

Dernier jour et moment de séparation...

La vie m'a blindé contre tout, mais le regard de ces gamins me casse à l'intérieur. Certains retournent à la prison pour mineurs, plusieurs autres dans la rue, un en hôpital psychiatrique. Ils ont entre dix-sept et vingt ans, et sept d'entre eux sont des cas très difficiles... Pendant dix jours, ils se sont accrochés à moi comme à un père ou à un grand frère. Que dois-je faire ? Leur fierté leur interdit de demander et, surtout, ils en ont marre de n'entendre que « non » en réponse à leurs demandes.

Voilà comment je suis devenu un père provisoire et me suis retrouvé avec sept bouches à nourrir.

Premier gros souci, la bouffe.

Le premier jour, on a vidé les réserves et le lendemain je me suis remis dare-dare à mon marché noir. Il fallait tout acheter, couvertures, matelas et surtout la bouffe pour huit... La lessive devenait industrielle, comme la vaisselle. Mais nos soirées au coin du feu font partie de mes plus beaux souvenirs.

Chaque jour je prenais un jeune avec moi pour avoir le temps de mieux le connaître. Et les autres s'occupaient des tâches que je leur avais imposées.

Pendant des mois, nous avons galéré ensemble, mais pour rien au monde on ne nous aurait séparés. J'avais réussi à leur apprendre la solidarité et un tout petit peu de mon code de l'honneur. La came n'avait pas réussi à nous infiltrer et certains n'y ont plus jamais touché.

Bien que Pierrot ait tout tenté, je n'ai reçu de l'Etat que 1 800 francs belges (40 euros) pour nourrir mes sept gosses. Mais quelle importance ?... Leur cœur avait besoin d'autre chose que de pognon. Ensemble, nous l'avons trouvé.

Novembre 1992.

Aujourd'hui est un jour particulier. Cela fait un an jour pour jour que la prison m'a recraché à la rue. Sans rien dire aux garçons, je monte dans ma 4L et me dirige vers le centre ville. Je m'arrête devant la prison de Saint-Gilles. Juste en face se trouve un petit parc et un banc public. Je m'y assois en vainqueur et, des yeux, fixe les portes qui se sont refermées derrière moi dix ans plus tôt. Je souris comme pour les narguer et d'un geste franc, je leur crache dessus. C'est la seule façon que j'ai trouvée d'exorciser toutes ces années gâchées pour rien.

Je suis parti sans me retourner en laissant derrière moi un monde qui ne serait plus jamais le mien.

Le voyage dans le désert de Tunisie se préparait sérieusement.

17 décembre 1992. Soixante-dix personnes quit-

tent le sol dans un avion militaire. L'armée belge vient pour la seconde fois de nous faire un cadeau gigantesque. Quand nous arrivons sur place, l'armée tunisienne prend le relais et, ensemble, nous rejoignons ceux partis par la route avec la maintenance et une ambulance. Cent quatre-vingt-dix kilomètres à pied à la découverte de soi. Se retrouver alors qu'il est si facile de se perdre. Un de mes plus beaux souvenirs sera ce ciel de nuit qui vous supplie de l'admirer.

Que vous dire sur ce paysage qui n'a pas d'âge ? Chaque mot utilisé pour le définir serait minimiser la beauté du lieu. Pourtant, un journaliste viendra nous gâcher une partie de la troisième nuit. Harcelant les jeunes de questions indiscrètes, il se permettra de frapper un gamin qui l'avait envoyé chier. Sans m'emballer, pour éviter l'émeute, je rejoins le groupe et me mets face au journaliste. Les jeunes nous entourent sans dire un mot. Ils savent que je suis juste mais imprévisible.

Je regarde le jeune Andréa et lui demande :

« Il t'a frappé ?

— Oui. »

Maintenant je regarde le journaliste et lui demande :

« Vous l'avez frappé ?

— Oui, mais... »

Je ne lui laisse pas le temps de terminer sa phrase et le frappe à la voyou.

Ma méthode est discutable, mais ne pas réagir aurait été comme cracher sur ces jeunes qui ne demandent qu'à trouver leur voie et pas à recevoir des claques. Aucun encadrant ne me fit de commentaires et le connard édenté fut rapatrié le lendemain.

Les jours qui suivirent sont remplis d'anecdotes, et elles resteront dans nos têtes et dans nos cœurs comme une chaîne qui nous relie les uns aux autres.

Notre voyage se terminera le jour de la Saint-Sylvestre sur les quais du port de Tunis et, paradoxe de la vie, je passerai les douze coups de minuit dans mon sac de couchage allongé sur un trottoir devant une banque ! Je me souviendrai toute ma vie du fou rire que Pierrot et moi avons eu ce soir-là.

De retour dans mon jardin de cent cinquante hectares, quatre garçons restent avec moi. Sur les trois autres, deux retournent dans leurs familles respectives avec l'ambition et la volonté de changer leur vie. Le troisième tente sa chance avec la seule fille qui vivait chez nous. Peu de temps avant le départ en Tunisie, il avait invité régulièrement cette fille à la maison et, comme il n'y a pas de fumée sans feu, elle avait fini par dormir chez nous. Ils se sont mis en ménage, ont tous les deux trouvé un boulot et ne se sont jamais quittés.

J'avais sauvé trois gosses de la rue. J'ai levé les yeux vers le ciel et fait un sourire à Max.

Une fois encore, mon assistant de probation me convoque dans son bureau. Je tente une fois de plus de l'endormir en lui téléphonant, mais il n'est plus dupe. Il me demande de lui fournir une copie de mon contrat de travail et je sens au ton de sa voix que je n'ai plus d'échappatoire. Comment lui dire que, depuis un an, je vis du marché noir pour éviter de dépendre de qui que ce soit ? Comment lui expliquer que les théories qu'il applique pour une soi-disant réinsertion ne correspondent en rien à la réalité ? Et surtout, quel poids a la parole d'un ex-taulard face à l'administration ? Je ne braque plus et je gagne ma vie sans nuire à qui que ce soit. Pourtant, j'ai plus de chances de retourner en prison que si je m'étais inscrit au chômage.

Quelques jours plus tard, Marc, à qui j'ai expliqué ma situation, me contacte pour m'apprendre une bonne nouvelle. Il a les coordonnées d'une société qui recherche un plombier. Bien que je ne connaisse absolument rien à la plomberie, je me présente à l'adresse reçue la veille. Ma liberté et l'avenir de mes jeunes dépendent de cet emploi.

Pour augmenter mes chances d'embauche, j'invente que je suis plombier depuis dix ans et que toute ma famille est dans le bâtiment depuis trois générations. Demi-mensonge car mon grand-père était effectivement entrepreneur dans les années 50. Mon simulacre de qualification fonctionne à merveille et persuade le patron, qui m'embauche immédiatement pour quinze jours d'essai.

Le travail consiste à remplacer des éviers de cuisine sous garantie.

Je viens de gagner ma liberté définitive et pourtant, je n'imagine pas que je viens de mettre le pied dans un de mes pires calvaires.

Sorti de chez mon employeur, je me précipite dans une grande surface spécialisée en bricolage et j'achète deux livres et des outils de plombier.

Six heures du matin le lendemain. Ma feuille de route et une camionnette remplie d'éviers m'attendent. Cinq interventions et cinq cents kilomètres à faire pour ma première journée.

Mon premier dépannage me prend trois heures, alors que je devrais le faire en vingt minutes. Quinze heures plus tard, je sors de chez le dernier client. Il est vingt et une heures et je n'ai pas encore mangé. Ce soir-là, je dors tout habillé.

Mes quinze jours d'essai viennent de se terminer et je suis convoqué au bureau pour signer mon contrat définitif. J'ai des remords de leur avoir menti pour me faire engager car ils m'ont donné une chance et, même si je dois perdre mon job, il faut que je leur en parle. Je sais qu'ils sont contents de mon travail, alors qu'est-ce que je risque...

J'entre dans le bureau. Les deux associés sont présents et immédiatement, je leur dis : « Il faut que je vous parle. »

Nous sommes assis tous les trois autour d'une table, et je leur explique que je ne suis pas plombier et que je sors de prison... Le plus âgé des deux me fait une remarque qui aurait dû me mettre en garde :

« Tu es en conditionnelle, alors ?

— Oui. »

À ce moment-là, j'aurais dû mentir.

Le plus jeune est abasourdi par mes aveux mais épaté que je leur fasse confiance et, contre toute attente, il me tend la main pour marquer son accord à mon engagement définitif. Je signe plusieurs papiers et me voilà salarié, ou plutôt, baisé.

Mes réserves financières sont au plus bas, et je suppose que je ne toucherai pas mon premier salaire avant la fin du mois. Deux de mes jeunes ont trouvé un petit job et les deux autres s'occupent de notre petit coin de paradis. Pour remplir le frigo, je profite du samedi et du dimanche pour vendre mes vestes en cuir. La fin du mois arrive enfin et j'attends avec impatience mon premier salaire.

Le vendredi matin, j'arrive au dépôt comme les autres jours et, surprise, une enveloppe à mon nom m'attend. Comme un gosse qui déballe un cadeau qu'il vient de recevoir, j'ouvre doucement l'enveloppe.

Un papier et quatre-vingt mille francs (environ deux mille euros) s'y trouvent...

La somme paraît énorme, mais je fais un rapide petit calcul ; soixante jours à douze heures correspondent à 2,70 euros de l'heure ? Inquiet, je demande à voir le patron. Le plus âgé des deux me reçoit et je vois tout de suite que ma venue l'emmerde. Son air hautain ne me plaît pas du tout et mon feeling de voyou m'indique que ça va mal se terminer. Gentiment, je lui demande s'il n'y a pas une petite erreur ou, simplement, si ce n'est qu'un acompte. Une seule phrase sort de sa bouche et me fait comprendre la situation : « Si t'es pas content, je téléphone à ton assistant de probation et je lui dis que je t'ai surpris à voler. »

Comment réagir ? Le tuer sur place ou l'envoyer

chier ? Les deux solutions me renvoient illico au placard. Je choisis l'option du roseau, plier mais ne pas casser. Pour le moment, il est plus fort que moi, et mon seul avantage est qu'il ne me connaît pas.

Pendant quatre mois, je travaillerai pour lui six jours par semaine à raison de quatorze heures par jour. À plusieurs reprises, je partirai à six heures du matin pour rentrer à dix heures du soir. Chaque fin de mois, je recevrai mon aumône sans broncher. Sa certitude de ma soumission fera de lui un imprudent et, pendant trois mois, je soignerai tous ses plus gros clients, à la limite du lèche-cul. Judas s'était invité à ma table sans savoir qu'il paierait l'addition.

À la fin du mois de mai, ma stratégie est en place. Je m'arrête chez E.S., gros magasin en électroménager situé chaussée de Waterloo. Une famille entière fait tourner la maison et ils apprécient mon travail. Je viens leur apprendre que je me mets à mon compte sous le nom de Dépannage Patrick. Je joue le tout pour le tout car s'ils me refusent, je suis dans la merde.

Voilà comment, ce samedi matin du mois de juin 1993, je suis devenu indépendant. Trois mois plus tard, j'ai engagé un ouvrier et l'année suivante, deux de plus. Avec ma dernière enveloppe de quatre-vingt mille francs, j'ai acheté une camionnette pourrie et de l'outillage.

Un an plus tard, mon ex-employeur aura une balle dans la jambe et sera arrêté pour faux, usage de faux et escroquerie.

J'ai oublié de vous dire que le fameux samedi, je

lui ai fait passer un message comme quoi je savais comment avait disparu sa voiture lors d'un voyage à Paris alors qu'il prétendait qu'il s'était fait agresser. Œil pour œil, dent pour dent.

15

Un bras d'honneur à mon passé tordu

Fin 1994. Cela fait dix-huit mois que j'ai créé ma petite affaire et mon carnet de dépannages ne désemplit pas. Je me suis pris au jeu et, de la petite plomberie, je suis passé à monteur de cuisines équipées.

Je déborde tellement de commandes que, depuis deux mois, Zio bosse avec moi. Il est carreleur de profession. Ensemble, nous montons des cuisines de luxe pour particuliers.

La réputation de la qualité de notre travail me donne l'envie de dessiner, fabriquer et installer une cuisine complète. Ambition qui se réalise chez un architecte d'intérieur. À deux, Zio et moi réalisons un chef-d'œuvre. L'électricité, le carrelage au sol, le plafonnage et enfin la cuisine équipée, dessinée et fabriquée de mes mains. L'architecte est aux anges à la vue du résultat et nous recommande à tous ses clients. Il ne saura jamais que deux ans auparavant j'étais un perdant, condamné à la rue et au braquage pour survivre.

La fierté que j'ai ressentie ce jour-là était multiple car : je m'étais prouvé que moi aussi je pouvais réussir ; je découvrais un oncle qui me considérait comme son fils ; je pouvais maintenant retourner chez mon père de cœur... mon Senseï.

Ma réussite me donnait le pouvoir de faire un bras d'honneur à mon passé tordu.

Mes quatre derniers jeunes étaient partis, l'un après l'autre, vers une nouvelle vie et, de temps en temps, le dimanche, on se réunissait comme au premier jour. Chacun racontait son chemin parcouru et cela motivait ceux qui en avaient besoin. Pour me taquiner et me remercier, ils se remémoraient avec affection les coups de gueule et les obligations que je leur avais imposés pour essayer, et réussir, à les changer.

Seule ombre dans nos cœurs, Henri, un pote que j'avais connu au placard et que Pierrot avait sorti pour franchir le désert avec nous. Juste après le voyage, il avait préféré retourner en prison, où il avait déjà gaspillé onze années de sa vie, pour mourir... Car, lors d'une transfusion, la taule lui avait refilé le sida. Il avait trente et un ans, il était devenu mon ami.

Zio avait pris la place des jeunes à la maison car il était retourné vivre à la côte et il ne rentrait chez lui que le week-end. Au fil des mois, notre taverne-école était devenue une vraie maison, avec trois chambres, salle de bains, salon et salle à manger. Notre vie devenait réglée comme du papier à musique. Quelle que soit l'heure à laquelle on rentrait, chacun prenait sa douche et enfilait des vêtements propres. Pendant que Zio nous faisait à manger, je m'occupais de la facturation. Souvent, après le repas, on s'offrait une balade avec les lapins et les faisans comme spectateurs. Je prenais plaisir à écouter Zio quand il me parlait de tout et de rien.

Sa stature de roc usé par le temps impressionnait les gens, mais durant nos promenades je découvris un homme généreux et blessé par une femme imbécile qui le séparait de ses deux enfants. Homme sans méchanceté, cette défaite conjugale l'avait brisé à l'intérieur et avait fait de lui un homme qui vivait au jour le jour sans penser à l'endroit où ses pas le conduiraient le lendemain.

Lors d'une promenade, je compris la fierté qu'il éprouvait pour moi et surtout que je comblais, un petit peu, le vide dans son cœur dû à l'absence de son fils. Ce jour-là, pour le remercier et surtout parce que je l'aimais très fort, je lui fis la promesse qu'un jour il serait tellement fier de moi que je réussirais à le faire pleurer de joie. Il me répondit : « D'accord. »

Notre pacte lui donnait une nouvelle raison de vivre et sur son visage grave un sourire enthousiaste remplaça la gravité.

Nos chantiers nous emmenaient maintenant aux quatre coins du pays. L'ampleur de nos nouveaux chantiers m'obligea à engager des indépendants triés sur le volet, et surtout sélectionnés par Zio. Je commençais à gagner presque autant d'argent que pendant ma période voyou !

Un samedi matin, alors que je suis en congé, le téléphone me réveille. Un vieux monsieur me supplie de venir d'urgence car une fuite d'eau dans sa cave risque de détruire tous les objets qui y sont entreposés.

Pour limiter les dégâts, je lui conseille de fermer dare-dare la grosse vanne au compteur, mais, d'une voix gênée, il me dit : « Je suis handicapé. »

Arrivé sur place, je me rends compte de l'urgence de la situation. Je mets plus de deux heures à réparer. Du haut de l'escalier, le monsieur dans son fauteuil roulant observe tous mes gestes. Je lui parle très peu, mais je sens que la solitude fait partie de son quotidien. « Voilà, j'ai terminé. Tout est en ordre. »

J'ai oublié qu'il ne peut pas descendre l'escalier ! Quelques instants passent et je comprends pourquoi il ne vient pas contrôler mon travail. Sans réfléchir, je monte l'escalier et le prends dans mes bras puis redescends dans la cave. En bas, j'utilise mon genou comme siège et lui montre ce que je viens de réparer. Il est très surpris par mon geste mais ne fait aucun commentaire.

Après avoir replacé le vieux monsieur dans son fauteuil, je lui demande où je peux me laver les mains. Il m'explique que je trouverai du savon dans la pièce où, du temps où il pouvait marcher, il avait comme passion la chimie. Dans la cave, plusieurs pièces nous entourent et je n'avais pas remarqué que l'une d'elles était un vieux labo de chimie.

Prudent, mais surtout curieux, je découvre un endroit magique mais très poussiéreux, où le temps s'est visiblement arrêté. À l'endroit indiqué par le monsieur, il y a effectivement plusieurs petits flacons remplis d'un liquide jaunâtre.

Lorsque je mets de ce liquide sur ma main, la saleté disparaît quasi instantanément. Pris de panique, je crois d'abord que je me suis trompé de flacon et que je viens de verser de l'acide. Pour me sauver, je mets mes mains sous l'eau courante. La vue de la mousse me tranquillise. L'efficacité de cette invention est surprenante et j'en fais la remarque au vieux monsieur.

Mes outils remontés de la cave, on s'installe dans la cuisine pour que je rédige ma facture. Le désordre et l'odeur des lieux me surprennent et me désolent. Comment peut-on oublier un être humain dans des conditions pareilles ? J'ai tellement pitié que j'ai honte de lui faire payer mon dépannage. Pour lui faire un cadeau sans blesser son amour-propre, j'invente qu'il devra payer à la réception de la facture. Jamais je ne l'ai envoyée. Lorsque je le quitte, il me remet un litre de son savon pour me remercier de l'avoir dépanné si vite.

Je viens de rencontrer l'homme qui va faire de moi un industriel.

Quelques semaines plus tard, je décide de mettre de l'ordre dans ma camionnette et je retrouve le bidon de savon offert par le vieux monsieur. Je n'y attache pas beaucoup d'importance mais, comme je dois nettoyer ma camionnette, autant l'essayer. Le résultat est aussi surprenant qu'il l'a été sur mes mains et, par jeu, je commence à l'essayer sur tous les supports possibles. Pendant des heures, je m'amuse à tester, à frotter. Je suis émerveillé par le pouvoir nettoyant de ce savon.

Lundi, neuf heures du matin, je sonne à la porte du vieux monsieur. Il est très surpris mais content d'avoir de la visite. Je ne sais pas comment lui expliquer ce que j'ai en tête car je n'y connais rien, mais, sans détour, je lui dis que je viens lui parler de son savon. Sans me laisser terminer ma phrase, il se dirige vers une armoire et ouvre un tiroir. Il en sort un vieux dossier et revient vers moi. Sans hésiter, il me remet son dossier et me dit : « Tenez, c'est pour vous... Faites-en ce que vous voulez, vous le méritez. »

Les documents que j'y découvre ne veulent absolument rien dire pour moi, mais je crois deviner que ce sont des formules.

« Vous avez dans les mains trente ans de passion et de savoir. Le résultat est le savon qui vous a émerveillé. »

Je ne sais pas quoi lui dire car je n'estime pas encore la valeur réelle de son geste et de ses connaissances. Mais la confiance qu'il me fait me touche énormément. Ce monsieur, que je ne connais pas, m'offre son patrimoine intellectuel alors que moi je ne sais toujours pas écrire sans fautes d'orthographe. Par lucidité, et surtout par respect, je lui demande : « Que va dire votre famille ? » Il me répond qu'il n'a pas d'enfants et qu'il est le dernier d'une famille peu nombreuse. Maintenant, je ne sais vraiment plus quoi dire.

Quitter le vieux monsieur ce jour-là fut très difficile et, sur le chemin du retour, je ne pouvais m'empêcher de penser à lui.

La vie me montrait l'opposé de ce qu'elle m'avait apporté durant trente ans. Georges, Pierrot, Zio et le vieux monsieur étaient les mousquetaires de la gentillesse et la preuve de la véracité du proverbe : « Après la pluie le beau temps. »

Je ne connaissais rien à la chimie, sauf qu'en ajoutant du lait dans le café il devient plus clair. Le dossier était comme la clé d'un trésor, mais il ne fournissait pas de plan d'accès. Maintenant, que faire ?

L'annuaire téléphonique m'apporta un début de réponse. Le C.E.R.I.A, laboratoire officiel et reconnu, fut le point de départ de mes recherches. Une dame, Mme Denayer, déchiffra le code et le mode d'emploi de mon trésor. Dix jours plus tard, elle me convoqua pour tester son échantillon.

Le savoir du vieux monsieur, associé à l'expérience d'une dame extraordinaire, donnera naissance à un savon que j'appellerai, quelques jours plus tard, Force 7.

Zio était intrigué par toutes mes démarches et mes longs moments de réflexion. Mais comment lui dire que l'envie d'autre chose tournait dans ma tête ? D'un côté la plomberie et la garantie d'un avenir assuré, de l'autre un savon et le mystère. Mon instinct me poussait vers l'avant mais sans me donner d'explication. Deux ans plus tôt, je n'aurais pas hésité car je n'avais rien à perdre. Mais aujourd'hui ?

Les jours, puis les semaines passent.

Zio m'annonce qu'il a rencontré une dame et qu'il voudrait faire un break. Je suis le plus heureux des hommes, même si cela engendre quelques changements dans l'organisation des chantiers. À cinquante-cinq ans, n'a-t-il pas le droit de revivre ? Il ne se doute pas qu'il vient de donner le feu vert à mes ambitions. Et s'il l'avait fait exprès ? Et si la dame n'était en fait qu'une excuse pour me laisser le champ libre ? Je ne crois toujours pas au hasard, encore moins au destin, mais j'ai la certitude et la preuve qu'aujourd'hui prépare demain.

Notre volonté est le ciment pour les fondations de nos ambitions.

La lenteur des démarches administratives me permet de terminer tous les chantiers en cours, et, pour honorer les suivants, je passe la main aux indépendants qui ont fait un bout de chemin avec nous. Je risque le tout pour le tout car je repars à zéro. Si je me plante, je devrai retourner aux vestes de cuir.

En fermant ma petite boîte de dépannage, je me rends compte que les contributions et la TVA me sucent une partie de ma réserve financière, et que mes finances restantes me donnent dix-huit mois d'oxygène. Après, je suis dans la merde.

Novice dans le monde du bizness, j'oublie les investissements de départ, comme des étiquettes, des flacons vides et une première production. Conscient de mon erreur et ne voulant pas demander de conseil, je demande des offres de prix pour estimer les coûts. Les offres que je reçois crucifient mes ambitions car je me rends compte que pour avoir des prix raisonnables, il faut acheter des quantités déraisonnables.

Drôle de logique qui veut que « au plus tu as de l'argent, au moins cher tu paies » !

À la recherche d'une autre solution, mes pas me conduisent dans une petite boîte de la région de Tournai, chez un certain Christian R. Jeune chimiste, à la limite de l'artisan, et fraîchement indépendant, il a l'ambition et la volonté du travail bien fait. De plus, il m'offre l'avantage de produire de petites quantités et de les emballer ! Voilà comment, avec pas grand-chose, est née la société et la première production de Force 7.

Il ne me reste plus qu'une seule chose à faire mais, pour moi, c'est la plus importante.

Habillé d'un costume et tenant fermement un dossier et un échantillon dans mes bras, je retourne chez le vieux monsieur. Je viens lui offrir cinquante pour cent de la société.

La Grande Faucheuse m'a précédé et l'a emmené, sans me laisser le temps de lui montrer que j'avais réalisé son rêve.

Au revoir à vous, monsieur, et merci d'avoir cru en moi. Je ne m'inquiète pas pour vous, car là où je suppose que vous êtes, je connais des gens que j'aime qui vont prendre soin de vous.

J'ai tout dans les mains et plus d'excuse pour ne pas réussir, mais il me manque le plus important : les clients.

Je me dis que mon premier client doit être ma vitrine et devra rassurer les clients potentiels. Je pense à des multinationales et me mets à rêver à des sociétés inaccessibles. Soudain, l'idée. Sabena, première compagnie aérienne belge. Ils doivent bien nettoyer leurs avions ?

Mon culot et mon audace banniront tout protocole et me feront pousser la porte du responsable, sans rendez-vous, deux jours plus tard. Mon entretien forcé ne durera que quelques secondes, juste le temps de laisser un échantillon ainsi que mes coordonnées et de lui dire : « Excusez-moi d'être aussi grossier, mais j'ai inventé un savon qui peut nettoyer vos avions. »

Je ne sais toujours pas pourquoi la sécurité ne m'a pas jeté dehors ce jour-là mais, trois semaines plus tard, je livrais six tonnes de savon. Normalement, la procédure exige des années pour analyser et tester l'efficacité d'un nouveau produit, moi j'ai réussi en trois semaines. Un mois plus tard, sur ma lancée, je décrochais aussi le catering, là où l'on prépare les repas pour les passagers.

Pour partager mon plaisir, j'ai téléphoné à Zio. Ma voix tremblait et je ne trouvais pas les mots. Il ne m'a dit qu'une seule phrase : « Tu vas y arriver, continue ! » Cette phrase a fait de moi une locomotive que plus rien n'a arrêtée.

Début 1995. J'ai une cinquantaine de clients et la petite usine de Tournai commence à être débordée. Ma route vient de croiser celle de Linda et de sa fille Alexandra. Maintenant, j'ai aussi une petite famille.

La presse, par je ne sais quel réseau, a eu vent de mon parcours et titre : « Le gosse des rues est devenu PDG », en première page.

Tout va très vite, trop vite. Inconsciemment, les gros titres des journaux font des dégâts irrécupérables car certains clients refusent d'associer leur nom avec un ancien truand. En revanche, plusieurs revues professionnelles prennent le relais et reconnaissent la qualité de Force 7. Bingo !

Les demandes affluent du monde entier et je suis dépassé par les événements. Dans l'urgence, je m'entoure de financiers, de comptables et d'avocats. Nos premières réunions se passent très mal car ils utilisent des termes et un jargon que je ne comprends pas. Une phrase simple met tout le monde d'accord : « Ou vous parlez à ma manière pour que je vous comprenne ou je vous vire tous. » Aujourd'hui, je parle comme eux.

Deux ans plus tard, j'ai ma propre chaîne d'embouteillage et un million d'euros financés à la banque. Une secrétaire et un comptable m'assistent et six représentants sillonnent les routes.

Maintenant, je crois que j'ai suffisamment de notoriété pour m'attaquer à la grande distribution, pauvre innocent que je suis. Je découvre un monde où, pour certains, la corruption est reine et où d'autres m'imposent des pubs dans leur revue. Toutes ces boîtes ont des prix à la limite du racket.

Pourtant, une très grosse boîte ne me demande rien et donne une chance à mon produit : GB, qui deviendra plus tard une enseigne Carrefour. La responsable des achats droguerie a lu mon parcours dans la presse et m'offre trois mois d'essai. Cela fait plus de trois ans maintenant, et nous travaillons encore ensemble. Le nouveau responsable, à la suite du rachat du groupe et au vu de l'évolution de notre chiffre d'affaires, a confirmé notre collaboration. Sans citer leurs noms et sans leur faire de lèche-cul, je les remercie de m'avoir fait confiance.

Il ne me reste plus qu'à réaliser une promesse que j'ai faite à quelqu'un, un soir de promenade, dans un jardin de cent cinquante hectares.

Fin de l'année 1998. Il est une heure du matin et trois amis viennent de se taper dans la main pour construire une voiture de course. Cédric, Jean-Pierre et moi.

Notre ambition est de participer aux 24 Heures de Spa-Francorchamps. Seulement voilà, nous sommes à sept semaines de la course...

Notre volonté de réussir va donner naissance à une superbe Alpha 156 nommée Cannonball.

Notre folie invitera M. Derek Bell comme troisième pilote... et, l'année d'après, Anthony Delon.

Cerise sur le gâteau, et pour que la réalisation de ce rêve reste à jamais dans nos mémoires, je ferai monter une tente de cent mètres carrés qui ressemble presque à une maison. Je ferai aussi venir des fruits de mer directement de la côte, qui se trouve à deux cent cinquante kilomètres, et une cuisinière professionnelle s'occupera de nourrir tout le monde.

Maintenant, j'ai l'équipe pour réaliser la promesse faite à Zio !

Lors de nos promenades, Zio me parlait souvent de voitures et des courses qu'il avait gagnées dans sa jeunesse. Le soir où je lui promis de réussir à le faire pleurer de fierté, j'avais décidé de construire une voiture et de réussir à l'exposer dans un événement international. Le Salon de l'automobile de Bruxelles, voilà ce qui sera mon objectif et mon calvaire durant des mois !

Cela faisait déjà un an que, secrètement, dans les ateliers de Paduwa Racing, on construisait mon prototype. Jean-Pierre et Fabian Delvaux étaient les maîtres d'œuvre pour la mécanique, et moi je m'occupais du design de la bête.

La somme investie dans mon projet fut démesurée, mais pour tout l'or du monde je n'aurais pas arrêté. Personne, pendant un an et demi, ne sut pourquoi je construisais cette voiture, car je ne voulais partager avec personne l'angoisse de ne pas y arriver. Dans les moments de fatigue, je me motivais en pensant à l'émotion de Zio quand il découvrirait la voiture qui porterait son nom.

La Zio, voilà le cadeau que j'allais lui faire.

Il la découvrirait en plein milieu du Salon de l'auto, exposée sur un stand de deux cents mètres carrés. Pour la mettre en valeur, une fausse route inclinée vers le sol serait construite et, pour que les huit cent mille visiteurs puissent l'admirer, un éclairage de la force du soleil la fixerait sans jamais se coucher.

Je m'occupe tellement de la voiture qu'elle en

devient ma maîtresse. Je mens à mes comptables car ils ne peuvent pas comprendre ce qu'elle représente pour moi. La perfection du détail fait de moi un maniaque maladif, mais j'attends ce moment depuis tellement longtemps que la perfection même n'arriverait pas à me calmer.

Pour éviter de donner ne serait-ce qu'un soupçon à Zio, j'évite depuis un an de lui téléphoner. Je finis par croire qu'il est fâché, car lui non plus ne m'appelle plus.

Durant cette période, j'invente un second produit, né dans ma tête pendant nos premières 24 Heures de Spa-Francorchamps : Cannonball, additif d'huile qui permet de réduire la consommation de carburant de n'importe quel véhicule à moteur.

Toujours armé de culot, je pousse cette fois la porte du rédacteur en chef du *Moniteur de l'automobile.* Notre conversation sera plus longue que chez Sabena car je ne viens pas avec un échantillon mais deux cents. Je lui propose un deal correct et il accepte. Deux cents lecteurs recevront et testeront les échantillons gratuitement, et le résultat de chacun arrivera directement dans ses bureaux.

Le référendum, publié deux mois plus tard, annoncera une moyenne de onze pour cent d'économie de carburant et, de ce fait, pour la seconde fois, la presse m'offrira la première page et titrera cette fois : « Le gosse des rues, le conte de fées continue. »

À nouveau, les commandes affluent de partout.

Mon personnel le plus proche devient une

seconde famille et je ne compte plus les nuits avec eux, sans dormir pour assurer les livraisons du lendemain. La réussite ne me monte pas à la tête, et j'évite de justesse le narcissisme médiatique.

Bernard J., mon bras droit, est le gardien de ma lucidité, et pour le remercier de m'avoir supporté et soutenu depuis mes débuts, un jour comme les autres, je lui offrirai une enveloppe de 1 500 000 francs (38 000 euros). Marc, responsable de la production, découvrira un matin dans l'atelier un nouveau scooter et, pour manger entre nous le midi, j'installerai une salle de cinéma.

Je ne suis pas et je ne serai jamais un patron comme les autres.

Trois mois avant l'ouverture du Salon, je reçois une lettre qui confirme ma présence en tant que constructeur automobile. J'ai déjà réussi la moitié du chemin !

Dans quatre-vingt-dix jours, je pourrai regarder la société dans les yeux et partager avec Zio ma revanche sur la vie.

Je réalise presque tous mes rêves. Le dernier en date est une splendide BMW. Comment vous expliquer le sentiment que l'on ressent quand, à trente-neuf ans, on achète sa première voiture neuve avec de l'argent honnêtement gagné ? Et comment vous expliquer l'émotion de s'installer derrière son volant la première fois ?

Autre symbole de la réussite dans cette société si peu mercantile...

Début novembre 1999. La Terre entière se prépare au soi-disant bug de l'an 2000. Moi, je décompte les jours et je viens de déposer la voiture à la carrosserie, pour lui faire sa robe de bal. C'est la dernière ligne droite avant le défilé. Maintenant, chaque jour compte, les journalistes préparent leurs papiers pour l'événement, et une chaîne de télévision me demande de filmer la bête. Je sais que Zio regarde toutes les émissions automobiles, donc je refuse.

Une semaine avant l'ouverture, on commence à monter le stand et la voiture n'est pas encore finie. Jour J moins deux, je découvre MA voiture dans son habit de lumière et j'en ai les larmes aux yeux. Elle est ma revanche, et je la caresse en lui parlant comme si nous étions amants. Le jaune que je lui ai choisi brille de mille feux et ferait pâlir d'envie le soleil lui-même.

Nous profitons de la nuit tombée pour la transporter sur son trône, là où Zio va la découvrir en même temps que l'Europe entière.

Toute l'équipe est avec moi et chaque détail est fin prêt, il est minuit passé et la satisfaction du défi réussi nous empêche de parler. Chacun savoure le résultat de son travail accompli et s'en retourne avec un sourire de fierté. Dans vingt-quatre heures, le rideau se lèvera pour la presse.

Le lendemain matin, je suis dans ma voiture et j'arrive sur le parking de mes bureaux. Mon portable sonne et au même moment Bernard se dirige vers moi. Avant de répondre à l'appel, je vois qu'il n'a pas la même tête que d'habitude. Toujours assis dans ma voiture, je réponds. Linda, la femme en qui j'ai le plus confiance et avec qui je vis, a trouvé la force et le courage de m'appeler. Ce qu'elle va m'apprendre, c'est aussi dur pour elle de me le dire que pour moi de l'entendre. Je la connais bien et le ton de sa voix m'inquiète.

Maintenant, je vois Bernard faire demi-tour sans être arrivé jusqu'à moi.

Je viens de lâcher mon téléphone... et je pousse un cri de désespoir aussi fort que la douleur peut en créer. Zio ne viendra pas voir SA Zio. La Grande Faucheuse m'a devancé et l'a emmené sans me laisser le temps de le faire pleurer de fierté. Cette salope vient de m'enlever celui qui depuis un an mourait doucement d'un cancer généralisé et me l'avait caché. Je croyais qu'il était fâché !

La vie m'avait appris à gérer mes sentiments et mes émotions, et personne, sauf Linda, Alexandra et mon personnel n'a su pendant tout le Salon le prix que je venais de payer pour cette voiture.

J'ai fait plusieurs émissions de télé et des dizaines d'interviews avec le sourire, sans que quiconque ne se doute que je voulais prendre un marteau et tout casser chaque fois que je voyais le logo Zio sur l'avant de la voiture. Huit cent mille personnes ont admiré la Zio, mais il n'y a que moi qui voyais le fantôme de mon oncle derrière le volant.

Ma peine était si forte que je croyais ne pas en avoir.

Un an plus tard, j'ai réalisé et accepté sa mort en

vendant cette voiture pour une croûte de pain. Ce jour-là je me suis rendu service.

Souvent, je reviens la nuit au bureau, car, une fois seul, je reprends une attitude qui me rappelle d'où je viens. Debout devant la fenêtre, je regarde la ville illuminée et, dans le reflet du carreau, je revois ceux qui me manquent. Moment magique où nos reflets mélangés me donnent la sensation de les avoir retrouvés.

Aujourd'hui, la vie m'a remboursé en grosse partie, et depuis presque deux ans, que des bonnes choses me sont arrivées. Mon envie de réussir a transformé un clochard en industriel pas comme les autres. Je collectionne des voitures anciennes et souvent je descends dans mon garage, la nuit, pour leur raconter comment un jour j'ai construit une Zio.

Ma réussite ne me fera jamais oublier d'où je viens, et malgré les obligations professionnelles, je consacre une grosse partie de mon temps à faire attention aux autres. Parfois, on me traite de « nouveau riche », il me plaît alors de répondre « ancien pauvre... ! » ; mais quelle importance, je sais ce que je suis et où je vais.

Un associé fait un bout de chemin avec moi et en lui je retrouve ceux qui me manquent. Je le respecte comme Max et l'aime comme mon oncle. Il est mon ami et en même temps mon frère. Il s'appelle Guido V. de D. Il m'a appris, avec beaucoup de patience, les règles et surtout l'hypocrisie du monde des affaires. Il m'a démontré, aussi, que mon passé n'est pas une tare ou une maladie.

La vie m'a offert un second cadeau, deux filles que j'aime comme si c'était mes enfants, même si je ne suis pas leur géniteur, Alexandra et Mairine. Vingt-trois ans pour la première et vingt ans pour la seconde.

Leurs sourires et leurs câlins sont les sparadraps sur mes blessures laissées par la vie.

Pour partager ma passion automobile, et surtout parce qu'il est le fils que j'aurais voulu avoir, Christofe, vingt-cinq ans, complète et termine un rêve qui aurait dû commencer il y a vingt-deux ans.

Je ne demande rien de plus à la vie et je ne lui en veux même pas... J'ai presque envie de lui dire merci...

Ma volonté a combattu l'acharnement du « mauvais » côté de la vie et j'en suis sorti vainqueur. Je comprends, maintenant, que c'était le combat auquel mon Senseï m'avait préparé.

C'est peut-être cela la vraie vengeance.

ÉPILOGUE « PROVISOIRE »

Quarante et un ans d'histoires, de mauvais choix, mais surtout d'un parcours impensable.

La chance n'existe pas, encore moins la malchance. Car y a-t-il vraiment un responsable à tout cela ? Je ne le crois pas. Le hasard n'est pas la fatalité.

Je préfère croire à la volonté d'accepter les choses telles qu'elles viennent, car mieux vaut les gérer que les subir. Je n'ai pas le savoir absolu, juste l'expérience de mon parcours et des gens que j'ai rencontrés. Peut-être que si j'avais compris plus tôt qu'il y a encore des gens bien avec un cœur énorme, j'aurais sauvé mon frangin et mes potes abattus ?

Ma réussite démontre que rien ne s'arrête jamais et, bien que j'aie eu mille raisons de vouloir mettre fin à mes jours, je suis content de ne pas l'avoir fait.

Il ne faut pas être un génie du calcul pour estimer le pourcentage de mauvaises choses que j'ai vécues par rapport aux rares moments de bonheur. Mais, à y bien réfléchir, le tout en valait la peine, car les souvenirs dans mon cœur sont ceux qui me font encore avancer aujourd'hui.

Au début de ce livre, je m'interrogeais sur le fait

d'avoir des regrets, aujourd'hui je peux vous répondre.

Je n'en ai qu'un seul : avoir, à vingt ans, laissé la haine infiltrer mon cœur.

La vengeance ne m'a pas ramené mon rayon de soleil. J'ai augmenté, par mes choix, le nombre d'absences définitives de gens qui me manquent énormément.

L'argent ne remplace pas tout. Bien qu'il soit une nécessité, je donnerais tout ce que j'ai acquis pour que mes enfants vivent le plus longtemps possible avec, à leur côté, la personne que leur cœur aura choisie.

Au Loto de la vie, tentez votre chance, car les numéros gagnants sont en vous...

LETTRE OUVERTE A MES VIVANTS

Je ne sais quoi vous dire, alors que justement j'ai plein de choses dans le cœur...

À toi, Étienne, je ne sais pas pourquoi tu m'as fait confiance ce jour-là dans ton bureau et pourquoi un petit flacon d'huile a donné naissance à quelque chose que rien ne pourra jamais casser. Le mot amitié n'est pas l'équivalent de ce que je ressens, sauf s'il associe les mots respect, droiture et honnêteté. Je sais que tu as horreur des louanges mais pour moi tu es le haut de la pyramide dans ces trois dernières références.

À toi, Michel, avec Étienne tu es mon Daddy de cœur et je suis fier de t'avoir comme tel. Ta confiance m'a aidé à grandir dans le monde des affaires et, comme Étienne, tu es la preuve qu'il existe encore des gens qui fonctionnent avec leur cœur.

À toi, Fred, tu es mon brother comme Max l'a été et, où que tu sois, je serai toujours là pour toi.

À toi, Linda, tu es et resteras la femme que j'ai aimée du plus profond de mon cœur et surtout qui a construit Alexandra. Je te promets de rester à côté d'elle aussi longtemps que la vie me le permettra.

Au clan Di Piu, merci de me montrer que le soleil brille pour tout le monde, je vous embrasse et vous fais une place dans mon cœur, à côté de qui vous savez...

À toi, Tibor, aujourd'hui je te considère comme mon ami et tu sais ce que cela veut dire.

À mes enfants, restez ce que vous êtes. Rien ni personne ne doit vous changer, vous êtes ma plus belle réussite et ma plus grande fierté... Je vous aime au-delà des mots.

À toi, Pierrot, que ceux qui te critiquent essaient d'abord de faire la même chose que toi.

À toi, Véro, petite sœur que j'aime très fort, merci de m'avoir relevé ce soir-là.

À vous, Dominique, Raf, Bernard, Fred, Stef, Jean-Pierre et Fa, David, Franz, Robert, Pierre, que la vie me laisse le temps de vous apporter autant que vous l'avez fait pour moi.

Et enfin à celui pour qui j'ai écrit ce livre :

Georges, je sais que la maladie t'emportera avant que je te l'offre.

Je l'ai écrit pour te remercier et te dire à quel point tu vas me manquer.

Quand tu partiras, ma peine sera énorme, mais de temps en temps je prendrai un petit avion et j'irai là-haut pour te parler.

Ici, j'ai encore pas mal de choses à faire, mais je te promets qu'un jour on se retrouvera.

Toi que j'ai pris un jour pour un clochard,
tu étais tout simplement un roi.

Pat

TABLE

PREMIÈRE MARCHE

JE VEUX DEVENIR CE QUE JE SUIS

DEUXIÈME MARCHE

JE DEVIENS L'OPPOSE DE CE QUE JE SUIS

TROISIÈME MARCHE

JE DEVIENS ENFIN CE QUE JE SUIS

"Vivre debout"

(Pocket n°11545)

C'est pour lutter contre la domination des cartels de la drogue et la corruption des dirigeants en Colombie, qu'Ingrid Betancourt s'est engagée en politique. Élue députée, puis sénateur, ses paroles simples et porteuses d'espoir ont toujours su convaincre. Bien que ses nombreuses prises de position aient mis sa vie en danger, Ingrid Betancourt ne renoncera pas, pour autant, au combat qu'elle mène pour la justice et la liberté.

Il y a toujours un Pocket à découvrir

Cet ouvrage a été composé par Nord Compo
59650 Villeneuve d'Ascq

Impression réalisée sur Presse Offset par

BRODARD & TAUPIN

GROUPE CPI

22989 – La Flèche (Sarthe), le 25-02-2004
Dépôt légal : décembre 2003

POCKET – 12, avenue d'Italie - 75627 Paris cedex 13
Tél. : 01.44.16.05.00

Imprimé en France